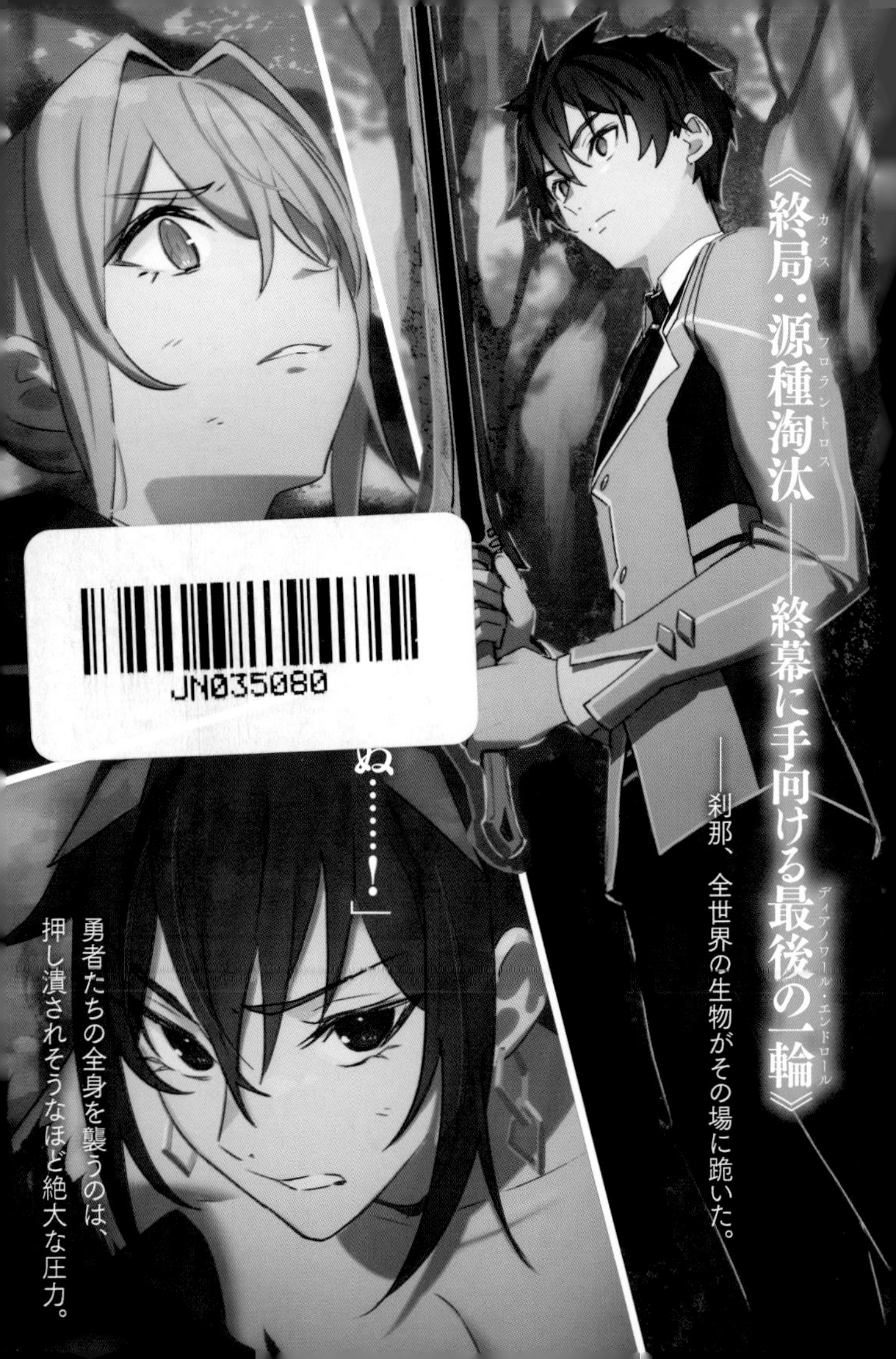

《終局《カタス》：源種淘汰《フロラントロス》——終幕に手向ける最後の一輪《ディアノワール・エンドロール》》
——刹那、全世界の生物がその場に跪いた。
「ぬ……！」
勇者たちの全身を襲うのは、
押し潰されそうなほど絶大な圧力。

「さて、折角の最後だ……

少し派手に終わらせてやる」

そう呟いて、恭弥は軽く人差し指を振る。

刹那、沸き起こるは凄まじい地鳴りの如き振動。

数え切れないほどの巨大な流星群が、吸い寄せられるように地球へ降り注ごうとしているのだ。

そう、宇宙の理などとうに恭弥の掌の上。天体の運行程度、指先一つでいくらでも操れるのである。

……だが、そこへ歌うような声が響き渡った。

「《想天蕾花《そうてんらいか》》・陣之漆《しちのじん》――《守天恋花《しゅてんれんか》》」

刹那、天空に咲き誇る無数の花。それは降り注ぐ隕石を一つ一つその花弁で包み込むと……華やかな光となって消滅する。

そして舞い散る残光の中、小毬はにっこりと微笑んだ。

「最後だなんて言わないでください。だって……

明日も明後日も、世界はちゃんとあるんですから！」

「――恭弥っ！」

「……悪いな、フェリス……負けちまった……

さすがお前の鍛えた勇者だよ……」

「そんなことはもうよい、
今は喋るな……！」

最凶の魔王に鍛えられた勇者、異世界帰還者たちの学園で無双する 4

紺野千昭

HJ文庫
1081

CONTENTS

口絵・本文イラスト◉fame

序章　最凶の魔王に鍛えられた勇者、異世界帰還者たちの学園で無双する

国立ユグラシア学園──日本政府と女神《めがみ》族の共同のもとに発足《ほっそく》したこの学園は、最強の勇者たちが集う学《まな》び舎《や》にして、世界で最も堅牢《けんろう》な戦士たちの総本山。象徴《しょうちょう》・実態双方《そうほう》の意味でまさに世界樹《せかいじゅ》の平和を守護する砦《とりで》である。

そんなユグラシア学園は今……戦火に包まれていた。

天地を埋《う》め尽《つ》くす無数の魔物《まもの》。

あちこちで燃《も》え盛《さか》る業火《ごうか》。

辺りに木霊《こだま》するのは生徒たちの悲鳴。

何の前触《まえぶ》れもなく現れた魔族《まぞく》の軍勢は、未明の学園へ牙《きば》を剥《む》いた。いかに歴戦の勇者といえど、寝込《ねこ》みを襲《おそ》われれば脆《もろ》いもの。まさかこの学園が襲撃《しゅうげき》されるなど夢にも思っていなかった生徒たちは、状況《じょうきょう》すら飲《の》み込《こ》めぬまま逃《に》げ惑《まど》うばかり。学園は混沌《こんとん》のるつぼと化していた。

そんな学園の片隅《かたすみ》に佇《たたず》む落伍勇者用《ジャンク》の寮《りょう》──『水仙寮《すいせんりょう》』。半壊《はんかい》した内部ではあちこちで

火の手があがり、既《すで》に生徒たちは逃げ去った後。もはや焼け落ちるのを待つだけとなったその建物に……小さな影《かげ》が一つ。

「──どこですか……どこいっちゃったですか……？」

不安げな声をあげながら、きょろきょろと辺りを見回す童女──女神ララ。

廃墟《はいきょ》となった寮内《りようない》で何かを捜《さが》し歩いているらしい。……しかし、彼女《かのじょ》が目的の何かを見つけるよりも、ソレが彼女を見つける方が早かった。

炎《ほのお》のくすぶる廊下《ろうか》の角から、ゆっくりと姿を現す影。それは三つの頭を持つ巨大《きょだい》な狼《おおかみ》型の魔獣《まじゆう》──ケルベロス。全身から溢《あふ》れ出るその邪気《じゃき》は間違《まちが》いなく最高位ステージの魔王に匹敵《ひってき》している。

「あ……あ……」

童女と魔獣の、あまりに突然《とつぜん》すぎる邂逅《かいこう》。並みの勇者でも悲鳴をあげて逃げ出すような化け物相手に、童女ができることなど何があるというのか。ララはふるふると震《ふる》えてその場にへたり込む。

そんな無力な女神に向けて、魔獣は当然の如く残忍《ざんにん》な顎《あぎと》を開いて──

「──ったく、『殺すな』って命じさせたはずなんだけどな……ユミルの部下はしつけがなってないな」

呆《あき》れたような少年の声。と同時に、ケルベロスが一瞬《いっしゅん》にしてバラバラの肉片《にくへん》に変わった。学園上位ランカーが複数小隊必要なレベルの魔獣が、認識《にんしき》すらできない神速の一閃《いっせん》である。

そして血しぶきの向こうから平然と闊歩《かっぽ》してきたのは……

「きょうや……?!」

現れた片腕《かたうで》の少年――九条恭弥《くじょうきょうや》はララの眼前で立ち止まる。そして何も答えないまま、へたり込む童女に向かって静かに手を伸《の》ばして――

「こんなとこで何やってんだ、避難《ひなん》しなきゃダメだろ」

と、優《やさ》しく髪《かみ》についた灰を払《はら》ってやる恭弥。右腕《みぎうで》を失ってはいるものの、その少し不器用な手つきはいつもと何も変わらない。……それで安堵《あんど》したのだろう。ララは「う～」と涙目《なみだめ》になって恭弥へしがみついた。

「だって、だって……たくさんまものきて、こまりもきょうやもかえってこなくて、すごくこわくて、だから……ねこちゃん、ララがまもらなきゃって……！」

「それでこんなとこまで捜しに来たのか?」

ララはこくりと頷《うなず》く。

どうやらフェリスが水仙寮《こ》に取り残されていると思って捜しに来たらしい。魔獣がうろつくこの戦場を、たった一人で。……無力な童女にとって、それはどれほど勇気がいることだったろう。

「ありがとうな、ララ。あいつを心配してくれて。でも安心しろ。フェリスなら俺《おれ》のとこにいる。何があっても俺が守る。だから大丈夫《だいじょうぶ》だ。お前もさっさと避難しろ」

「ほんとですか⁉」

童女の頬《ほお》がぱあっと輝《かがや》く。フェリスが無事であることがよほど嬉《うれ》しかったらしい。

そして大喜びのララは、にこにこになって恭弥の手を握《にぎ》った。

「じゃあ、きょうやもいっしょにいくです！」

フェリスが無事で、恭弥も戻《もど》ってきた。だったらもう何も怖《こわ》いことなどない。これですべて解決したのだと信じて疑わないララ。童女の世界はいつだってシンプルなのだ。

……だが、その無垢《むく》な手を恭弥は優しく振《ふ》り払った。

「ごめんな、俺は一緒《いっしょ》には行けないんだ」

「？　どうしてです？」

「簡単さ。……俺は敵だからだよ」

「え……？　な、なにいってるですか、ちがうです！　きょうやはてきじゃないです！」

「いいや、俺は敵だよ」

きっぱりと繰《く》り返すと、ララの瞳《ひとみ》が再び涙《なみだ》でうるむ。

「な、なんでそんないじわるいうですか……？　ララがこっそりおやつたべたからですか？　みるくこぼしたからですか？」

「違《ちが》うよ、お前は何も悪くない」

「じゃあうそです！　きょうやはうそついてるですっ!!」

ララは駄々《だだ》をこねるようにしがみついて離《はな》れようとしない。恭弥は「参ったな」と頬を掻《か》いてから……思いついたように告げた。

「そうだ、なら……証拠《しょうこ》を見せようか」

「しょうこ、です……？」

ソレが現れたのは、まさにその時だった。

「――見つけたぞ、九条恭弥」

廊下の向こうからやってくる一つの人影《ひとかげ》。その全身から立ち上るは、鳥肌《とりはだ》が立つほど濃《のう》密《みつ》な殺意。

だが、恭弥はそれを嬉しそうに出迎《でむか》えた。

「ちょうどいいところに来てくれました――零先輩《れいせんぱい》」

向けられた笑顔《えがお》に応えることなく、その女――零は静かにこちらへ歩いてくる。そして数メートルの距離《きょり》を隔《へだ》てたところで、唐突《とうとつ》に問うた。

「一度だけ、申し開きを聞いてやる。……なぜ葛葉《くずは》を殺した？」

「なっ、なんてことというですか！　きょうやがそんなわるいことするわけないです！　めいよきそん（？）です！　りゅーげんひご（？）です！　そっこくてっかいをよーきゅーするです！」

と、いきなりの問いかけに憤慨《ふんがい》するララ。……けれど、恭弥はさらりと答えた。

「簡単ですよ、邪魔《じゃま》だったからです」

それは誤魔化《ごまか》しようもない自白。

その瞬間《しゅんかん》、零の腹は決まった。

「——斬《き》る！」

もはや問答は不要。腰《こし》の刀に手をかけた零は、うちに秘《ひ》めた力のすべてを解き放った。

「《極点《ゼプト》：源種解放《フロランティア》——華雷《かづち》》!!」

勇者の奥義《おうぎ》たる秘技——源種解放。無論、本来なら彼女はまだそれを使いこなせる域に達してはいない。……が、零には最初から使いこなすつもりなどなかった。なにせ彼女の戦闘《せんとう》スタイルは抜刀術《ばっとう》……すなわち、ただ一刀を以《もっ》て決着とする一撃《いちげき》必殺の戦技。元より一瞬で片が付くのだから、お上品に力を使いこなす必要などないのだ。

コンマ0．00001秒——瞬《まばた》きにも満たぬ刹那《せつな》の源種解放。それにより生み出された莫大《ばくだい》な力を、ただ一瞬、この一太刀《ひとたち》に込める。そこから繰り出される抜刀術の速度たるや、因果さえも逆転させるほど。『斬った』という結果が動作よりも先に生じるのだ。

そう、彼女にできるのはただ一振《ひとふ》り。だが、その一振りにおいてのみ彼女はあらゆる勇者を凌駕《りょうが》するのである。

……もっともそれは、あくまでも『九条恭弥を除けば』の話。

「――相変わらず直線的すぎますよ、先輩《せんぱい》」

のんびりとした囁《ささや》きと共に、折れた刀が宙を舞《ま》う。

……気づいたときにはもう、零は地面に転がされていた。

「――っ?!」

一体何が起きたのかは皆目《かいもく》わからない。だが失敗したならもう一度やるまで。再び恭弥の首を狙《ねら》って跳《は》ね起きようとする零。……しかし、その四肢《しし》にはいつの間にか術式による束縛《そくばく》が。身動きを封《ふう》じられた零にできるのは、無様に転がったまま恭弥を睨《にら》みつけることだけであった。

「暴れないでください。どうせ先輩のレベルじゃ俺はやれませんよ」

「ならば殺せっ!! 葛葉を殺したように私も殺すがいい!!」

「それもお断りします」

「くっ、今更正義面《いまさら》か⁉」

「そんなんじゃないですよ。先輩にはララを安全な場所まで届けてもらわなくちゃいけないので。それにこっちにも段取りがありまして、無暗《むやみ》に観客は減らせないんです。何より……どうせ最後には皆殺《みなごろ》しにするんですから、今やる意味もないでしょ？」

と、恭弥は顔色一つ変えずに言い放つ。

「この悪魔《あくま》め……！」

憎々《にくにく》しげに呟《つぶや》かれた零の言葉を否定しないまま、恭弥は呆然《ぼうぜん》としているララへと向き直った。

「どうだ、これでわかったろ？　俺は勇者の敵だ。だからララ、もう俺のことは忘れて良い子にしてろ。世界が滅《ほろ》ぶその時までな。……ってことなんで、ララのことは頼《たの》みましたよ、零先輩」

そうして恭弥は振り返ることもなく踵《きびす》を返す。

未曽有《みぞう》の混迷《こんめい》を無視して進んだ先、到着《とうちゃく》したのは学園中央にそびえる本部棟《とう》。その深部に位置する下院議事堂まで転移した恭弥は、そこでふと立ち止まった。

ここで百人議会に参加したのはつい先週のこと。なのに、それが遥《はる》か昔のことのように感じられる。それほどまでにあの時と今とでは状況が変わってしまったのだ。……が、そんな感傷を自嘲的《じちょうてき》に笑い飛ばした恭弥は、ロザリアから聞いていた秘密の空間座標コードを展開する。その瞬間、忽然《こつぜん》と巨大な門扉《もんぴ》が出現した。――厳重に秘匿《ひとく》された隔離《かくり》空間への扉《とびら》だ。

「さて、ここまでは順調だが……」

なんて呟きながら扉を開けた先、待っていたのはまたしても大きな門。それも、先ほどとは段違《だんちが》いに強固な封印《ふういん》が施《ほどこ》されている。――これこそが恭弥が目的としていたものだ。

ただし。

案の定というべきか、扉の前にはお目当てとは違う面倒《めんどう》事が陣取《じんど》っていた。

「――とまれ！」

門を守護するように陣形《じんけい》を組んでいたのは、学園の生徒たち。それも、上位Sランカーを複数含《ふく》む最上位部隊だ。

「ああ……そういやいたな、四大勢力とかって連中が……」

などと思い出したように呟く恭弥。

仮にも学園を統《す》べる四大勢力が、なぜ魔族の襲撃を放置してこんなところで固まっているのか――その理由は恭弥が一番よくわかっていた。

「一応、陽動ってことに気づくぐらいの頭はあるんですね。……でも、惜《お》しいな。それなら……そんな警告に意味がないってこともわかってほしいですけどね」

嘲《あざけ》るようなその言葉が何を言わんとしているのか、当然ランカーたちなら全員わかっている。ゆえに、生徒たちは各々《おのおの》得物を抜《ぬ》いた。彼《かれ》らは戦うために力を得た勇者、であれば——侵入者《しんにゅうしゃ》を阻《はば》むのに、言葉はいらないのだから。

そして戦いの幕が上がる。

ただ……戦闘と呼ぶには、それはあまりに一方的だった。

嬲《なぶ》り、蹴《け》散《ち》らし、蹂躙《じゅうりん》する——最強なはずの精鋭《せいえい》たちを、まるで虫けらの如く叩《たた》きのめす恭弥。その圧倒的《あっとうてき》な強さを一言で表すならば、まさに無双。最凶の魔王に鍛えられた少年は、異世界帰還者たちが相手だろうと関係なしに無双するのだ。もはや誰《だれ》にも彼を止めることはできない。

そして……すべてが静まり返るまでに、一分と時間はかからなかった。

「さてと、まあこんなもんか」

まるでちょっとした宿題を片付けただけみたいに、恭弥はぽんぽんと手をはたく。学園最強の勇者集団と刃《やいば》を交えてなお、その呼吸は少しも乱れていない。

そうして再び扉に向かう恭弥だが……そこへもう一つのイレギュラーが現れた。

「——うふふ、いよいよね」

一体いつからそこにいたのか。恭弥の背後に立っていたのは、怖気《おぞけ》だつほど妖艶《ようえん》な一人の女。妖《あや》しく艶《つや》めく褐色《かっしょく》の肌《はだ》、なまめかしく整った肢体《したい》、淫《みだ》らなまでに美しい相貌《そうぼう》……現れたその女は、まるで闇夜《やみよ》を人の形にしたかのような危険な魔性《ましょう》を纏《まと》っている。

「なんだ、ユミルか。……ロザリアはどうした？」

「またローゼちゃんとおしゃべり中よ。あとで追いつくって」

と、怪《あや》しげなその美女――ユミルはなんてことなさそうに答える。

「ま、だろうと思ったよ。それより……俺、殺すなって命じさせたよな？　お前の手下、ララを喰《く》いそうになってたぞ」

「あらごめんなさい。生徒を殺すなとは言っておいたんだけど……女神の方は忘れてたわ」

なんて悪びれもなく肩《かた》をすくめた女は、紅《あか》い唇《くちびる》を卑《いや》しく歪《ゆが》ませて笑う。

「でもいいじゃない。どうせ最後にはみんな殺すんだから。それとも……もしかして、まだ躊躇《ためら》いがある、なんて言わないわよねえ？」

冗談《じょうだん》めかしたその言葉とは裏腹に、ユミルの眼は試《ため》すように少年を見据《みす》える。……が、どうやらその必要はなかったらしい。

「そんなわけないだろ。時計の針を進めるために観客はまだ必要ってだけだ。心配しなくても最後までやりきってやるさ。あいつの生きる世界のためにな」

きっぱりと断言した恭弥は、不意に扉へ触《ふ》れる。――次の瞬間、強固に封印されていた扉は粉々に砕《くだ》け、その先に広がるのは真っ暗な闇《やみ》。だが、恭弥は微塵《みじん》も恐《おそ》れることなく闇の奥《おく》へと踏《ふ》み込む。

そんな少年の後を追いながら、ユミルは妖艶に笑うのだった。

「ふふふ、それじゃあ始めましょう。世界の終わりをね」

第一章　終わった世代《オールド・ミィス》

――四日前――

反転する上下の知覚、体が内側から引っ張られるような衝撃《しょうげき》、ホワイトアウトする視界と――不意に感じる確かな重力。

転移術式特有の感覚が治まった後、小毬《こまり》は瞼《まぶた》を開ける。そして訪《おとず》れた世界での第一声を放った。

「うわあ～！　ここが皆《みな》さんの秘密基地、ですか……！」

ぽかんと口を開けた小毬の前に佇むのは、草原に聳《そび》え立つ大きな古城。ぼろぼろの外観からして無人になって久しいようだが、それでもなお見る者を圧倒《あっとう》する威厳《いげん》を放っている。

〝終焉呪法《ミストルテナス》〟――世界を滅ぼす災厄《さいやく》の一つ《冬枯れの毒《フィンブル・ヴェネム》》を巡《めぐ》る一件の後。『オールド《終わった》・ミィス《世代》』と呼ばれる元勇者の一団と出会った小毬は……今、彼らの拠点《きょてん》に連れてこられたところだった。

「なんというか……おばけが出そうですね！」

「小毬さん、その表現褒《ほ》めてるつもりかもしれないっすけど、全然褒められてないっすからね」

と、横から囁くのは祇隠寺《ぎおんじ》凛《りん》。恭弥《きょうや》が抜けた後、ララちゃん班（仮）に加わった転入生にして、『オールド・ミィス』の一員でもある少女だ。

そして二人の背後で同じく転移してきたのは……

「――ふん、ずいぶんと無礼なことを。教育がなっていないな」

「――なに難癖《なんくせ》つけてんのよ。こんなカビ臭《くさ》い城見て『まあ素敵《すてき》！』なんて喜ぶＪＫがいるわけないでしょ」

同じく『オールド・ミィス』の一員であるスーツの男・阿蒙《あもう》と、ばっちり化粧《けしょう》をキメた女性・美樹《みき》。両名がいつも通り正反対の反応を見せる中、仲裁《ちゅうさい》したのは深く落ち着いた老夫の声だった。

「客人の前だ、そのへんにしておきなさい」

二メートルを超《こ》す屈強《くっきょう》なガタイに、鬼《おに》も泣いて逃げ出すほどの強面《こわもて》。でありながら、なぜか穏《おだ》やかな巨木《きょぼく》の如き気配を纏う老夫。背中に巨大な大剣《たいけん》を負ったその老戦士の名は、柳凪《やなぎ》――『オールド・ミィス』を束ねるリーダーである。

そして柳凪はその強面に不器用な笑《え》みを作って言った。

「さて、立ち話というのもなんだろう。まずは中へどうぞ、伊万里《いまり》小毬君」

「は、はい！　それじゃあお邪魔しますっ！」

老夫に誘《いざな》われるがまま、古城の敷居《しきい》をまたぐ小毬。

すると、次の瞬間——

「わあっ⁉」

一歩敷地《しきち》に踏み入れた途端《とたん》、あたりの様子が一変する。石畳《いしだたみ》の玄関《げんかん》に古風な上がり框《がまち》、奥へ続くのは木張りの廊下……と、まるで和風旅館のエントランスだ。どうやら外の古城は隠蔽魔術《いんぺいまじゅつ》によるダミーだったらしい。

「ようこそ、ここが我々の拠点だ。ゆっくりくつろぐといい。……と言いたいところだが、まずは皆に紹介《しょうかい》せねばな。阿蒙君、臼井《うすい》君に連絡《れんらく》を頼む。私は雨宮《あまみや》君を連れて来よう」

「承知しました」

と、柳凪と阿蒙は別のメンバーを呼びに奥へ入っていく。

ということは残りの二人が中を案内してくれる……のかと思いきや。

「それじゃあジブン、一旦《いったん》さっきの世界へ戻ってララさんを学園まで送ってくるっす。うちら一応反学園組織《テロリスト》扱《あつか》いなんで、さすがに巻き込むわけにもいかないっすから」

「そうですよね、お願いします！」

と、まずは凛が立ち去り……

「じゃあたしは化粧落としてくるわ～。スキンケアは一分一秒が命取りってね～」

「え、あ、はい、そうですよね……」

と、美樹も当然のようにひきあげてしまう。

かくして一人取り残されてしまった小毬は、目をぱちくりさせながら立ち尽くして……

「――あらあら、みんなダメね。こんな可愛《かわい》い子を置いてけぼりだなんて」

不意に聞こえてくる穏やかな声。

現れたのは大人びた黒髪《くろかみ》をなびかせる一人の女性。ゆったりと落ち着いた声音《こわね》と母性に満ちた微笑《びしょう》から、溢れんばかりの優しさが伝わってくる。

ただ、その淑《しと》やかな美貌《びぼう》よりも目を引くのは、彼女の下半身――現れたその女性は、車《くる》椅子《まいす》に乗っていた。

「あ、あの……大丈夫ですか……？」

車椅子姿を見て、小毬は思わず声をかけてしまう。こういう過剰《かじょう》な同情を不快に思う者も少なくないはずだが……この女性は気にした様子もなく微笑《ほほえ》んだ。

「ああ、これ、車椅子《・・・》びっくりしちゃうわよね。でも大丈夫よ。両足が動かないだけで病気とかじゃないから」

『心配してくれてありがとう』と大人な対応をする女性は、『それよりも』と言葉を継《つ》いだ。

「まずは自己紹介《しょうかい》ね。――私は雨宮天禰《あまね》よ。よろしくね」

「あ、い、伊万里小毬ですっ！　よろしくお願いします！」

「ふふふ、元気があってよろしい」

と互《たが》いに紹介を終えたところで、小毬はハッと思い出した。

「あ、そういえばさっき、柳凪さんが呼びに行くって……」

「そう、入れ違いになっちゃったのね。あの人、いつも間が悪いから」

などと天禰は気にした様子もなく笑う。さりげなく柳凪をディスっているあたり、見た目よりも気さくな人らしい。

「それより中を案内するわ。車椅子、押《お》してもらえる？」

「は、はい！」

かくして天禰と共に拠点内《きょてんない》へ。玄関同様内部は旅館風の造りになっており、集団生活に必要な設備がきちんと整えられている。なんだかレジスタンスの基地を彷彿《ほうふつ》とさせる構造だが、規模としてはあれよりもずっと慎《つつ》ましい。『オールド・ミィス』は組織としてはそう大きくはないようだ。

なんてことを考えながら歩いている時だった。

「随分《ずいぶん》と慣れてるのね」

「へ？　何がですか？」

「車椅子、押すの初めてじゃないでしょ？　すごく上手だわ」

と、世辞抜きで言う天禰。急な制動の有無《うむ》や段差の確認《かくにん》、角の曲がり方等々、介護《かいご》に慣れているかいないかは乗っている側からはすぐにわかるのだ。

「もしかして……親しい人に足の悪い方がいたのかしら？」

と問われた小毬は……首を横に振った。

「そうじゃなくて……私、昔は押される側だったので」

「……そう。嫌《いや》な話だったらごめんね」

「い、いえ別に！　隠《かく》してるわけでもないので……あ、それよりあの部屋はなんですか⁉」

「気になる？　ふふふ、じゃあ行ってみましょう」

そうして二人は拠点内の散策を続ける。といっても先述通りの慎ましい居城だ、十分とかからず案内は終了《しゅうりょう》。そうして最後に通されたのは……最も広い会議室であった。

「――おお、お帰り伊万里君、雨宮君。やはり入れ違いになっていたか」

「だから言ったじゃないですかー。柳凪さんは心配しすぎ～」

「小毬さん、ララさんは送っておきましたよ」

と、出迎えるのは柳凪、美樹、凛の三人。奥では阿蒙もパソコンをいじっている。どうやらこれで全員集合……かと思いきやそうではないらしい。

「案内ありがとう雨宮君。こちらもちょうど準備ができたところだ」

と言って、柳凪は阿蒙がいじっていたパソコンへ視線を向ける。

すると……

『あー、テストテスト、つながってますかね？』

モニターから聞こえてくる男性の声。

小毬は『わあ！』と物珍《ものめずら》しげに駆《か》け寄った。

「これ知ってます！　オンライン会議ってやつですね！」

「ええそうっす。臼井さんは企業《きぎょう》戦士っすからね。……はい、ここ座《すわ》ってください」

と促《うなが》されるがままモニター越《ご》しで対面したのは、スーツ姿の温和そうな中年男性。絶賛仕事中らしく、背後では何やらせわしなく行き来する会社の人たちが。

『やや、これはどうも。リモートですみませんねぇ、ただいま弊社《へいしゃ》デスマーチ中でして……っと、それよりもご挨拶《あいさつ》でしたね。お世話になります、臼井と申します』

「へ？　は、はい、お世話します、伊万里小毬です！」

『うんうん、大変元気な挨拶、いいですねえ！　さすがは鍵《かぎ》に選ばれるだけはある！』

「えへへ、元気だけが取《と》り柄《え》なので！」

『ははは、社会生活においてはとても大事なことですよ。いやあ、うちの娘《むすめ》も昔はねえ、伊万里さんのように毎朝元気いっぱいに『パパおはよう！』と挨拶してくれたものなんですが、最近はいわゆる反抗期《はんこうき》というやつでしてね、一昨日なんて顔を合わせるなり『誰？』の一言。いやあ、へこみますよ～。ただまあそれも成長と考えると感慨深《かんがいぶか》いというかやっぱり寂《さび》しいというか……』

「は、はあ……」

と、ひたすら脱線《だっせん》し始めたところで、『おーい、臼井くん！　ちょっと来て！』とモニターの向こうで呼ばれる声が。

『おっとすみません、そろそろ行かないと。これでクビにでもなろうものならいよいよ父親の威厳がなくなってしまうので。では、失礼します』

そうして映像が途絶《とぜつ》する。どうやら大人というのはひどく忙《いそが》しいものらしい。

なんて感想は置いておくとして、小毬には少し気になることがあった。

「あの、さっきから皆さん、私のこと知ってるような……それに、『鍵』って……？」

今の臼井にしても、先ほどの天禰にしても、明らかに自分を待っていた風だった。いや、

そもそもあの異世界にまで迎《むか》えに来たこと自体がそうだ。単に凛と同じ班員だから、だけではない別の理由があるような──

「──それはね、小毬ちゃんが預言された勇者だからよ」

と答えたのは天襴。そして彼女は小毬がよく知るとある女神の名前を口にした。

「あなたが来ることはヘルザ様が預言していたの。だからみんな会えるのをずっと待っていたのよ」

「ヘルザ様の⁉　もしかして、ヘルザ様がここにいるんですか⁉」

女神ヘルザ──他でもない、小毬や香音《かのん》を召喚《しょうかん》した女神の名だ。……が、返ってきたのは悲しい答えだった。

「……そうね、私たちを集めたのはヘルザ様よ。だけど、今はもういないの。一年ぐらい前から行方《ゆくえ》不明になっているわ。……恐らくは、もう亡《な》くなっているでしょうね」

「そ、そんな……！　どうして……？」

ショックを受ける小毬へ答えたのは柳凪だった。

「それがわからぬのだ。ただ、寿命《じゅみょう》を持たぬ女神族が死を迎えるのは三つの場合のみ。何者かに殺害されるか、己《おのれ》の役割を完全に果たすか、もしくは──何かしら女神にとっての『禁忌《きんき》』を犯《おか》すか。……いずれにせよ、ヘルザ殿《どの》はもういないのだ」

と、柳凪は無念そうに首を振る。

「それでもね、ヘルザ様は私たちのために幾《いく》つか預言を残してくれたの。そのうちの一つがこれよ」

そう言って天禰が差し出したのは一枚の紙。それは……なんともド派手なスーパーのチラシだった。

『春のメガ得セール!!　スーパーハルダイ超《ちょう》創業感謝祭!!　今なら国産和牛1kgが当たる!!』

「……なるほど!?!?　つまりヘルザ様は腹ペコだったたってことですね??」

「あ、ごめんね。裏よ、裏」

と、混乱する小毬の前で渡《わた》したチラシを裏返す天禰。すると、そこには短いメモが記されていた。

『へるざちゃんのよげんその12　こまりちゃんをさがせ』

チラシの裏という場所もさることながら、『預言』と呼ぶには字も内容もあまりに適当な走り書きである。

「まあ、これだけ見るとちょっと信じられないわよね。でもこれが本当にヘルザ様の残したもので……」

と、溢れる信憑性《しんぴょうせい》の無さをどうにかフォローしようする天禰だが、どうやらその必要はなかったらしい。

「わあ、すごくヘルザ様っぽい！　これ本物ですよ！」

「ふふ、そうだったわね。小毬ちゃんもヘルザ様は知ってるんだものね」

「でもわからないんですけど、結局これってどういう意味ですか？　なんで私を？」

「実はこれ以外にも預言が幾つかあるの。って言っても、こんな風に適当なところに適当に書き散らされてるからすべては見つかってないんだけどね、今見つかってるものをつなぎ合わせるとこういうことみたいなのよ。——小毬ちゃん、あなたこそが世界の危機を救う『鍵』だって」

「私が、世界を救う鍵……!?」

その衝撃の真実にごくりと唾《つば》をのむ小毬は……

「……ところで、世界って今ピンチなんですか!?」

と、その前段階で躓《つまず》いてしまうのだった。

「ふむ……そうだな、まずはそこから話さねばなるまいな。そもそも我らが生きるこの世界は『世界樹《せかいじゅ》』と呼ばれる、より大きな世界の一つに過ぎない。地球も含め、各異世界はこの世界樹に生《な》った果実のようなものとされている。無論、このあたりは学園で習っているだろうが……」

「……は、はい、習いました！　多分！」

「……続けよう。この世界樹は単なる形而上《けいじじょう》の概念《がいねん》ではなく、より具体的な生命体に近いものでな、文字通り樹《き》に酷似《こくじ》した生態をしているそうだ。最初は種から始まり、時と共に成長し、最後には種を残して滅びる。すなわち、世界樹そのものにも代替《だいが》わりの時期があるということだ」

という説明を聞いた小毬は、ふと気づいてしまう。

「あれ？　それなら『世界が滅びる』って……むしろ普通《ふつう》ってことになりませんか？」

「うむ、その通り。人が誰しも死ぬように、世界樹もまた必ず滅びを迎える。これは自然の摂理《せつり》と言えよう」

とあっさり首肯《しゅこう》しながらも、柳凪の言葉には続きがあった。

「だが、『滅び』にも種類というものがある。人間に置き換《か》えるのであれば、私のような老骨が寿命で死ぬのはとても自然なことだ。多少の名残惜《なごりお》しさはあれ、決して忌《い》むべきものではない。……が、そうではない死もこの世には存在する」

それがどんな類《たぐ》いのものを示唆《しさ》しているのか、小毬には聞くまでもなくわかった。

「事故死、病死、自殺、他殺——天寿《てんじゅ》を全《まっと》うできぬ死は例外なく悲しく、忌避《きひ》すべきものだ。たしかに人間はいずれ死ぬが、それゆえにいつどうやって死ぬかはとても大切だと私は思う。そしてこれは世界樹についても同じなのだ。……我々が生きるこの世界樹はまだ若い。本来であれば終末は遠く離れた未来の話。だが今、その摂理を捻《ね》じ曲げ『滅び』の結末を強引《ごういん》に手繰《たぐ》り寄せようとする者がいる。その者の名は、女神ローゼ——いや、正確に言うならば、女神ローゼに成り代わったロザリアという女神だ」

「そ、それって……学園の……？」

ローゼと名乗る女神については小毬だって知っている。学園の創始者の一人にして、輝く美貌のあの女神だ。

「そうだ。ローゼに成り代わったロザリアは、この世界樹を強制的に滅亡《めつぼう》へ導こうとしている。各地に散らばる〝終焉呪法《ミストルテナス》〟を集めることによって」

その単語が出た瞬間、小毬はハッとした。

「それ、シセラちゃんの……！　教えてください、終焉呪法って何なんですか⁈　どうしてそんなものがあるんですか?! 一体誰がそんなの創ったんですか?!」

生まれた瞬間から世界を滅ぼす毒として隔離され、役割のままに命を摘《つ》まれた少女――彼女が背負わされていたものが何なのか？ なぜそんな悲劇が存在しなければならないのか？ それを課《か》したのは一体どこの誰なのか？ 小毬は問わずにはいられなかった。

そしてその答えは……

「終焉呪法は『世界樹を滅ぼし得る呪法《じゅほう》や宝具』と定義されている。……が、これは少し順序が違う。正確に言うならば、『世界の滅び』が具現化したものこそが終焉呪法であり、そして……それを生み出しているのは、他でもない世界樹自身なのだ」

「そ、それって、じ、自殺……みたいな……？」

恐る恐る問うと、柳凪はおかしな答えを口にした。

「いや、そうではない。矛盾《むじゅん》しているように聞こえるかもしれぬが……本来、終焉呪法では世界は滅びないからだ」

「？？？！ トンチ問題ってやつですか?! わかりません!!」

「すまぬ、言い方が悪かった……終焉呪法が滅びの具現であることは事実だ。だが、終焉呪法による滅びの危機には、必ずそれを阻止《そし》する『救済の力』が現れる。この両者はいわば光と影《かげ》のようなもの。終焉呪法が強大であれば、それを阻む抑止力《よくしりょく》もまた強くなるのだ」

滅びの力と救いの力――その二つには小毬にも思い当たるものがある。

「それって……勇者と魔王《まおう》、みたいな……？」

「うむ、まさに我々がそうだな。魔王が世を乱せば必ず勇者が生まれ安寧《あんねい》をもたらす。世界はそうやって一定の均衡《きんこう》を保つようにできているのだ」

世界のバランス……と言われればまあ何となくイメージはわかる。……が、当然疑問がないわけではない。

「でも、終焉《しゅうえん》も救済もどっちも世界樹が生み出すなんて変じゃないですか？　そういうのってたしか……ジガクジシュウ？」

「『自作自演』、か……ふふ、そうだな、その通りかもしれん。だがそれは世界樹にとって必要な生命活動なのだ。我々生物が細胞《さいぼう》の生み出すエネルギーで生きているように、世界樹もまた各小世界にて紡《つむ》がれる『物語』を糧《かて》として生きている。わかりにくければ『意思』や『感情』と言い換えてもいい。人間の想《おも》いとはエネルギーの塊《かたまり》なのだ。特に勇者であれば顕著《けんちょ》でな……君にも感情によって固有異能が強まった経験はないか？」

と問われて思い出す。レジスタンス騒動《そうどう》において禍憑樹《マガツキ》を打倒《だとう》したあの時、眼前の生徒たちを救いたいと本気で願ったことで剣《つるぎ》が新しい力を得たことがある。

「その顔、どうやら心当たりがあるようだな。……そうだ、感情による能力の強化は奇跡《きせき》や偶然《ぐうぜん》などではない。なぜなら、固有異能とは――」

「世界樹の種、だから……」

「うむ、その通りだ」

女神《めがみ》スノエラに捕《つか》まったあの時、フェリスがそんなようなことを言っていた。今ならその意味がよくわかる。

「種が感情を糧とするように、成樹の世界樹もまた感情を糧とする。そして人間の感情というのは、他者とのかかわりの中でこそ真に高まるもの。怒《いか》りも、憎《にく》しみも、悲しみも、喜びも、一人では小さなまま。他の誰かがいて初めて強く大きく揺《ゆ》らぐのだ。だからこそ、複数人の感情が折り重なり紡がれる『物語』こそが世界樹の維持《いじ》と成長に不可欠な糧となる。殊《こと》に、激しい物語であるほど生み出されるエネルギーは膨大《ぼうだい》でな、その最たるものが生死をかけた戦いの物語だ」

そうして柳凪は『ゆえに』と結論を口にした。

「世界樹はただの平穏《へいおん》を望みはしない。適度な滅亡の危機と、適度な救済――そのバランスを保ちつつ成長していく。そうして十分に育った果て、最後に残った新たな世界樹の種にすべてを引き継ぎ……古き世界樹はようやく本当の滅びを迎えるのだ」

そこまで聞いて、やっと小毬にも理解できた。

多くの生物が『細胞の死滅《しめつ》と再生』という日々の新陳代謝《しんちんたいしゃ》を経て成長していくように、この世界もまた終焉と救済を繰り返して成長していく。それこそがマッチポンプじみた均衡の正体であり、ある意味で至極《しごく》正常な生命活動なのだ。

だが問題は、その均衡を壊《こわ》そうとしている者がいること――

「ロザリアの狙いはそこにある。終焉と救済……本来拮抗《きっこう》するはずの両者のうち、『終焉』のみを蒐集《しゅうしゅう》することでバランスを乱し、世界樹を早すぎる破滅《はめつ》へと誘《いざな》おうとしているのだ」

世界を殺す――一見荒唐無稽《こうとうむけい》なようなそれは、確かに実現可能な野望ということらしい。

なるほど、それは確かに『世界の危機』だ。

「ゆえに、我々はロザリアに対抗《たいこう》する抑止力としてヘルザ殿に集められた。だが終焉呪法を束ねるロザリアに対抗するのは容易なことではない。我々には切り札となる武器が必要なのだ」

そう言って、柳凪はある剣の名を口にした。

「その武器こそが《原初の勇者の剣《オールド・ワン》》――始まりの勇者が手にしていたという、この世界樹で最強の剣だ。オールド・ワンの剣はその強大さゆえに終焉呪法の一つとして数えられ、その等級はかつて世界樹を滅ぼす寸前までいった《廃棄魔王の霊核《ロスト・コア》》と同等。女神ロザリアの野望を砕くにはその入手が必須《ひっす》であるとヘルザ殿は言っていた。そして同時にこうも預言していたのだ。剣入手の鍵となるのが……君なのだと」

「私が、最強の剣の……？　でも、そんなの初めて聞きましたけど……」

「そうだな、順を追って説明しよう。まず前提として、君の固有異能《女神の天涙《エル・ヴィスカム》》は単なる剣の具現化による攻撃《こうげき》スキルではない。無論、これは君自身も既《すで》に気づいていただろうが――」

「ええ～っ、そうだったんですか！！？？？」

「…………」

『初耳です！』とびっくりしている小毬へ、柳凪は気を取り直して説明する。

「……こほん、ではそこからいこうか。ヘルザ殿曰《いわ》く、君の固有異能の正式名称《めいしょう》は《夜明《ホ》けを夢《ロ》見る伽藍の鞘《ウ》》――剣を持たぬ鞘だけの異能だそうだ」

「鞘だけって……からっぽってことですか？」

「うむ。だがそれは役立たずという意味ではない。君の異能は伽藍《がらん》……形持たぬがゆえに無限の可能性を秘《ひ》めたもの。この世に存在するありとあらゆる剣をその鞘のうちへ投影《とうえい》し、自在に使役《しえき》できるという。……どうかな、君にも心当たりがあるのではないか？」

　そういえば、と小毬は思い出す。

　かつて禍憑樹を屠《ほふ》ったあの浄化《じょうか》の剣、恭弥に力を借りて創り出した『福音もたらす光《レーヴァテイ》の枝《ン》』、そして……シセラの悲劇をなかったことにしようとした、あの未知の宝剣《ほうけん》。いずれも普段《ふだん》の《エル・ヴィスカム》とは根本から異なる剣だった。

すなわち、《エル・ヴィスカム》は彼女《かのじょ》本来の能力の一端《いったん》に過ぎなかったのだ。

「《ホロウ》……それが私の本当の固有異能……」

「そうだ。そしてその力は君が想像しているよりもずっと強力なのだ。それは先ほど我々もこの目で確認させてもらった」

柳凪が言うそれが何のことかは小毬にもわかる。

シセラの死を認められず、すべてをなかったことにしようとしたあの力──凛によって止められはしたが、あれは間違《まちが》いなく世界の有り様を書き換えるレベルの代物《しろもの》だった。

「君が創り出したあの剣の名は、《機械仕掛けの女神の手《デア・エクス・フェイト》》──終焉呪法にも数えられる上位概念体の霊剣《れいけん》だ。効果範囲《はんい》こそ本物に比べて限定的ではあったが、力自体は間違いなく本物と同等……つまり、君の異能は終焉呪法さえも投影し得るということになる」

世界を滅ぼす力さえ自在に操《あやつ》る異能──それだけでも小毬には凪の話には頭がくらくらするような事実だというのに、柳柳凪の話にはまだ続きがあった。

「だが、君の固有異能の真価は剣の投影にあるのではない」

「どういうことですか……？」

「鞘であるからには当然そこには本来収まるべき剣があるのだ。そしてその剣こそが、先ほど話した《原初の勇者の剣《オールド・ワン》》――あらゆる終焉呪法の頂点に君臨する終末の刃だ。……ヘルザ殿は言っていた。《オールド・ワンの剣》を制御《せいぎょ》できる唯一《ゆいいつ》の能力こそが、君が宿す《ホロウ》である、と」

そんな柳凪の言葉を聞きながら、小毬はどきどきと胸が高鳴るのを感じていた。

世界樹の生態、終焉呪法の真実、女神ロザリアの脅威《きょうい》……あまりにいっぺんに説明されすぎて、正直小毬にはその半分も飲《の》み込《こ》めていない。だが、一つだけ理解できたことがある。それは……自分こそが世界を救う救世主であること。そう、まるで、ずっと夢見て来た物語の主人公のように。

「す、すごい……！　すごいすごいすごい、すごいです……!!」

開かれた運命の扉。

託《たく》された輝《かがや》かしい使命。

人生を変えるような真実を前に高揚《こうよう》を隠せない小毬は、思わず問うた。

「わ、私って、世界を救う鍵なんですよね！　すごい剣の使い手なんですよねっ!?」

「うむ、その通りだ」

「なら質問です！　それなら、それならどうして――私はこんなに弱いんでしょうか？」

それは高揚よりも先に頭に浮《う》かんだ、ただ純粋《じゅんすい》な疑問だった。

勇樹《ゆうき》に挑《いど》んだあの時、結局すべてを解決したのは恭弥だった。

禍憑樹を討伐《とうばつ》したあの時、恭弥に力を借りていなければみんな死んでいた。

そしてシセラを救えなかったあの時……自分はその場に居すらもしなかった。

もしも自分が選ばれし者だというのなら、世界を厄災《やくさい》から救う真の勇者だというのなら
……どうして私には、目の前の悲劇を覆《くつがえ》す力すらないのか——？

そのあまりに純粋で、あまりに哀《かな》しい問いかけに、束《つか》の間《ま》言葉を失う柳凪。そしてその代わりに口を開いたのは、傍《はた》で聞いていた阿蒙だった。

「——おい、今のはどういう意味の質問だ？」

と問い返す阿蒙の口調から滲《にじ》むのは——激しい怒気《どき》。

「自分は鍵の器《うつわ》ではないとでも言いたいのか？　役目を果たす自信がないと？　そんな重責は担《にな》えないと？」

「ちょっと阿蒙！　その言い方、感じ悪いわよ！」

と美樹が制止するも、阿蒙の怒りは治まらない。

「黙《だま》っていろ。私は今、伊万里小毬と話している。——さあ、どうした、否定しないのか？」

「それは……」

と小毬は口ごもる。

自信がないのか？　と問われれば、答えは一つ——その通りだ。

確かに勇者に憧《あこが》れてはいた。だが、目の前の悲劇一つ救えない無力な自分が世界を救済するだなんてどうして思えようか？

その表情を肯定《こうてい》と判断した阿蒙は、激しく小毬へと詰《つ》め寄った。

「ふざけるな！　今更《いまさら》自信がないだと⁉　柳凪さん、やはり私は反対です！　世界を背負う覚悟《かくご》もなく、力を持ちながら何もしないような者に、この異能を持たせておくわけにはいきません！　役に立たないならまだしも、この弱さは必ずロザリアに付け込まれる！　いずれ悪用される前に、ここで処分しておくべきだ！」

「ま、待ってくださいっす！　小毬さんはまだ色々飲み込めてないだけで……」

「そうそう、それにヘルザ様がわざわざ預言してるのよ？　この子ぬきじゃ無理ってことでしょ」

と、凛と美樹が二人して割って入るも、阿蒙は微塵も動じなかった。

「預言、か……ふん、馬鹿馬鹿しい。私は皆のようにヘルザを妄信《もうしん》しているわけではない。あの女の適当な預言の、一体いくつが本当だった？　そのせいで我々の動きがどれだけ阻《そ》害《がい》されたことか。だいたい、皆もわかっているはずだ。女神ヘルザ——世界で唯一何の役割も権能も持たぬ灰羽の女神——アレは恐らく、純粋な女神族とは別種の何かだ。敵か味方かも定かではない。そんな女が鍵などとうそぶいたところで私は信じない！」

「もー、あんたさっきから否定ばっかね！　現にロザリアはやばいし、原初の勇者の剣だって実在してる！　その点についてはヘルザ様の預言は当たってたでしょ！　このままじゃあの剣、学園にとられちゃうわよ！　っていうかさ、そもそもなんだけど、ヘルザ様信じてないならあんたなんでここにいるわけ？」

その問いに、阿蒙はきっぱりと言い切った。

「愚問《ぐもん》だな。私が信じているのは世界でただ二人——柳凪さんと天禰さんだけだ。このお二人を敵の本丸とぶつけることさえできれば、それで話は終わり。我々はそのための手足であり、剣など最初から必要ない。それとも……ここにいる者の中で誰《だれ》か一人でも、このお二方が負ける姿を想像できるのか？」

女神さえ否定したはずの阿蒙が口にしたのは、紛《まぎ》れもないただの妄信。『柳凪と天禰がいるから大丈夫《だいじょうぶ》』なんて、理知的な阿蒙とは似つかわしくない非論理的な願望にさえ聞こえる。……が、そんなバカげた妄信を誰一人《だれひとり》として否定しない。そう、阿蒙だけではない。この場にいる誰もが理屈《りくつ》抜《ぬ》きで知っているのだ。柳凪と天禰——盛《さか》りを過ぎた老兵と、車椅子の女こそが、この世界で最強の存在であると。

「もう一度言う――我々にはお二人がいる。これ以上の戦力など不要。わざわざ得体の知れぬリスクを内側に抱《かか》え込む必要などない。これが私の考えだ。……というわけで、私は失礼する。世界を救う覚悟もなく、ましてや敵になるかも知れぬ者の前で作戦会議などできないからな」

そう言い捨てて早々に退室してしまう阿蒙。

静まり返った室内で、美樹がやれやれと肩《かた》をすくめた。

「あーあ、ほんとガキねあいつ。あたし、ちょっとなだめてくるわ。……あ、柳凪さんも来てくださいね。あいつ、あなたの言葉じゃないと聞かないから」

「う、うむ……」

と強引に連れていかれる柳凪は、その間際、小毬へと振《ふ》り返った。

「すまない小毬君、呼びつけておいてこんなことになってしまって。だが、どうか焦《あせ》らないでほしい。私はむしろ、君が使命に臆《おく》する子で良かったと思っている。それは与《あた》えられた役割の重さをきちんと理解していることに他ならぬからだ。だから私は、その迷いこそが君の正しさの何よりの証左だと思っているよ」

そうして柳凪は去っていく。

リーダーがいなくなってしまった以上、これではもう会議どころではない。

「あ、あの、小毬さん、今のは気にしないでくださいっす！　阿蒙さんはいつもあんな感じなんで！」

と、すぐさまフォローに駆け寄ってくる凛。

ただ、そうは言われても……

「気にするな、なんて無理な話よね」

まるで小毬の胸中を代弁するかのように肩をすくめたのは天禰だった。

「さて、会議もお開きみたいだし、私も部屋に戻《もど》ろうかな。小毬ちゃん、手伝ってくれる？」

「へ？　は、はい！」

と、天禰は車椅子を押すよう促す。

「あ、それならジブンが……」

「だーめ。私は小毬ちゃんにしてほしいの！」

「そ、そうっすか……」

そうしてしょぼんとする凛を残し、向かうは天禰の私室。想像より殺風景なその部屋へ着くと、車椅子から天禰を抱《だ》き上げベッドに腰掛《こしか》けさせる。

それから『ふう』と一息ついた天禰は……

「彼《かれ》もね、あなたが嫌《きら》いなわけじゃないのよ」

と、不意に先ほどの話を始めた。

きっと凛と同じく慰《なぐさ》めてくれようとしているのだろう。……なんて思っていると、天禰は思わぬ言葉を口にする。

「あれは言うなれば……そうね、ちょっとしたやきもちね」

「へ？　やきもち、ですか……？」

阿蒙のイメージとはかけ離《はな》れたその単語に、小毬を目をぱちくりさせる。だが天禰は『ええ』と平気で頷《うなず》くと、その理由を口にした。

「阿蒙君の固有異能はね、他者を癒《いや》す祈《いの》りなの。多分、回復系としてはこの世界樹で最も強力な異能でしょうね。だから、彼がその気になれば世界から病気や怪我《けが》を根絶できる。それも、とっても簡単にね。……けど、彼はそれをやらない。だって知ってるから。もしも世界中の人間が百歳《さい》まで生きるようになれば、この世はあっという間にパンクしてしまうって。まあ要するに……彼は今この瞬間《しゅんかん》にも、怪我や病気で死ぬ人たちを見殺しにし続けているの。少なくとも、彼はそう思ってる。真面目《まじめ》な子なのよね」

それを聞いて理解する。『力を持ちながら何もしない者』——あの揶揄《やゆ》の言葉は恐《おそ》らく、自分自身にも投げかけたものなのだ。

そう、阿蒙は別に意地悪な人間なのではない。むしろ、『オールド・ミィス』の中で誰よりも小毬を子供扱いせず、対等な一人の人間として話してくれていた。いつもああやって皆《みな》が言いたがらないことを言う役回りを自ら買って出ているのだろう。

それがわかるからこそ、小毬の表情は晴れない。だって、きっと阿蒙は正しいから。選ばれる資格もなしに選ばれてしまった自分は、一体どうすればいいのだろうか――

そうやって俯《うつむ》く小毬を見て、天禰はふふっと微笑む。時には迷うことも必要なのだと彼女は知っている。だから……

「ねえ、それよりもお風呂《ふろ》に行かない？　ここ、大きな露天風呂《ろてんぶろ》があるのよ！　っていうか、私が入りたいから連れてって！」

と、天禰は強引に小毬を連れ出す。そして大人特有の無責任なことを言うのだった。

「難しいことはとりあえず明日考えることにしましょう。それこそ、未来ある子供だけの特権なんだから」

――……

――……

――翌日、早朝――

古城の外に広がる草原にて、小毬は剣を振るっていた。

振り上げ、下ろす。振り上げ、下ろす。

これまで幾度《いくど》となく繰《く》り返してきたその動作を反復しながら、しかし、少女の心はここにはなかった。

世界樹について、ロザリアについて、自分の本当の固有異能について、そして……そこに課《か》せられた使命について。わからないことだらけ。不安なことだらけ。でも一番わからないのは、他でもない自分自身の心だった。

ずっと望んでいた使命。

ずっと求めていた力。

誰かの役に立ちたい、そう願っていたはずなのに。

シセラのような悲劇を二度と起こさない、そう誓《ちか》ったはずなのに。

それなのに今、自分はこんなにも臆している。

臆病者《おくびょうもの》。意気地《いくじ》なし。どれだけ己を詰《なじ》ろうと、心の震《ふる》えが止まってくれない。どうしても考えてしまうのだ。――本当に、選ばれたのが私で良かったのか？

その疑念はいくら一生懸命《いっしょうけんめい》考えても晴れてくれない。だから……もやもやを切り払《はら》うように、小毬はひたすらに剣を振るう。

振り上げ、下ろす。振り上げ、下ろす。

弾《はじ》ける鼓動が、固い柄《つか》の感触《かんしょく》が、汗《あせ》ばむ肌《はだ》が、鋼の重さが、朝焼けの大気が、刃《やいば》の鳴る音が……その動作の中で徐々《じょじょ》に交わっていく。キャンバスに散らばったばらばらの線が、次第《しだい》に美しい景色を描《えが》き出すように。ちぐはぐだった小毬の心が、体が、剣が、世界が、振るわれる一本の剣筋に束ねられていく。

そうしていつしか小毬は、迷いも、躊躇《ためら》いも、自分自身の名前さえも忘れ、ただ剣を振るうだけの純粋な概念となって――

「――ふむ、実に綺麗《きれい》なものだな」

背後から不意に響《ひび》く声。

思わず我に返ると、後ろでは柳凪《やなぎ》が不器用に微笑《ほほえ》んでいた。

「あ、柳凪さん！　いつからそこに……？」

「少し前だ。年長者として助言でもと眺《なが》めていたのだが……はて困った。君にはもう何も言うことがない。君の剣はとうに正しい道を進んでいる。ヘルザ殿が選ぶわけだ」

と褒《ほ》められた小毬は……しかし、否定するように首を振った。

「そんなことないです……私、全然弱いままで……それに、やっぱりわかりません。どうして私だったんですか？　運命に選ばれた勇者なら、それこそ柳凪さんみたいな人であるべきです」

眼前の老兵について小毬が知っていることは少ない。だがそれでも、昨日この目で見た。かの世界樹の塔《とう》をただの一撃《いちげき》で粉砕《ふんさい》したあの一振《ひとふ》り——あれこそ紛《まが》うことなき武の極致《きょくち》。気の遠くなるような絶え間なき修練の果て、人生そのものを刃と一つにした者だけがたどり着ける境地。もしもこの世界に救世主にふさわしい人間がいるのだとしたら……それこそ彼のような人物であるべきなのだ。

だが、柳凪は笑いながら首を横に振った。

「私がそんな大層な人間に見えるのなら、それは多少長生きして貫禄《かんろく》だけついてしまったお陰《かげ》だな。……なにしろ私は、君ほどひたむきに剣と向き合ってきたわけではないのだから」

「え……そうなんですか……？」

意外な告白に首をかしげる小毬。立ち居振《ふ》る舞《ま》いにしても、その実力にしても、柳凪はどこからどう見ても日夜鍛錬《たんれん》に励《はげ》んできた武人だ。それが『ひたむきではない』だなんて、そんなことがあるのだろうか？

「疑ってくれるのかな？　それは嬉《うれ》しいが……恥《は》ずかしながら事実なのだよ。丸々三年ほどになるか。素振《すぶ》りどころか剣すら握《にぎ》らずサボっていた時期が私にはあるのだ」

と自嘲的《じちょうてき》に肩をすくめた柳凪は、それからある昔話を始めた。

「私が異世界に呼ばれたのは、ちょうど君ぐらいの年《とし》の頃《ころ》だったか。ただ、私が招かれたその世界は少し特殊《とくしゅ》な状況《じょうきょう》にあってな――魔族《まぞく》などとうに滅《ほろ》んでいたのだ。唯一、ただ一匹《ぴき》の竜《りゅう》を除いてな」

その姿を瞼《まぶた》の裏で思い描くかのように、柳凪は静かに瞑目《めいもく》する。

「黒く仄光《ほのひか》る鱗《うろこ》、研《と》ぎ澄《す》まされた牙《きば》、雄々《おお》しく強靭《きょうじん》な四肢《しし》、大河の如くうねる尾《お》、それから……燃え散る寸前の落陽のような、深く赤い瞳《ひとみ》――ああ、今でもありありと思い出せる。女神様に導かれた先、誰も知らぬ世界の果ての荒野《こうや》に、あやつは独り佇《たたず》んでいた。同胞《どうほう》は絶えて久しく、訪《おとず》れる人間もなく、奴《やつ》の存在を知る者などあの世界には一人としていない。伝承にすら残らぬたった一頭だけの古き魔王。だから私はあやつの名前すらも知らぬ。……だがそれでも、奴は確かにそこにいたのだ」

口下手なはずの老夫が、その竜に関してだけはひどく饒舌《じょうぜつ》になる。それが何より竜の存在の大きさを物語っていた。

「私の役目はかの竜を葬《ほうむ》ることであった。女神様からそう聞かされて、私は剣をとった。特に疑問はなかったよ。神に選ばれたことが嬉しくてな、それに、当然勝てるものだと思っていた。そういう運命なのだからと。……だが、結果は違《ちが》った。奴は恐ろしく強かった。まったく歯が立たなかった。まるで大地そのものに剣を振るっている気分だったよ。あっという間に刃は砕《くだ》かれ、命からがら逃《に》げ延《の》びたものだ。そしてそれが長い長い戦いの始まりだった」

と、老兵は懐《なつ》かしむように振り返る。

「翌日からも私は奴に挑んだ。あの竜を倒《たお》さぬことには帰れないとわかっていたのでな。だから幾度も挑み……そのたび手ひどい返り討《う》ちにあった。それでも毎日戦えたのは、私の固有異能のお陰だな。はて、何と呼んだか……正式な名などとうに忘れてしまったが、『一晩眠《ねむ》れば体力が回復する』というものでな……」

「え……？　そ、それって、その……」

その能力を聞いて、思わず口ごもってしまう小毬。だが言わずともその先を察したらしく、柳凪は『ああ』と苦笑《くしょう》した。

「これは後で知ったことなのだがな、私の固有異能はずいぶんと弱いものらしい。直接の戦闘《せんとう》には何の役にも立たぬのだからな。といっても、あの頃の私の実力ではどんな固有異能でも変わりはしなかっただろう。そうやって挑んでは負け、挑んでは負けを半年ほど繰り返したところで……私はもうほとほと嫌《いや》になってしまった」

まさかこの人物から『嫌になった』などという子供じみた言葉が出るとは。思わず意外そうな顔をする小毬へ、柳凪は少し恥ずかしそうに肩をすくめる。

「仕方なかろう、あの時分は まだ若かったのだ。恥ずかしながらあまり堪《こら》え性《しょう》のある性分《しょうぶん》でもなかったものでな。そして何より……私にはあの戦いに意義が見いだせなかった。もしもこれが人々を守るための戦いであったならば、まだ踏《ふ》みとどまることもできただろう。だが相手は世界の果てに佇むだけの竜。人々に害をなすこともなければ、土地を汚染《おせん》することもない。ただそこにあるだけの無害な存在だったのだ。ゆえに、私が負けたとしても世界が滅びることはない。私が勝ったとしても世界が救われるわけでもない。おまけに現地の人々は最初からこの戦いが起きていることすら知らないのだ。勝っても負けても何の意義も賞賛もない戦いに命を張り続けるなど、当時の私には耐《た》えられなかった。だから……私は逃げ出したのだ」

と、柳凪は静かに告白する。

「無論、魔王を倒さぬままでは地球に帰ることはできない。だがあの異世界は平和で豊かな地でな、住人たちも皆とても気の良い者ばかりだった。知人も身寄りもない私を優《やさ》しく受け入れてくれたよ。固有異能は使えぬものの、それなりに腕力《わんりょく》はあったものでな、荷運びのような力仕事をするだけで十分暮らせたものだ。ああ、思い返すもあれは楽しい生活であった。魔王も女神も忘れ、郷愁《きょうしゅう》も薄《うす》れ、このままこの地に骨をうずめるのも悪くないと思うまでそう時間はかからなかったよ」

懐かしさに思わず顔をほころばせる柳凪。その表情を見れば、それがどれだけ幸福な日々だったかがよく伝わってくる。

「そうやって三年ほど剣も握らず暮らしていたある日、ふと夢を見た。荒野に佇む一頭の竜の夢だ。無論、そんなものはただの夢……だが、なんだか少し気になって、私はもう一度だけあの荒野へと赴《おもむ》いた。……そこに奴はいた。初めて見たあの日から少しも変わらず、静かに何かを待っていた。私は無性《むしょう》に恐ろしくなって逃げ出したよ。奴は追ってはこなかった。当然だ。かの竜は挑み来る者を迎《むか》え撃《う》つのみ。決して自分から追いかけたりはしない。だから逃げるのなど簡単だった。……いや、簡単なはずだったのだが……どうにも、魔王というものからは逃げきれないらしい。

人里へ戻った私は、再び同じ生活に戻った。だが、胸の内は以前と同じとはいかなかった。奴が待っている。私を待っている。その事実が頭から離れなかった。私の記憶《きおく》にこびりついた奴の赤い瞳が、どうしても忘れられなかったのだ。だから私は必死で逃げた。街を替《か》え、土地を替え、あの竜がいる荒野からひたすらに遠く。記憶から逃げ、女神から逃げ、役目から逃げ、逃げて逃げて逃げて、それでも逃げきれずに……最後には逃げることからも逃げることにした」

その言葉から、老人と竜の本当の物語が始まった。

「私は三度《みたび》、奴の前に戻った。といっても、前と同じく歯など立つはずもない。いやむしろ、三年も遊び惚《ほう》けていたぶん最初よりも手ひどく返り討ちにあったものだ。当然のように殺されかけ、どうにか以前使っていた荒野の端《はし》の山小屋へと逃げ延びると、そこでは女神様もまた変わらず私を待っていた。そこからまた例の繰り返しが始まった。朝日が昇《のぼ》ると同時に戦いへ赴き、日が沈《しず》む頃にぼろぼろになって敗走する。そして一晩泥《どろ》のように眠り……また日が昇れば奴に挑む。ああ、まったく、実に苦しい日々だったよ」

などと、柳凪は思い出すだけでも憂鬱《ゆううつ》そうな溜息《ためいき》をつく。逃亡《とうぼう》中の日常を語っていた時とは大違《おおちが》いだ。

なので、小毬はつい問うてしまった。

「あの……もう一度逃げようとは思わなかったんですか……？」

「ああ、もちろん思ったよ。何度もだ。だがそれでも思いとどまったのは、逃げていた頃の苦しみよりもずっとマシだったのと……そして、女神様がいてくれたおかげだろうな」

「え、それって、ももも、もしかして……女神様と禁断の恋《こい》に！？？」

そんなような設定のドラマをこの前テレビで見たのだ。

だが、柳凪はきょとんとしてから笑った。

「ははは、確かにあの女神様は大きく真っ白な羽をもつ美しいお方だった。だがそのようなロマンチックな間柄《あいだがら》ではない。というより、我々はほとんど言葉も交《か》わさなかった。私もかなりの口下手だが、女神様はそれに輪をかけて寡黙《かもく》なお方でな。口を利《き》くのは毎朝の『いってらっしゃい』と毎晩の『おかえり』の二言だけ。それ以外は何も喋《しゃべ》らぬ。最初の頃はひどく嫌われているのかと思って落ち込んでいたものだ」

と柳凪は苦笑する。

「ただ、それはひどい思い違いだったのだがな。……実はずっと不思議に思っていたのだ。戦いのたび、私の剣はかの竜に砕かれた。それでも翌朝になると女神様が新しい剣を持たせてくれる。一体どこから調達しているのだろうか、とな。

そして、その答えを私はある晩知ったのだ。……あの日、私は偶然夜中に目を覚ました。するとどうだ、女神様が小屋を出てどこかへ行くではないか。気になった私はこっそり後をつけた。その行先は、竜の佇む戦場であった。そこで何をするかと思えば、女神様は砕かれた剣の欠片《かけら》を一つずつ集め始めたのだ。そしてすべてを拾い集めると、自らの羽を一枚むしり、それにともした炎《ほのお》で剣を鍛《きた》え始めた。あの方は毎晩、私が寝《ね》ている間に剣を直してくれていたのだ。……私はずっと独りで戦わされていると思っていた。だが、そうではなかった。口では何も言わなくとも、女神様はずっと、私と共に戦ってくれていたのだ」

小毬にも何となく伝わってくる。そのちっぽけな事実が、かつての柳凪にとってどれだけ心強い助けとなったことか。

「そこから先は繰り返しだ。目覚めと共に剣をとり、黒竜と殺し合い、刃を砕かれ家に帰る。そのたび体に傷が増え、そのたび女神様の羽一枚分剣は大きくなった。そんな日々をただ延々と続けたよ。幾度も夏と冬を繰り返し、幾度も春と秋が過ぎ去った。そうして私の髪《かみ》も白くなってきた頃……最後の日がやってきた。

長い長い年月の末、あれだけ大きく美しかった女神様の翼《つばさ》はもう、たった一枚きりになっていた。そしていつものように負けた私の剣を、いつものように羽にともした炎で直し、いつものように私に『いってらっしゃい』と告げ……そこで彼女は死んだ。それが彼女の役割だったのだろう。死した女神は遺体すら残らぬ。彼女は風に溶《と》けるように消えてしまった。世話になった礼さえ言わせてはもらえなかった」

淡々《たんたん》と語る柳凪の声音《こわね》には、今なお色褪《いろあ》せぬ哀しみが滲んでいた。

「ゆえに、私は彼女の言葉通り奴のもとへ向かった。その日もやはり、竜はそこにいた。初めて来た時と同じく、悠然《ゆうぜん》と、泰然《たいぜん》と、ただ荒野で私を待っていた。……もう、剣は折れなかった。私と奴は七日七晩戦い続けた。互《たが》いの血で互いを染め、互いの肉で互いを埋《う》めた。どちらがどちらかわからなくなるぐらいまで。それは別に憎しみからではない。敵意などでもない。うんざりするほど戦い合った仲だ、そんな感情などとうに枯《か》れていた。我々にとってあの殺し合いは、実に自然な行為《こうい》であった。太陽が昇るように。水が流れるように。私と奴は殺し合う。我々はそういうものだった。

そうして七日目の夜が明けて……最後に立っていたのは私だった。竜は死んだ。何も語ることなく、何も残すことなく。女神と同じように風に溶けて消えた」

かくして老人と竜の物語の幕は閉じた。……小毬はそう思った。だけど、それはどうやら始まりにすぎなかったらしい。

「だが、すべてが終わった後でも私にはわからないままだった。かの竜が何のためにそこにいて、何を想い戦い、本当は誰を待っていたのか。何一つわからぬまま、私に残されたのはこの老体と剣だけ。私は考えずにはいられなかった。……私は確かに選ばれ奴と戦った。しかし、これで正しかったのか？　竜が待っていたのは他の誰かだったのかもしれない。もっとふさわしい者がいたのかもしれない。私でなければ、これとは別の結末があったのかもしれない。——本当に、選ばれたのが私で良かったのか？」

老人がかつて抱いたその疑念は、奇《く》しくも今小毬を苛《さいな》む迷いと同じもの。だから小毬は縋《すが》るように問うた。

「柳凪さんは、どうやってその答えを……？」

『それはだな……』と柳凪はその核心《かくしん》を口にする。

「今もまだ、考えている最中なのだよ」

老人はただ不器用に微笑んだ。

「阿蒙君たちは私を信じてくれている。この老体に世界を救う力がある、と。だが私は今話したような弱い男だ。自分で良かったのか、それさえ未《いま》だに自信が持てぬ。だが、それでも私はこの老骨にやれるだけのことをやろうと思っている。老い先短い身だ、きっとこの戦いの果てでも私の求める答えは出ないだろう。それだけはなんとなくわかる。だがそれでも……私は戦うと決めた。ほんの少しでも奴に、『私を選んで良かった』と思ってもらえるよう。選ばれた者として奴に恥じぬよう。死したそのあと、どこかで奴と再会した時、この胸を張って顔を見られるように。私は私の信ずる道を進むのみだ」

穏《おだ》やかに語る老人の、静謐《せいひつ》な瞳の奥《おく》……小毬はそこに、竜の面影《おもかげ》を見た気がした。

「おっと、もう朝食の時間か。やれやれ、すっかり話し込んでしまったようだ。老人の長話に付き合わせてしまってすまぬな。私は何を言いたかったのやら……まったく、これだから慣れぬことはするものではないな」

自嘲的に微笑んだ柳凪は、『さあ、朝食に行こうか』と立ち上がる。

その後に続いて拠点《きょてん》へ戻ると、リビングでは既に凛《りん》や天禰が朝食をとっていた。

「あ、小毬さんおはようっす。こっちで一緒《いっしょ》に食べましょう！」

と凛が誘《さそ》ってくれるが、その声も耳に入らぬ様子でずかずかと直進する小毬。その向かう先は――隅《すみ》のテーブルでコーヒーを飲んでいる阿蒙。

「あの！」

意気込《いきご》んでかける第一声。だが……

「待て。私は朝のルーティーンを乱されるのが嫌いだ。用ならこれを飲み終えてから――」

と、阿蒙はにべもなく制止する。けれど小毬はお構いなしに詰め寄った。

「私、やります!!」

鼻息荒《あら》く一言。もはや前置きすら忘れるほど前のめりな様子に、阿蒙は諦《あきら》めてカップを置いた。

「そうか、では……もう迷いはない、と？」

阿蒙は鋭《するど》く問う。無論、向こうから声をかけてきたということは決心がついたということ。それぐらいは当然わかっている。だが、ここから先の戦いは生半可な覚悟では通用しない。もし小毬の決意とやらが口先だけのものなら、今この場で論破するつもりなのだ。

……が、返ってきたのは予想外の答えだった。

「いえ、まだ迷ってます！」

「……は？」

「選ばれた責任は、やっぱり私には重いです。自信なんてないし、怖《こわ》くて怖くてたまりません！　私で良かったのか、全然わからないです！」

「……そうか、正直なのは認めよう。だが、ならばやはり君は不適格だ。悪いことは言わない、今すぐ家に帰って――」

と突《つ》き返しかけたその言葉を、小毬は大きな声で遮《さえぎ》った。

「でも、それでもやりますっ！　……昔、ある人に教えてもらったんです。怖くて足が震えるなら、怯《おび》えたまま進めるようになればいいって。だから私はやります!!」

己《おのれ》の役割を知ったあの時と、小毬は何一つ変わっていない。迷っているし、臆している。落伍勇者である彼女には、この恐れを打ち払うだけの勇気も力もありはしない。でも、別にそれでいい。怖くて、不安で、足が震えるというのなら、その竦《すく》んだ足で歩くまでだ。

それに対して……返ってきたのは呆《あき》れたような溜息。

「結局ただの開き直り、か」

と侮蔑《ぶべつ》するような阿蒙の言葉には……しかし、続きがあった。

「……が、まあ及第点《きゅうだいてん》だな」

そう、合理主義者な阿蒙は開き直るような人間など大嫌《だいきら》いだ。……が、目を見ればわかる。その開き直りに込められた覚悟の大きさが。だって、彼も同じ勇者なのだから。

かくして曲がりなりにも認めてもらえた小毬。であれば早速《さっそく》前進するのみ。

「それじゃあ私、これから何をすればいいですか⁉　世界の果てでも、地の底でも、どこへでも行っちゃいますよ‼」

小毬が切り出したのは昨日の会議の続き。ロザリアに対抗《たいこう》する切り札としてどう動けばいいのか、張り切って詰め寄る。

すると、阿蒙はさらりと答えた。

「君には我々と共に《原初の勇者の剣》を入手してもらう。……ただし、世界の果てにも地の底にも行く必要はない。なにせ、剣があるのは君がよく知っている場所——ユグラシア学園なのだから」

「ええっ⁉　なんで学園に剣が⁉」

学園では半年以上過ごしたが、そんなすごい剣が隠《かく》されていたとは。なんて驚《おどろ》く小毬だが……その反応に阿蒙はむしろ呆れた様子を見せる。

「何を言っている、順序が逆だ。学園派の女神《めがみ》たちは、剣を封《ふう》じた結界の上に学園を建てたのだ。……理由はわかるな？」

「？・？・？・」

と言われてもまったくわからない小毬へ、横から凛が助《たす》け舟《ぶね》を出した。

「そもそも剣を封印《ふういん》したのは女神界の長なんです。つまり、女神界に反旗を翻《ひるがえ》した学園派としては、剣を対学園用の兵器として使われないよう押《お》さえておかなきゃいけなかったんすよ。もちろん、あわよくば封印を破って自分たちで使っちゃおうって思惑《おもわく》もあるんすけどね」

世界最強の兵器である剣は、誰にとっても無視できない代物《しろもの》。であれば、自分たちの総本山である学園で蓋《ふた》をしてしまおうということらしい。確かに全勇者が集う学園よりも強固な砦《とりで》はないだろう。

「ただ、封印を破る試みの方はすべて失敗したみたいっすけどね。……非公式の記録を調べた限り、学園は創設以来四度封印に挑んでいます。けど、結果はすべて失敗。なんでも、剣は特殊なダンジョンの奥に隠されていて、そこには『十三の試練』が待っているとか。送《おく》り込まれたSランカー部隊はいずれも全滅《ぜんめつ》したそうです。まあ、お陰で未だにロザリアの手には渡《わた》ってないんすけど、逆に言えばジブンらもその試練に挑まなきゃいけないわけでして、当然その前段階として学園に潜入《せんにゅう》もしなくちゃいけなくて……」

と注意を促《うなが》す凛。……が、こんな長い説明をちゃんと聞けるはずもなく……

「わかりました！　では早速行きましょう!!」

やる気が有り余っている小毬は、既《すで》にわたわたと足踏《あしぶ》みをしている。そのイノシシの如くせわしない姿に、阿蒙は呆れたような溜息を吐《つ》いた。

「まったくせわしない……話は最後まで聞け。学園へ潜入するのは三日後だ」

「ええっ、なんでですか⁉　私、いつでも準備オッケーですよ!!」

「君の準備など聞いていない。学園主力のランカー小隊が最も少なくなるのが三日後なのだ。あくまで隠密潜入《おんみつせんにゅう》の予定だがリスクはできるだけ排除《はいじょ》したいからな。それとも、君は学園と正面切って戦争でもするつもりか？　何の罪もない子供相手に？」

「うっ……」

ぐうの音も出ない正論である。学園にはララだっているのだ、騒乱《そうらん》を起こすのだけは絶対に避《さ》けなければならない。

「だから今は待て。いいな？」

「はぁい……」

「よろしい。では君も食事にしろ。体を休めるのも戦いのうちで……」

と言いかけた時にはもう、小毬は再び外へ駆《か》けだしていた。

「私、もうちょっと素振りしてきますっ!!」

歩き出すと決めたら一直線。作戦に向けて少しでも鍛えるべく小毬は剣を握る。

その愚直《ぐちょく》すぎる背中をやれやれと呆れて見送る阿蒙。……ただ、その口元は少しだけ微笑んでいた。


――……

――……


そうして待ちに待った三日後。

夜明け前の草原に並び立つ戦士たち。

凛を除く『オールド・ミィス』のメンバーたちが、今、完全装備で勢ぞろいしていた。

「さて、全員準備はいいですね？」

並び立つ面々に問う阿蒙。といってもそんなものは形式だけ。準備ができていない者などいるはずがない。

「これより学園へ夜襲《やしゅう》をかけます。作戦目標は《原初の勇者の剣》の入手のみ。余計な戦闘は避けるように」

そう、彼らの目的は剣の入手。学園が秘匿《ひとく》する世界最強の宝剣《ほうけん》を手に入れ、女神ロザリアの野望を打ち砕く――すなわち、今夜の作戦で世界の命運が決すると言っても過言ではない。

その重大決戦を前にして、小毬は鼻息を荒くしていた。

「よーし、頑張《がんば》りますよ～!!」

「ふふふ、張り切ってるわね、小毬ちゃん」

「はいっ！」

世界の趨勢《すうせい》を左右する一大決戦だ、気合が入らぬわけがない。……ただ、小毬はそこでふと冷静になった。

「あの、ところで……天禰さんも一緒に……？」

おずおずと隣《となり》の天禰に問いかける小毬。

他の勇者はともかくとして、天禰はあまり戦闘に向いているようには見えなかったのだ。けれど、当の天禰は『もちろんよ』と笑う。

「もしかして、私のことただの家政婦さんだとでも思ってた？　私だって一応は元勇者なのよ。まあ、この体だし、直接的な戦闘は苦手だけど……」

と言いながら、天禰はおもむろに自分の髪を一本だけ抜《ぬ》く。そして目に見えない何かに向かって『足をちょうだい』と一言。――次の瞬間、毛髪《もうはつ》が突如膨《とつじょふく》れ上がったかと思うと、グロテスクな蜘蛛《くも》の怪物《かいぶつ》に早変わりした。

「多分、足手まといにはならないから。心配しないで」

なんて言いながら、当然のような顔で車椅子《くるまいす》から蜘蛛に乗り換《か》える天禰。優しげな美女とおぞましい怪物……なんともアンバランスな取り合わせだが、少なくとも「あまり戦闘に向いていない」などということはなかったようだ。

なんにせよ、これで準備は整った。あとは出立を待つだけ。……ただ、作戦開始の合図はなかなか訪れなかった。

「……ふん、遅《おそ》いな」

腕時計《うでどけい》を確認《かくにん》しながら眉《まゆ》を顰《ひそ》める阿蒙。

作戦では凛が学園内部から転移門《ゲート》を開けて手引きすることになっている。その予定時刻が十分ほど過ぎているのだ。無論、普段《ふだん》なら目くじらを立てるほどの遅《おく》れでもないが……これは世界の命運がかかった重要任務。何かしらトラブルがあったと考える方がむしろ自然だろう。メンバーたちの表情が険しさを増す。

……と、その時だった。

不意に出現するゲート。ようやくか、と思いきや、本来なら続いて現れるはずの凛が出てこない。

やはり何かあったのだ。だが、それを知ってなお彼らはためらわなかった。

「どうもトラブルが起きたようだな。であれば……急ごうか。問題を解決するのが勇者たるものの役目だ」

そう、歴戦の勇者である『オールド・ミィス』たちは臆さない。最大限の警戒《けいかい》は忘れず、しかし、その進む先は常に前へ。それが人々の先頭に立つ勇者の矜持《きょうじ》。小毬はこの大人たちの存在を心から頼《たの》もしく思うのだった。

「では、ゆくぞ」

その一言で全員がゲートへ踏み出す。

転移術式特有のホワイトアウトの後、同時に着地する一同。到着《とうちゃく》したその場所は、確かに目的のユグラシア学園だ。……ただし、その姿は小毬の知っているものとはまったく違っていた。

「な、なに、これ……⁈」

天地を埋め尽《つ》くす無数の魔物《まもの》。

あちこちで燃《も》え盛《さか》る業火《ごうか》。

辺りに木霊《こだま》するのは生徒たちの悲鳴。

世界樹の平和を守る砦であるはずの学園は、おぞましき戦火に包まれていたのだ。

信じられない光景を前に、小毬が呆然《ぼうぜん》としていたその時……

「――良かった、通れたみたいっすね！」

駆け寄ってきたのは凛。既に魔物と交戦した後らしく、微《かす》かに息が上がっている。

「祇隠寺凛、無事だったか。ならば状況の説明を」

「ついさっき突然《とつぜん》魔物が襲撃《しゅうげき》してきたんです！　学園側の応戦が遅れてこのありさまで……」

「ま、待って、じゃあララちゃんは……!?」

最悪の状況を想像し、思わず割って入る小毬。

けれど凛は安心させるように答えた。

「大丈夫《だいじょうぶ》っすよ。魔族襲撃は東門方向からだったんで、西側にある女神宿舎とは真逆っす。自分から迷《まよ》い込《こ》みでもしない限り、避難《ひなん》は十分間に合ってるはずっすよ」

「そっか、良かった……」

ほっとする小毬の傍《かたわ》らで、大人たちは既に指針を固めていた。

「なるほどなるほど、どうやら私たちとまったく同じ考えを持つ者がいたようですねえ」

「しかも魔族でしょ？　じゃあ手引きしてるのって～」

「十中八九女神ロザリア――で決まりでしょうね」

「なら急がなくちゃいけないわね」

と動き出す天禰たち。……ただ、柳凪がそれに待ったをかける。

「いや、待ちなさい。その前に――」

と何かを言いかけるも、それを阿蒙が遮った。

「わかっています、『生徒たちの救出が最優先』とおっしゃりたいのでしょう？　それは我々にお任せを。あなたと天禰さん、それから祇隠寺凛と伊万里小毬は剣の確保へ向かってください。我々も掃討《そうとう》が終わり次第追いかけます。よろしいですね？」

「……いつも苦労をかける」

どれだけ崇高《すうこう》な使命があるとしても、眼前の悲劇を見過ごせない――甘《あま》さとも呼べる柳凪の性格を知り尽くしているらしい。先手を取ってテキパキと指示を下す阿蒙。

こうまで言われては迷ってなどいられない。

「では我々も急ごうか。祇隠寺君、案内を頼む」

「こっちっす！」

そうして剣確保班の向かう先は、学園中央にそびえる本部棟《とう》。その深部に位置する下院議事堂まで駆け抜けると、凛が調べておいた秘密の空間座標コードを展開する。その瞬間、忽然《こつぜん》と巨大《きょだい》な門扉《もんぴ》が現出した。――厳重に秘匿された隔離《かくり》空間への扉《とびら》だ。

そしてそれを開けた先には……倒れ伏《ふ》したたくさんの生徒たちが。

「み、みなさん大丈夫ですか⁉」

思わず駆け寄る小毬。……全員傷ついてはいるが、どうにか息はあるようだ。小毬はほっと胸をなでおろす。

ただし、安堵《あんど》するにはあまりにも早かった。

「この封印……一撃で破られてますね」

「うむ、相当な手練《てだ》れのようだ」

柳凪と天禰の視線の先には、生徒たちが守護していたと思《おぼ》しき巨大な門扉。最高位女神ですら解呪にてこずるはずのその扉は、今や無残な瓦礫《がれき》となって転がっている。――生徒たちを蹴散《けち》らした襲撃者《しゅうげきしゃ》は、既に先へと進んでいるのだ。

「じゃ、じゃあ、剣はもう……」

「いえ、大丈夫っすよ。ここから先はそう簡単に進めるものじゃないっす。今から追いかければ十分間に合います」

そう、問題はこの先。学園の精鋭《せいえい》たちを幾度《いくど》送り込んでも一つとして突破《とっぱ》できなかった『十三の試練』が待ち構えているのだ。魔族襲撃からまだ十五分程度しか経《た》っていない。時間的に考えても間違《まち》いなく追いつけるだろう。

だったら、選択肢《せんたくし》は一つ。

「行きましょう！」

かくして四人は最初の扉をくぐる。その向こうに広がっていたのは、煮《に》えたぎる溶岩《ようがん》の異空間。その守護者たる獄炎《ごくえん》の巨竜《きょりゅう》は……しかし、灰となって死んでいた。

続いて進む二つ目の扉。その先で待つは凍《い》てつく氷河の階層。そこに君臨する氷雪の巨《きょ》人《じん》は……しかし、魂《たましい》まで凍《こお》り付いて動かない。

三つ目、四つ目、五つ目――扉をくぐるたび様変わりする異空間。そこには各階層を守護する最強のガーディアンが。いずれもステージ：Xの魔王《まおう》をも凌駕《りょうが》する創世代の神獣《しんじゅう》たちだ。……が、そのすべてが既に屠《ほふ》られた後。しかも、いずれも圧倒的《あっとうてき》な力によって一撃で葬り去られている。先行する何者かは、一体どれだけ規格外の力を有しているのか。

そうしてひたすらに進むこと十一回。十二番目の扉をくぐった先で待っていたのは、これまでとは違う光景だった。

「――え、なにこれ……？」

がやがやとざわめく喧噪《けんそう》。

ざわざわと蠢《うごめ》く人波。

全く見覚えのない街並みと人々。

――扉をくぐったはずの小毬は、いつの間にか見知らぬ街中にいた。

「あ、あれ？　私、地下にいたはずじゃ……」

突然《とつぜん》放り込まれた往来のど真ん中にて、小毬は呆然と立ち尽くす。

すると……

「――どうもこれまでとは違うパターンみたいっすね」

と、背後からやってきたのは凛。

「凛ちゃん！　よ、よかったぁ、てっきりはぐれちゃったのかと……！」

「気を抜かないでください、何が起こるかわかりません。それに……柳凪さんたちの気配がどこにもないっす」

言われてみれば、合流できたのは凛だけ。一緒に扉をくぐったはずの柳凪と天禰がどこにも見当たらない。既に凛が探知魔法《まほう》を起動しているようだが、それに引っかかった様子もなし。恐《おそ》らく、かなり離《はな》れたところにいるか、場合によっては全く別の階層に飛ばされてしまったのだろう。

「ここ、一体どこなんでしょう……？」

「さあ、まだ何とも。ただとりあえず言えるのは……ここが別の世界樹ってことぐらいですかね。ほら、耳を澄ませてみてください」

と促されるがまま、雑踏《ざっとう》に耳をそばだてる。すると、凛の言わんとしていることがすぐに理解できた。

『――律莉頑＞螟ゥ豌縺ッ縺？励□縺ェ――』

『――縺ゥ薙。驕縺翫？縺ォ隋？●後％縺――』

『――縺阪昴？蜑↑鬟帝」溘♀縺ッ繧？h――』

行きかう人々の会話……それらはすべて全く未知の言語で交わされているのだ。

本来、世界樹の守護者である地球人はどんな異世界人とでも意思疎通《そつう》ができるようになっている。それは初めて行ったアルスガンドやシセラのいた小世界で身をもって体験したことだ。……だが、ここの言語は一つとして理解できない。その理由として考えられるのは、ここが本来小毬たちのいるべき世界樹ではないということ――

「って言っても、街の住人はジブンらを認識《にんしき》できてないみたいですし、こっちからも干渉《かんしょう》はできないっぽいっす。となるとこれは恐らく、過去に存在した別の世界樹の映像でしょうね。……ただ、だからって絶対に気を抜かないでください。これは間違いなく試練の一部……なら、必ず守護者がいるはずっす。いつどこで仕掛《しか》けてきてもおかしくないっすよ」

あらゆる可能性を想定しつつ警戒を強める凛。柳凪《やなぎ》と天禰がいない以上、自分が小毬を守るしかない。

ただ、当の小毬はぽかんと眼前の異世界に目を奪《うば》われている。そしてぽつりと呟《つぶや》いた。

「この人たち……すごく幸せそう……」

眼前を行き交う名も知れぬ世界樹の人々……言葉こそわからないが、一人一人の表情を見ればすぐにわかる。誰《だれ》もが活気と希望に溢《あふ》れ、平和な暮らしを謳歌《おうか》している。どこまでも自由と幸福に満ちた世界だ。

この試練を創った誰かは、もしかしたらこれを見せたかったのかも。小毬はなんとなくそう思う。そしてそれは当たっていた。……ただし、半分だけ。

不意に世界に立ち込める暗雲。そこから現れたのは黒い羽を持つたくさんの鴉《からす》。それは人々に一粒《つぶ》ずつ種を与《あた》えて回る。その種がもたらしたのは、およそ人間の領域を超《こ》えた超《ちょう》常《じょう》の力。そんなものを個人が有するのだから、揉《も》めごとが起こらぬはずがない。

種はじきに争いを生み、争いはやがて戦争になり、戦争は終末となって世界中に死と混《こん》沌《とん》の花を咲《さ》かせる。転がりだした運命の輪は決して止まることはなく、人々はひたすらに殺し合った。戦って、戦って、戦って……最後の一人が死に絶えるまで。

「これは……胸糞《むなくそ》悪いっすね……」

早回しの如く展開される無数の悲劇。過去の幻影《げんえい》だとわかっていても、見ていて楽しい気分になどなれるはずもない。

そして同時に、小毬は柳凪から聞いた話を思い出していた。

『世界樹は平穏《へいおん》を望まない』――眼前の光景はきっと、どこか別の世代で世界樹という生物がやらせたことだ。しかも恐ろしいのは、普通《ふつう》の人間一人一人が争いの種となっていたこと。選ばれし勇者だけが、魔物という非人間相手に戦っている現在とは違《ちが》う。全人類がひたすらに殺し合う、より効率的な『物語』の回収システムにして、より非道な『次なる種』の選別プロセス――

そうしてすべてが静まり返った後、空っぽになった世界に最後の扉が現れた。

「……さっさと行きましょうっす。こんな悲劇をこの世界で生まないために」

凛は迷わず扉へ向かう。それは小毬もまた同じ思いだ。

……けれど、凛に続いて扉をくぐろうとしたその時、不意に心臓がどくりと疼《うず》く。と同時に背後から視線を感じた。ハッと振《ふ》り返ってみれば、そこに立っていたのは一人の少女――

流れるような黒髪《くろかみ》に、凛と整った目鼻立ち。そして、深い碧色《みどりいろ》をした切れ長の瞳《ひとみ》――小毬と同い年ぐらいのその少女に、見覚えはない。だが、なぜだろうか？

――私はこの子を知っている。もちろん記憶にはないが……このどきどきと疼く心臓が、そう訴《うった》えかけているのだ。

「あなたは、一体……？」

と問うた時だった。

「小毬さん？　大丈夫っすか？」

「え、あ、はい……！　今行きます！」

怪訝《けげん》な顔で振り返る凛。と同時に少女の幻影は消え、異様な動悸《どうき》も治まった。後にはただ荒野《こうや》の幻《まぼろし》が広がるだけ。

彼女が何だったのか、今の小毬にはわからない。だが一つ確かなことがある。あの少女の瞳は何かを願っていた。そしてその『何か』へつながる道は、この先にある。

ゆえに、小毬は最後の扉を開け放つ。

難攻不落《なんこうふらく》の封印、秘匿された剣への関門、かつて誰もたどり着いたことのない十三番目の試練……そこにいたのは、神々《こうごう》しい威光《いこう》を放つ巨大な天使。二十四の翼を広げ、三つの相貌《そうぼう》を持つその姿は、まさしく『神』と呼ぶべき威容《いよう》に満ちている。この世界樹に息づくあらゆる生命を超越《ちょうえつ》した究極の存在がそこにいた。

そして最後の守護者たる天使は、小毬たちをじっと見据《みす》えて――ゆっくりと倒《たお》れ伏した。

「え……？」

あっけなく絶命した天使は光の粒子《りゅうし》となって消滅《しょうめつ》していく。

その最期《さいご》の燐光《りんこう》の中、平然と佇《たたず》んでいたのは隻腕《せきわん》の少年。それは静かに振り返ると、なんてことなさそうに口を開いた。

「――なんだ、小毬。お前も来たのか」

まるで同級生と偶然《ぐうぜん》出くわしたかのような、なんとも平凡《へいぼん》な反応。だがここは近所のコンビニや学食とは違う。最強の宝剣が眠《ねむ》る『十三の試練』の最深部だ。偶然ばったり、なんてことがあっていい場所ではない。

いるはずのないその少年へ、小毬は思わず問いかけた。

「きょ、恭弥さん、どうしてここに⁉ それに、その腕《うで》……！」

すると、その少年――九条《くじょう》恭弥はなんてことなさそうに肩《かた》をすくめる。

「ああ、これか？ 葛葉《くずは》先輩《せんぱい》を殺した時に、ちょっとな。まあ気にするな」

「こ、殺した……⁉ なんで、そんなこと……」

震《ふる》える声でもう一度問う小毬。……だがそれに答えたのは恭弥ではなかった。

「――あーもー、『どうして？』『なんで？』って、いちいちうるさいなあ～。そんなの決まってるじゃん。あいつを殺したのは邪魔《じゃま》だったからだし～、ここにいるのは君たちと同じ目的だよ。――《原初の勇者の剣》のためさ‼」

甲高《かんだか》い笑い声と共に、空間に亀裂《きれつ》が走る。

そこから現れたのは二人の女。

一人は学園の創設者にして輝《かがや》く美貌《びぼう》の女神――ロザリア。

そしてもう一人、ロザリアのさらに後方で佇んでいるのは、おぞけだつほど妖艶《ようえん》な美女。

静観を決め込んでいるようだが、直感でわかる。あれはとても危険な存在だと。

だからこそ、小毬は必死で訴えかける。

「恭弥さん、聞いてください！　ロザリアちゃんは悪いことをしようとしてるんです！　この世界樹を滅《ほろ》ぼそうと――」

と、ロザリアの悪意を伝えようとする小毬。経緯《けいい》はわからないが、きっと恭弥は騙《だま》され利用されているのだ。だったら真相を教えなければ。

……が、返ってきたのは予想もしない反応だった。

「ああ、知ってるよ。というか……俺《おれ》も同じ目的だしな」

「え……？　な、何言ってるんですか⁉　世界を滅ぼすって、恭弥さんはそんなこと……！」

「あーもー、うざいなあキミ。まだわかんないの？　恭弥はさ～、もうとっくに僕《ぼく》のものなんだよ‼」

と勝ち誇《ほこ》りながら、ロザリアはまるで恋人《こいびと》のように少年の首へ腕を回す。そして恭弥もまた、それを拒絶《きょぜつ》しようとはしなかった。

「そ、そんな……でも……でも……」

眼前の光景を信じたくなくてなおも否定しようとする小毬。

そんな小毬へ、恭弥はうんざりしたように告げた。

「お前もしつこいな……口で言ってもわからないか？　なら——これで少しは伝わるか？」

刹那《せつな》、全身をあまさず突き刺《さ》す威圧《いあつ》感。雷《かみなり》の如くひりつくそれは、紛《まぎ》れもなく濃密《のうみつ》な敵意——それだけでわかってしまう。眼前の少年がもはや、小毬の知っている温厚《おんこう》な彼《かれ》とは別人であることが——

「小毬さん、離れてくださいっす!!」

恭弥の敵意を受け、即座《そくざ》に叫《さけ》ぶ凛。そこには微塵《みじん》の迷いもない。こうなる可能性も最初から考えていたのだ。

だからこそわかっている。九条恭弥相手に様子見はない。であれば——初めから最強のカードを切るのみ。

「《源種解放——常世隠し《よわのとばり》》」

己のうちなる種を解放した瞬間《しゅんかん》……祇隠寺凛は世界から消失した。

それは今まで使っていた『隠蔽《いんぺい》』の異能とは次元が違う。彼女がこの世界にいた事実、それすらも消滅させるもの。人も、物も、世界樹さえ、誰も彼女がいたことを覚えていないし、認識もできない。祇隠寺凛は『非存在』へと自らを隠匿《いんとく》したのだ。

そして完全な透明化《とうめいか》を果たした凛が握《にぎ》るのは、固有異能から創り出した魔法剣《まほうけん》――《日《ひ》蝕《は》みの刃《やいば》》。物理的には虫すら殺せぬなまくらの短刀ではあるが、ひとたび触《ふ》れればあらゆるものをこの世から隠し、永劫《えいごう》に幽世《かくりよ》へと隔離する――神さえ隠す神隠《かみかく》しの剣である。

認識不可の隠遁《いんとん》と、万物《ばんぶつ》を隠す《日蝕みの刃》……『警戒しよう』と考えることさえ不可能な、存在外からの確定暗殺。それこそが彼女の本領。これならば相手が九条恭弥だろうと関係ない。なにせ、世界樹すら認識できぬ攻撃《こうげき》を防げる者などこの世に存在するはずがないのだから。

(この男は、今ここで摘《つ》む――――!)

非存在と化した凛は、素早《すばや》く恭弥の背後へ回り込む。そして無防備なその首筋に必殺の刃を突き立てて――

「――――っ!?」

確かに首をとらえたはずの刃が、すんでのところで止まる。その理由は、肌《はだ》から数ミリのところに展開された極薄《ごくうす》の防壁《ぼうへき》。本来ならばあらゆる物理・魔法をすり抜けるはずの《日蝕みの刃》が、なぜか薄布ほどの障壁《しょうへき》に阻《はば》まれているのだ。

そして凛はすぐにその正体に気づいた。

（これは――原初のルーン⁈）

世界に四十九個のみ存在する最古の呪法《じゅほう》――原初のルーン。その中でもあらゆる真実をとらえるとされるルーン：エメスが無数に折り重なることで壁《かべ》が展開されているのだ。

そう、世界を滅ぼすと決めた後でも、恭弥の慎重《しんちょう》さは変わってはいない。認識外からの攻撃ぐらい最初から想定済み。たとえ世界樹を騙せても、九条恭弥だけは欺《あざむ》けないのである。

「――やっぱりそういう系統の能力だったか。警戒しといて良かったよ」

奇襲《きしゅう》に失敗した凛を、恭弥の魔眼《まがん》が正面からとらえる。と同時にルーンの防壁が形を変え、無数の鎖《くさり》となって凛を搦《から》めとった。機を失った暗殺者にできることなど何もない。当然の如く地べたに転がされた凛は、もはやなすすべなく叫んだ。

「くっ……小毬さん、逃《に》げてください！」

だが小毬は動かない。――どうしても問わなければならないことがあるのだ。

「どうしてですか、恭弥さん⁉　どうして世界を壊《こわ》すなんて……⁉」

善良なはずの少年が、世界を滅ぼそうとする理由……かつての恭弥を知っているからこそ、どれだけ危険でも小毬には確かめずにはいられない。

……そんな小毬へ、恭弥は逆に問い返した。

「『どうして』、か……なあ小毬、ここに来てるってことは、お前ももう知ってるんだろ？　この世界樹がどういう存在か」

「それは……はい……」

人間の思念を糧《かて》に生きる超次元《ちょうじげん》の疑似《ぎじ》生命——世界樹。

自作自演で生産する『物語』を喰《く》らいながら、固有異能という名の『次なる世界樹の種』を選別し、最後には滅びによって世代交代を果たす。それこそが彼らの生きる世界の正体だ。

「そうか、知ってるんだな。だったら話は早い。……なあ小毬、お前はこの事実をどう思う？」

「ど、どうって……？」

「世界樹にとって俺たちは操《あやつ》り人形《にんぎょう》みたいなもの。物語を供給するため自作自演で踊《おど》らされ、永久に悲劇を繰《く》り返し、最後にはまとめて終わり……それで平気かって聞いてるんだよ」

ひどく冷たい言い方……ではあるが、否定しようとした小毬の脳裏《のうり》に浮《う》かぶのは、先ほど見たあの光景。万人《ばんにん》が万人と殺し合うことで物語を回収し、かつ、次の世界樹にふさわしい種を選ぶ地獄《じごく》——恭弥の言っていることは紛れもなく事実の一側面なのだ。

「なあ、お前はそれでいいのか？　あの悲劇を……シセラのように役割のままに殺される奴《やつ》を見ても、お前は何も感じないのか？」

「そ、そんなわけないじゃないですか！　だからこそ、私たち勇者が……」

「はは、そうだな。お前はそういう奴だよな。今目の前の困ってる奴に全力……確かにお前なら、いつかみんなを救えるようになるかもな。……でも、それは今じゃないだろ」

侮蔑でもなく、嘲笑《ちょうしょう》でもなく、恭弥は淡々《たんたん》と断言する。

「今この瞬間にも悲劇は生まれている。世界樹によって傷つき殺される者がいる。そのすべてを守れるほど、今のお前は……いや、俺たちは強くないだろ。だから俺もお前も、シセラを見殺しにすることしかできなかったんじゃないか」

「そ、それは……」

「俺はもう、あんなのは御免《ごめん》だ。だから決めたんだ。『いつか』も『誰か』もいらない。どんな犠牲《ぎせい》を払《はら》おうとも、俺は今、この手でフェリスを守るってな」

「フェリスちゃんを……？　どういうことですか?!」

決意と共に口にされたその名前……それが恭弥の猫《ねこ》であることは知っている。だが、それが世界樹の悲劇と何の関係があるというのか——？

「あいつはな、シセラと同じ終焉呪法《ミストルテナス》の一つ……それも、とびきり最悪の《廃棄魔王《ロスト・ノワール》》なんだよ」

「え……それって……!?」

《廃棄魔王》――学園で何度もその名を耳にしたことがある。かつて世界を滅亡《めつぼう》寸前まで追い込んだ、史上最悪の大魔王の名前だ。

「でも、廃棄魔王はもう封印されたって……全部終わったはずじゃ……!?」

「ああ、俺もそう思ってた。だけど違った。あいつの物語は終わってないし、終わることはない。あいつはな、この世界樹が定めた最後の魔王なんだ。世界樹を滅ぼす終焉《しゅうえん》そのもの……それがあいつの背負わされた役割なんだよ。だからあいつに平穏な日常なんて来ない。この世界樹が生きる限り、あいつは最後まで忌《い》まわしき悪の大魔王のままなんだ。だから俺はこの世界樹を壊す。そして新しい世界樹を、俺が望む通りに作り直す。あいつが何の役割にも縛《しば》られず、平穏に生きられる世界をな。誰にも邪魔なんてさせはしない」

すべてはただ、愛する女性のために。その純粋《じゅんすい》な決意の重さは、真《ま》っ直《す》ぐな瞳が何よりも物語っている。

それを悪と呼ぶことは、小毬にはとてもできない――

「小毬さん、耳を貸しちゃだめっすよ！　どんな理由をつけようと、その人がやろうとしてることは罪のない人々の虐殺《ぎやくさつ》なんです！」

叫ぶ凛《りん》の声で、小毬はハッと我に返る。

そうだ、それは許せない。許してはいけない。

「そ、そうです、世界には何の罪もない人が……」

と弱々しく口にする反論を、恭弥の溜息《ためいき》が遮《さえぎ》った。

「返す言葉を失ったかと思えば、他人に言われて思い直す。その程度の考えで俺を止められるとでも？　いや、そもそもお前にだってもうわかってるはずだ。こんな問答に意味はないって。俺を止めたいなら……方法は一つだけだろ？」

その瞬間、恭弥が殺気を放つ。

それは出会って以来初めて恭弥から向けられた、明確な殺意。それを真正面から浴びた小毬は……あっけなくその場にへたり込んだ。

「……あ、あ、あ……」

全身を襲《おそ》う悪寒《おかん》。

止まらない四肢《しし》の震え。

委縮した肺は酸素を取り込もうとせず、頭は痺《しび》れて何も思考できない。

――たった一瞬《いつしゆん》殺気を浴びただけで、小毬は声も出せないほどに竦《すく》み上がっていた。

だが、無理もないだろう。学園Sランカーの裏戸《うらと》でさえ、恭弥の本気を垣間見《かいまみ》ただけで戦意を喪失《そうしつ》したぐらいだ。落伍《らくご》勇者に耐《た》えられる道理があるものか。この状態ではもう、恭弥を阻むどころかしばらくは口を利《き》くことすらできないだろう。

そんな少女を一瞥《いちべつ》して、恭弥はさっさと踵《きびす》を返す。

向かう先は十三番目の守護者を屠ったことで現れた最後の扉。その向こうには目当ての剣《つるぎ》がある。今更《いまさら》口先だけの落伍勇者に構っている時間などないのだ。

……が、そこで恭弥の足が止まった。

「……なあ、もういいって……」

うんざりしたように呟く恭弥。

振り返った先……立っていたのは小毬だった。

「だ、ダメです、恭弥さん、行かせない……！」

「はぁ……なあ、何度言えばわかるんだ？　俺を止めたいなら言葉じゃなく武器でやれ。それができないなら引っ込んでろ。どうせそんな震える手じゃ剣も抜けないんだろ？　別に誰も責めやしないさ。俺とお前とじゃ格が違いすぎる」

言葉なんかじゃ解決できないことがある。それを知っているからこそ、恭弥はこの道を選んだのだ。剣を抜くだけの勇気すら持たぬ少女に、一体何ができるというのか。

だが……

「そ、それでも、私が……みんなを守らなきゃ……！」

竦んだ足を無理矢理《むりやり》引きずりながら、それでも恭弥を止めようとする小毬。あれだけ威圧したのだ、普通ならば涙目《なみだめ》で震えることしかできないはずなのに、まだ立ち向かおうとするとは。

もはや愚直を通り越《こ》して異常とも呼べるその姿に、恭弥は思わず眉を顰めた。

「……お前こそなんでだよ、小毬。どうしてそこまで他人のために戦おうとする？　はっきり言っておかしいよ、お前。異世界で役に立てなかったから、だけじゃないだろ？」

恭弥が思い起こすのは、あの禍憑樹を討伐《とうばつ》した際のこと。あの時も小毬は死の危険を顧《かえり》みず皆《みな》を救おうとしていた。それを『勇気』の一言で片づけてしまうのは簡単だ。だが、こうして面と向かって挑《いど》み来る小毬を見ればわかる。それは勇気とか憧《あこが》れとか、そんな小綺麗《ぎれい》なものではない。この異常な執念《しゅうねん》の裏にあるのは、明るい少女とは正反対の仄暗《ほのぐら》い『呪《のろ》い』めいた何か――

だが、その答えを聞く前に事態は動き出した。

「――よくぞ立った、素晴《すば》らしい勇気だ小毬君。だが、今はまだ……君の番ではない」

どこからか響《ひび》く老夫の声。と同時に、小毬の背後でゆっくりと扉が開く。そこから現れたのは——

「ふん、無茶《むちゃ》は身《み》の丈《たけ》に合ったものにすべきだな」

「小毬ちゃーん、無事～？」

「いやはや申し訳ありません、遅くなってしまいまして……」

続々と姿を現したのは、阿蒙たち『オールド・ミィス』の面々。学園の制圧を終え追いついてきたらしい。

「なんだお前ら、今更わらわらと……」

到着した阿蒙たちに対し、恭弥は冷ややかな視線を送るだけ。凛がいる時点で他に仲間がいることも想定内。別に今更驚《いまさらおどろ》くようなことでもない。……が、最後の二人が現れた瞬間、恭弥は反射的に大きく後退する。

「……！　おい小毬、お前……ドラゴンでも連れて来たのか？」

そして慄《おのの》くような表情で問うた。

警戒に満ちた視線の向こう、最初に扉から現れたのは天禰。

そしてその背後から静かに歩み来るその老兵は——

「どうやら、今度は間に合ったようだな」

「柳凪、さん……！」

「遅くなってすまぬ、小毬君。よく頑張ってくれたな」

そう言って柳凪は不器用に微笑《ほほえ》みかける。……たったそれだけで、あれほどどうしようもなかった体の震えが治まってしまう。大きな巌《いわお》の如き老人の存在は、ただそこにいるだけであらゆる不安をはねのける力に満ちているのだ。

そうして柳凪は、こちらに警戒の視線を送る少年へと向き直った。

「初めまして、だな……九条恭弥君」

「……挨拶《あいさつ》はいらないです。それよりも一応教えてください。……あなた、人間ですよね？」

「ああ、無論だとも。たとえどれだけの力を持とうとも、我々も……そして君も、ちっぽけなただの人間だよ」

柳凪はただ静かに答える。彼だからこそわかっているはず。眼前の少年がもはや人間の領域を超えた力を持っていると。……だがそれでもなお、普通の子供と接するように語り掛《か》ける柳凪。その穏《おだ》やかな、それでいて堂々たる姿に、恭弥は大きく大きく溜息をついた。

「なるほど、元勇者の精鋭集団……あなたたちが『オールド・ミィス《終わった世代》』ってやつですか。……おいロザリア、大したことない老害連中って言ってたよな？　話が全然違うじゃないか……」

と、ぶつぶつ文句を垂れる恭弥は、諦《あきら》めたように首を振った。

「ったく、葛葉《くずは》クラスとはもう戦うことはないと思ってたのに……まさかこんなに早くやり合う羽目になるとは。でもまあ、仕方ないか」

「いいや、九条恭弥君。和平の道は常にある。手遅《ておく》れだと思うのは、若さゆえの思い込みというものだ。我々はいつだってその手を取り合うことができるのだよ」

ここにおいてなお穏やかに諭《さと》す柳凪。彼は心から信じているのだ。眼前の少年の手を取り、正しき道を共に歩けると。……しかし、恭弥はそれを鼻で笑うのだった。

「話し合いで解決できる、なんてのは……老いゆえの思い込み、だと思いますけど？」

冷徹《れいてつ》に微笑んだ刹那、爆発的《ばくはってき》に高まる敵意。その濃度《のうど》たるや、空間全体がびりびりとわななくほど。——戦闘《せんとう》以外に道はない。恭弥ははっきりとそう告げているのだ。

そしてそれは確かに伝わっていた。

「うわ、何あれヤッバ！」

「どうやら全員で来て正解だったようですね……！」

「いやはや、参りましたねこれは。まさかこのレベルとは」

ほとばしる圧倒的害意を前に、歴戦の勇者たる『オールド・ミィス』たちでさえ顔をしかめる。手練れであるからこそ、全員が恭弥の実力を理解しているのだ。……だがしかし、理解した上でなお誰一人《だれひとり》逃げようとはしない。

その理由こそが、背後に控《ひか》える二人にあった。

「いかがですか、柳凪さん？　勝てますか？」

「さて、これぱかりはやってみないことにはな」

恭弥の威圧に対し、微動《びどう》だにせず佇む柳凪と天禰。

そして恭弥もまた、相手の戦力を静かに測っていた。

小毬と凛を除けば数は五。全員が学園のSランカーなど比較《ひかく》にならぬほどの手練れ揃《ぞろ》いであることは言うまでもない。そしてその中でも最高戦力は、間違いなく柳凪と呼ばれる老兵だ。恐らくその実力は本気の葛葉と並ぶか……それ以上。

ただし、警戒《けいかい》すべきという点においては、最優先は柳凪ではなかった。

後方に控えた足の不自由な女……天禰と呼ばれたその女性は、他の勇者たちとは異質な邪気《じゃき》を纏《まと》っている。確証はまだないが、恭弥には直感でわかる。柳凪がどんなカードも正面から打ち砕《くだ》くエースだとしたら、ジョーカーはむしろあの女の方である、と。

いずれにしても厄介《やっかい》な二人であることは疑いようがないだろう。そのうえ、こちらは葛葉との戦いで落とされた右腕《みぎうで》をまだ修復できていない。……正直、あまりありがたくはない状況《じょうきょう》だ。

一旦《いったん》ひくか？　――内心、いつもの癖《くせ》が出る。だけど、恭弥はふっと笑ってその考えを振り払った。

退路などとうに捨てたのだ。自分にとって進むべき道は一つだけ。

「——来い、クイン。食事《エサ》の時間だ」

主《あるじ》の呼び声に従って、空間を引き裂《さ》き現れる魔剣《まけん》——《災いなす古き枝《ラーヴァンクイン》》。神さえ殺す暴虐《ぼうぎやく》の剣がその鞘《さや》から抜《ぬ》かれた瞬間、おぞましい邪気が噴《ふ》き上がる。もはや狂気《きようき》とも呼べる禍々《まがまが》しさを前に、柳凪は静かに告げた。

「総員、後ろへ。天禰君の守護と援護《えんご》を頼《たの》む」

と、数の有利を捨てて一人で進み出る柳凪。だが、それは正々堂々とかそんなくだらない理由ではない。彼はわかっているのだ。恭弥との戦いにおいては、自分以外はすべて足手まといになると。

そして阿蒙たちもそれは承知の上。指示通り天禰を守るように陣形《じんけい》を組むや、各々《おのおの》が最大限の補助魔術《まじゆつ》で柳凪のサポートに徹《てつ》する。柳凪という最高戦力を一点強化……それが彼らの最も強い戦闘スタイルらしい。ただし、唯一《ゆいいつ》天禰だけは支援《しえん》ではなく独自に魔力《まりよく》を練っているが……いずれにせよ、恭弥にとっては関係なかった。

後衛から倒すのを許してくれるほど、眼前の老兵はぬるくはない。柳凪を倒さないことにはどうあがいても後ろへは届かないのだ。そして逆に言えば、柳凪さえ倒せば残りを潰《つぶ》すのは容易ということ。

つまり、状況は至って単純――柳凪と恭弥の一騎打ち《いっきう》。すべてはそれで決まるのだ。

「なら、小細工はいらないな――振るうは初手にして全力の一閃《いっせん》。根こそぎ喰い尽《つ》くせ!!」

刀身に魔力を注《そそ》ぎ込《こ》むや、柳凪相手に生半可な攻撃では実力を測ることさえ不可能。であれば、初めから最上の一《いち》撃《げき》を以《もつ》て挑むが道理。星さえ砕く最凶の一刀が老兵に襲いかかる。

それに対し、静かに大剣《たいけん》を抜いた柳凪は……神殺しの刃を真正面から受け止めた。

「ッ――!?」

『重い』――最初に恭弥の脳裏に浮かんだのは、シンプルな感想だった。

胴《どう》を両断する横一文字の斬撃……光さえ優に超越した速度で放ったはずの刃が、大剣とぶつかった瞬間ぴたりと止まる。強引《ごういん》に振り抜こうとしても一ミリだに動かない。まるで大地に根を張っているかのような……いや、むしろ、大地そのものに打ち込んでしまったかと錯覚《さっかく》するほどだ。

しかも、恭弥は気づいてしまう。老兵が大剣を握るのは右手だけ。空いたもう片方の手は、ぐっと握りしめられている。それが何の予備動作なのか、気づいた時にはもう遅《おそ》い。

大上段から鉄槌《てっつい》の如く振り下ろされる握り拳《こぶし》。それはすなわち――実に単純な――『げんこつ』である。

「むんっ」

老兵の拳が恭弥の頭を直撃《ちょくげき》する。その瞬間、凄《すさ》まじい轟音《ごうおん》と共に生じる衝撃波《しょうげきは》。大地には稲妻《いなずま》の如く亀裂が走り、辺り一帯が爆発《ばくはつ》したみたいに吹《ふ》き飛ばされる。濛々《もうもう》と立ち上る砂煙《すなけむり》が収まった後、その場に残されていたのは隕石《いんせき》落下さながらのクレーターと、深々と大地をえぐる地割れの跡《あと》。恐らくは地の底までも続いているのだろう。

ただのげんこつ――それだけで老兵は巨大《きょだい》な渓谷《けいこく》を創り出してしまったのだ。

そして少年の姿はといえば……もうどこにもなかった。大地をも粉砕《ふんさい》する鉄拳《てっけん》をもろに食《く》らったのだ、ミンチを通り越して存在ごと消し飛んでいても何ら不思議はない。

――たった一撃による決着である。

「嘘《うそ》……恭弥、さん……?!」

静まり返った戦場で、小毬は呆然《ぼうぜん》と呟く。

あの最凶の少年が、まさかこんなにもあっけない最期を迎《むか》えるなんて。……だが、幸か不幸か、戦いはまだ続くようだ。

「気を抜いちゃダメよ。……まだ、終わってないわ」

隣《となり》でそっと天禰が囁《ささや》く。と同時に、地割れの奥《おく》から噴き上がる赤熱したマグマ。あの一撃は地殻《ちかく》にまで到達《とうたつ》していたのだ。

だが、湧《わ》き上がるのはマグマだけではなかった。噴出《ふんしゅつ》する灼熱《しゃくねつ》の溶岩《ようがん》の中から、ゆっくりと浮き上がる人間の影《かげ》——九条恭弥。頭から赤い鮮血《せんけつ》を流し、全身をマグマに焼かれてはいるが、その目は凍《こご》えるほどに冷え切っている。

「——なるほど……力だけなら全盛期《ぜんせいき》のフェリス以上か。なら……おつむ《魔術》の方はどうだ？」

宙空に浮遊《ふゆう》したまま、人差し指をタクトの如く振るう恭弥。その瞬間、湧き上がるマグマが動きを止めたかと思うと、急速に少年の指先へと収斂《しゅうれん》する。何億分の一にまで濃縮《のうしゅく》された業火《ごうか》の玉は、まさに星の生命そのもの。そこへさらに、少年は己《おの》が魔力を注ぎ込む。

「《sin=spellzher》《シン＝スフェル》」

僅《わず》か二小節によって紡《つむ》がれるは、不可能原理階級《ミュトス》をも超越した区分不能階位《ネームレス》の魔術。それによって生じた極黒の劫火《ごうか》を纏い、火球は真っ黒に燃え上がる。もはや太陽さえ容易《たやす》く焼き尽くすほどの、絶対的熱量を秘《ひ》めた終焉の炎《ほのお》だ。そしてそれを……少年は無造作に射出した。

さあ、どう対処する？　手の内を見せてみろ。

本来であれば文字通り必殺の呪文《じゅもん》。だが恭弥にとってはそれすら小手調べに過ぎない。そう、この程度で死んでくれるほど甘《あま》い相手じゃないのは先刻承知。ただそれでも、何かしら対処は必要になるはず。恭弥が見たいのはそれだ。どんな属性で、どんな術式で、どんな筆記法で、どんな思考でこれを防ぐ？　何ができて何ができないのか、この一手からすべて暴《あば》く。そこから一つ一つ攻略《こうりゃく》してやる。それこそが恭弥の最も得意とする戦い方だ。

……だが、少年の思惑《おもわく》は裏切られることになる。

絶大なる呪文を前にした老兵は、何もしなかったのだ。逃げようともせず、防ごうともせず、それどころか術式を構築する素振《そぶ》りすらなく、老兵はただ呆《ほう》けたように立ち尽くすだけ。

まさか、諦めたのか？　思わず眉《まゆ》をひそめた少年は、しかし、すぐに理解した。対処する必要など元よりないのだと。

――業火が直撃する間際《まぎわ》、そっと手を伸《の》ばす老兵。そしてその大きな掌《てのひら》で火球を受け止めると……あっさり握りつぶしてしまった。まるで小さな蝋燭《ろうそく》の火を、ちょっとつまんで消すみたいに。

「――魔術戦を期待してもらったところ申し訳ないが……生憎《あいにく》と不器用なタチでな。魔術の類《たぐ》いはからきしなのだ。ただその代わり……その手のものはあまり効かない体質なのだよ」

開いた掌から、はらはらと消し炭になった灰が舞《ま》い落ちる。老兵の分厚い肌にはやけどの跡すら残っておらず、ただほんのちょっと赤くなっているだけ。

それはもはや強いだの弱いだのという領域ではない。どう考えても人間の範疇《はんちゅう》を逸脱《いつだつ》している。そう、こんなのまるで、絶対の防御《ぼうぎょ》を誇る竜《りゅう》そのもののような――

「ああ、そうか……そういうことか……」

あまりに異常すぎる魔術耐性《まじゅつたいせい》と、最初に感じた濃密な竜の気配……その二つを合わせて考えた時、思い当たる可能性が一つだけある。

「……昔、聞いたことがある。フェリスが滅ぼした三千の世界について。あいつは当時、最も力の集まっている世界を上から順に襲っていた。そこにいるのが魔王《まおう》だろうが現地勇者だろうが関係なくな。それが魔王の本能だったからだ。

だけど……ただ一つ、たった一つだけ、全盛期のあいつでさえ滅ぼせなかった世界があったらしい。あいつは言っていた。その世界を守ったのは、現地の人間からさえも忘れ去られていた名もなき魔王だったと。『古き竜』――フェリスはそう呼んでいたが……あんた、そいつを喰いでもしたな?」

「さて、食べた覚えはないな。……ただ、延々殺し合った仲だ。互《たが》いの〝血〟なら、腐《くさ》るほど浴びたものよ」

全身に染《し》みつくほど浴びた竜の血――それこそが、この老夫を守護する絶対防御の正体。

そして何より恐《おそ》れるべきは、全盛期のフェリスでさえ攻《せ》めあぐねた古竜を、この男は魔法《まほう》なしで屠《ほふ》ったという事実。

無類の膂力《りょりょく》と、無敵の耐性《たいせい》――なるほど、やはりこれまでの勇者とは格が違う。恭弥ははっきりと確信した。眼前の老夫こそが、今現在この世界樹における最強の勇者であると。

そして、その〝最強〟が動き出す。

「では恭弥君、次はこちらから行かせてもらおう」

一歩、老兵が踏《ふ》み出したかと思った瞬間――大剣は既《すで》に鼻先へと迫《せま》っていた。

巨躯《きょく》に似合わぬ凄まじい速度の踏み込みと、鮮《あざ》やかなまでに鋭《するど》い太刀筋《たちすじ》。それを見れば一目でわかる。彼が腕力頼《わんりょくだよ》りの力自慢《ちからじまん》などではなく、武術の極《きわ》みに至った最高峰《さいこうほう》の武人であると。

だが、それは恭弥とて同じこと。

腕力で敵《かな》わぬのは既にわかっている。初撃を受け流すようにいなしつつ、返す刀で足元を切り払う。それを最小限の動きで防いだ柳凪《やなぎ》は、流れるように二手目三手目を繰り出す。

それを足さばきのみで躱《かわ》して、さらに次なる反撃《はんげき》を――

どちらの斬撃も決まれば即死《そくし》。互いに文字通り一撃必殺の剣技を繰り出しながら、しかし、互いに見据えるは数千手先の攻防《こうぼう》。そう、恭弥も柳凪も絶対的強者に挑み続けた者。

『この一撃で倒れてくれるはず』、なんて慢心《まんしん》など微塵もない。むしろ、相手が強ければ強いほどその力は真価を発揮するのだ。二人の打ち合いはまるで乗算の如く刻々と激しさを増していき、あっという間に余人の眼で追える範疇を超《こ》えてしまう。小毬は元より、他の『オールド・ミィス』でさえ攻防の余波から身を守るだけで精一杯《せいいっぱい》だ。

だが、それでも徐々《じょじょ》に皆が気づき始める。最凶と最強……両者の趨勢《すうせい》が今、どちらに傾《かたむ》こうとしているのか。

「恭弥さんが……押《お》されてる……?!」

僅かに……だが、確実に。後退しているのは恭弥の方。

そして事実、固有異能もなく魔法も使えないはずの老兵に、恭弥は苦戦していた。

人間式、魔族《まぞく》式、そして葛葉から会得《えとく》した異世界樹式の魔術を以てしてさえも、すべてを弾《はじ》き返す竜の肉体。

片腕《かたうで》というハンデがあるにしても、大人と子供ほどの差がある圧倒的膂力《あっとうてきりょりょく》。

そしてもう一つ厄介なのが……あの大剣だ。

たとえ本人がどれだけ強かろうと、得物に関しては話は別。特に魔力を持たぬ柳凪では、己の剣を強化するなんて芸当はできない。であれば、本人ではなく剣の方を砕いてしまえばいい。なにせこちらが有するは《災いなす古き枝《ラーヴァアンクィン》》——この世で最も邪悪《じゃあく》な魔剣。廃棄魔王の霊核さえも砕いた比類なき最凶の刃なのだから。ゆえに、得物を砕くことなど野花を手折《たお》るよりもたやすいこと。……な、はずだった。

だが、砕けない。

何度打《う》ち込もうと、どれだけ切り結ぼうと、柳凪の大剣は刃こぼれ一つしない。特殊《とくしゅ》な権能も持たず、特別な加護も付与《ふよ》されていないはずの、ただの鋼の塊《かたまり》……それが最凶の魔剣と真正面から打ち合っているのだ。

しかし、それはある意味で当然だった。

竜の血肉を浴び、女神《めがみ》の命を編《あ》み込まれ、長きにわたって柳凪と共にあり続けたその大剣には、女神と勇者と魔王、三つの魂《たましい》が込められている。その剣が脆《もろ》くあるはずがあろうか？

『決して折れない』――大剣に備わった特殊能力はたったそれだけ。だが柳凪にとってはそれで十分。そう、勇者に必要なものなど、本来そこまで多くはないのだ。固有異能は役に立たず、魔術適性も皆無《かいむ》。だけど別に構わない。ただ鍛《きた》え上げた肉体と、磨《みが》き抜いた剣があれば、それ以上何を望む必要がある？

『鍛えて、戦う《レベルを上げて物理で殴る》』――最も原始的で、最も純粋な戦闘流儀《ストロングスタイル》。勇者の原点に立つその老兵が、今、紛れもなく恭弥を追いつめている。

そして、その瞬間はとうとう訪《おとず》れた。

大上段から振《ふ》り下ろされる、会心の一閃。それが真正面から恭弥をとらえる。すんでのところで受け止めるも、その衝撃《しょうげき》までは殺しきれない。弾き飛ばされた恭弥はまるで水切りの石の如く何度も地面へ叩《たた》きつけられ——ついには力なく倒《たお》れ伏《ふ》した。

激しい攻防を制したのは柳凪。ここに勝敗は決したのだ。……いや、そう思えたのだが

——

「……ああ、わかってるって、そう騒《さわ》ぐなよ……仕方ないだろ片腕なんだから……いや言い訳とかじゃなくてだな……だいたいお前が真面目にやらないから……はあ？　いや、そう言って前も裏切ったろうが……ん？　本当か？　あー、わかったわかった、わかったよ……」

ぶつぶつと、まるで口喧嘩《くちげんか》でもしているかのような呟《つぶや》き声。ふらつきながら立ち上がった恭弥は、見えないナニカと言葉を交《か》わす。その様は甚大《じんだい》なダメージにより朦朧《もうろう》としているようにしか見えない。

だがいずれにせよ……話は無事にまとまったようだ。

「いいぜ——例の契約《けいやく》、今結ぼう」

そう呟いた刹那、大気をつんざく異音が響き渡る。

ガラスを爪《つめ》でひっかくような、骨をのこぎりで砕くような、世界そのものがあげる断末《だんまつ》

魔《ま》のような――あらゆる不快音を混ぜ合わせ、さらにそれを数千倍に膨《ふく》らませたかのような怪音《かいおん》の出所は……少年が握る魔剣だった。

――そこで柳凪たちは気づく。それが魔剣の『笑い声』なのだと。

「……特殊な契《ちぎ》りですね。恐らく、私の異能と同系統かと」

天禰が警告するように囁く。だが、原理など知ったところで意味はなかった。

けたたましい歓喜《かんき》の笑声《しょうせい》と共に、爆発的に膨れ上がる邪気。それも、剣のみではない。

それを握る少年の根源からも禍々しい魔力が溢《あふ》れ出る。それはさながら、二つの音叉《おんさ》が共振《きょう》《しん》するかの如く。少年と魔剣とが共鳴し、互いの邪気と殺意を際限なく増幅《ぞうふく》させているのだ。その尋常《じんじょう》ならざる悪意を浴びた面々は、蛇《へび》に睨《にら》まれた蛙《かえる》のように身動きさえもできなくなる。

そう、先ほどまでの戦闘とて手を抜いていたわけではない。だが……全力というわけでもなかった。少年の本気はここから始まるのだ。魔剣と一体となり、世界を歪《ゆが》めるほどの邪悪と化した九条恭弥の、正真正銘《しょうしんしょうめい》本気の殺戮《たたかい》が。

……その強大な邪気を前に、柳凪は静かに告げた。

「……総員、撤退《てったい》の準備を」

「え……？」

「急ぐのだ。もはや私では……皆を守り切れる保証がない」

その言葉に、小毬は耳を疑った。

恭弥と並び立つ最強の勇者だからこそ、柳凪は誰《だれ》よりも彼我《ひが》の実力差を測ることができる。そしてそのうえで撤退を選ぶということは……すなわち、老兵が自らの敗北を予見したということ。今の恭弥はそれほどまでに危険なのだ。

だが、逃がしてもらえるかはまた別の話。

「おいおい、何言ってんだよじいさん？　ここからが本番だろうが……！」

血に飢《う》えた魔剣と一体化した恭弥が、簡単に矛《ほこ》を収めてくれるはずがない。

飢餓《きが》感にも似た殺意を満たす方法はただ一つ——この場にいる全員を嬲《なぶ》り殺すことだけ。

勇者の血を飲み干し、その肉を貪《むさぼ》り尽くすまで、剣も少年も止まることはないのだ。

「さあ、さっさと続きをやろうぜ……！」

殺戮衝動《さつりくしょうどう》に自ら身をゆだねた恭弥は、迸《ほとばし》る邪気と共に魔剣を振り上げて——

「——これ恭弥よ、その言葉遣《ことばづか》いはなんじゃ？　年長者には敬意を払えと教えたはずじゃがのう？」

その声が響いた瞬間《しゅんかん》、恭弥の動きが凍《こお》り付いた。みなぎる殺意は瞬時《しゅんじ》に萎《しぼ》み、練っていた魔力も霧散《むさん》する。

それほどの衝撃を彼《かれ》に与《あた》えられる存在など、世界でたった一人だけ――

「なんで……お前が……?!」

唖《あ》然《ぜん》とする視線の先、佇《たたず》んでいたのは息をのむほどに美しい女――フェリス。

パンテサリウムに幽閉《ゆうへい》していたはずの彼女《かのじょ》が、なぜ今この場にいるのか。有り得てはならない事態に狼狽《ろうばい》する恭弥。――その一瞬の隙《すき》を、天禰は見逃《みのが》さなかった。

「《愚道転進《プレ・リロード》》」

瞬時に展開する転移術式。柳凪以外で唯一、恭弥の殺意に麻痺《まひ》することのなかった天禰は、練っていた魔力のすべてを使って全員を包み込む。我に返って阻もうとする恭弥だが、完全に虚《きょ》を衝《つ》かれた状態からでは間に合わない。

そうして『オールド・ミィス』は世界から離脱《りだつ》する。……悲しげな視線を投げかけるフエリスもろともに。

「くそっ……！」

空を掴《つか》んだ手を握りしめ、恭弥はすぐさま転移を追跡《ついせき》しようとする。……だが、天禰にぬかりはなかった。空間に術式の痕跡《こんせき》は残っておらず、欠片《かけら》の魔力の残滓《ざんし》すらない。これでは恭弥といえど追跡は不可能だ。

完全に見失った――唇《くちびる》を噛《か》む恭弥へ、背後からおずおずと声がかけられた。

「きょ、恭弥……今のって廃棄魔王だよね？　なんで外に……？」

「あらまあ、逃げられちゃったのねえ。どうしてかしら？」

戦闘終結を察して現れたロザリアとユミル。そんな二人へ、恭弥は顔も向けずに答える。

「……あいつの嵌《は》めていた指輪……恐らくは終焉呪法級の宝具だ。あれを外部出力として封印《ふういん》を破ったんだろう。ただそれよりも……問題はその出所だ。あんなもの、俺《おれ》は一度も見たことがない」

「あらそうなの？　でもパンテサリウムは元々あの子のものなのよね？　なら、あなたに教えていない隠《かく》し金庫があってもおかしくはないんじゃないかしら？」

やけに落ち着いて意見するユミルは、『そんなことより』と話題を変えた。

「今はフェリスちゃんを捜《さが》しに行く方が優先よね。もちろん、私も協力するわ」

と、促《うなが》すユミル。よりにもよって最強勇者の集団に連れていかれたのだ、一刻も早く取り返さなければならない。それは紛《まぎ》れもない事実。……だが。

「……いや、まずは目的を果たそう」

恭弥が向かう先は、空間奥にそびえる最後の扉《とびら》。十三の試練すべてを乗り越えた者のみに開かれる剣への道である。

ただ、それを見てユミルは意外そうに首を傾《かし》げた。

「あら？　意外と冷静なのね」

フェリスを奪《うば》われたというのに、取り乱したのは最初だけ。フェリスの奪還《だっかん》よりも《原初の勇者の剣》確保を優先するなど、これまでの恭弥の行動原理からしたら不自然に見えたのだろう。

「別に、冷静なわけじゃないさ。けどあいつを奪われたのは初めてじゃない。だから焦《あせ》ったところで取り返せないのは知ってる。何より……あいつら《オールド・ミイス》は馬鹿じゃない。俺への切り札になり得るフェリスをすぐに殺しはしないはずだ。だったら……交換《こうかん》条件を持ちかけて来たその時に、全員殺して奪い返せばいい。それだけのことだ」

感情を押し殺して淡々と答えた恭弥は……それから不意にユミルを見据《みす》えた。

「……それとも、俺に焦ってほしい理由でもあるのか？」

「いいえ、そんなのあるわけないじゃない」

と、ユミルはぐらかすように笑う。その繕《つくろ》った笑顔《えがお》からは相変わらず真意の欠片も読み取れない。

この女とは話すだけ時間の無駄《むだ》。それよりも、今は優先すべきことがある。

踵を返した恭弥は、今度こそ扉をくぐる。その先に待っていたのは……神聖な空気に満たされた大聖堂。そして、その中央には大きな箱が一つ。

《原初の勇者の剣》――世界最強の宝剣《ほうけん》が、あの中にある。恭弥は堂々と箱へと歩み寄る。面倒《めんどう》な守護者も邪魔《じゃま》な勇者も片付けた今、その行く手を阻《はば》むものなど誰もいない。

「いよいよだねっ！　世界最強の終焉呪法が、世界最強の恭弥の手に……！　くすくす、こんなのもうチートだよ！　これで世界はおしまい決定！　さあ恭弥、早く剣を！」

「ああ」

もはやためらう理由もなく、恭弥は封印の箱に手をかける。その瞬間、バチバチと起動する障壁《しょうへき》。恐らく、この少年が剣にふさわしくない邪悪だと気づいたのだろう。だが、そんな抵抗《ていこう》が今更通じるわけもない。拒絶《きょぜつ》する結界を意に介《かい》しもせず、恭弥は強引に蓋《ふた》をこじ開ける。

刹那《せつな》、溢れ出る眩《まばゆ》い光。恐れることなくその奥へと手を伸ばした恭弥は、ついにソレを掴み取り――

「……ロザリア、これは一体どういうことだ？」

箱から取り出されたそれは、伝説の宝剣…………ではなく、ただの紙切れ。そこにはひどく雑な字でこう記されていた。

『お宝はいただいたよー。なんちゃって』

たった一行だけの、あまりに適当な走り書き。だが、誰の仕業《しわざ》か理解するにはそれで十分だったのだろう。ロザリアは憤怒《ふんぬ》に表情を歪めた。

「――ヘルザぁあああああ!!!」

ありったけの憎《にく》しみを込めてその名を叫《さけ》びながら、ロザリアはビリビリに紙切れを引き裂く。その傍《かたわ》らで、恭弥は大方の事情を察した。

「敵を騙《だま》すにはまず味方から、か……最初からここに剣はなかったってわけか。どうやら俺たち《オールド・ミイス》もあいつらも、ヘルザって女神に一杯《いっぱい》食わされたみたいだな」

「くそくそくそっ……いつの間に⁈　でもどこへ隠したんだ⁈　《原初の勇者の剣》はどこにでも隠せるわけじゃないはず！　一体どこに、どうやって……⁈」

癇癪《かんしゃく》を起こして地団駄《じだんだ》を踏むロザリア。その頭を恭弥はなだめるように撫《な》でた。

「まあ落ち着けって。ないものはないんだ、仕方ないだろ」

「で、でも、剣さえ手に入ればすぐにでも世界を終わらせられたのに……！」

「別にいいさ。ただ近道ができなくなっただけで、剣がなくとも本来の計画に支障はない。……そうだろ、ユミル？」

「ええ、もちろんよ。世界を終わらせる最後の終焉呪法は私がちゃんと創ってあげるわ」

そう、《原初の勇者の剣》など最初から計画外のオプションに過ぎないのだ。

「な？　だから何も気にしなくていい。どうせ最後に勝つのは俺たちなんだから。それとも……この俺が負けるとでも思ってるのか？」

恭弥が浮《う》かべるのは絶対の余裕《よゆう》。そしてそれが事実だとロザリアはよく知っている。

——世界は必ず滅《ほろ》びるのだ。この少年の手によって。それはたとえ神にでも止められぬ確定事項《じこう》。であれば、確かに焦る必要なんてないではないか。

「えへへ、そうだよね、負けるわけないよね！　だって、僕《ぼく》の恭弥は最強だもん！」

すっかり機嫌《きげん》を直したロザリアは、甘えるように恭弥にすり寄る。

恭弥もまた優《やさ》しくその肩《かた》を叩いた。

「よし、ならさっさと戻《もど》ろう。終幕の準備も大詰《おおづ》めだし、そろそろ本腰《ほんごし》入れて腕《うで》も治さないといけないしな」

「だねっ！」

「じゃあゲート開くわよ。私、早く帰ってシャワー浴びたいわ」

そうして創り出される転移ゲート。最初にユミルがくぐり、続いてロザリアも歩き出す。

そして恭弥も後に続こうとして……不意に立ち止まった。

「？　どうしたの恭弥？」

何事かと振り返るロザリア。だが、恭弥は笑顔で首を振った。

「ああ、いや、ちょっと学園に忘れ物があったのを思い出してな。この際だし取って来るよ。すぐ追いつくから先に戻ってくれ」

「ふうん、わかった。早く来てよね！」

とロザリアはゲートの向こうへ消えていく。

そうして一人きりになった後……恭弥は唐突《とうとつ》に口を開いた。

「……で、お前もやるのか？」

おもむろに虚空《こくう》へと投げられた問いかけ。……すると、背後にぼんやりと現れたのは淡《あわ》い少女の輪郭《りんかく》。蜃気楼《しんきろう》の如く朧《おぼろ》げなせいで、顔まではよく見えない。

けれど、それが誰であるかを恭弥は知っていた。

「お前が原初の勇者《オールド・ワン》だな？」

封印されしこの空間にいて、かつ、世界樹の結界と酷似《こくじ》した気配を纏う存在……そんなもの剣の持ち主たる本人以外に有り得ない。すなわち、彼女こそが学園創設以前よりこの地下に存在していた世界最古の勇者なのだ。……なるほど、学校の七不思議レベルの戯言《たわごと》だと思っていたが、葛葉の言っていた学園一位の噂話《うわさばなし》もあながち的外れではなかったということか。

であれば――と、恭弥は再び魔剣に手を伸ばす。彼女が勇者の始祖であれば、世界樹を滅ぼさんとする魔王を阻もうとするのは当然のこと。ならば返り討《う》ちにするまでだ。

……けれど、そうではなかった。靄《もや》のかかった唇で紡ぐ言葉――声にならぬその声で、少女はこう告げていた。

――《ごめんなさい》――

刹那、少年の相貌《そうぼう》に燃えるような怒気《どき》がたぎる。……だが、それはすぐに消え去った。

「そうか、やっぱりな。今ので確信したよ。現世界での『原初』ってことは、旧世界から見れば『最後』ということ……つまり、あんたが旧世界樹を勝ち抜いた選ばれし種であり、この役割だらけの世界樹を創った始祖なわけだ。確かに、俺からすればあんたはすべての元凶《げんきょう》みたいなもんってことだな」

謝罪の理由を理解した恭弥は……しかし、むしろ憐《あわ》れむような表情で首を振った。

「けど、謝《あやま》る必要はない。実際俺は役割を恨《うら》んでた。だけどな、今はちょっと違《ちが》うんだ。……ここへ来る途中《とちゅう》、色々と見せてくれたよな？　あの街や人の景色……あれ、お前の故郷だろ？　自由な世界で、幸せに生きる人々……本当に良いところだったんだな」

恭弥が思い返すのは、あの十二番目の試練で見せられた幻影《げんえい》の街。あそこに息づく人々は、どこまでも自由と幸福を謳歌《おうか》していた。それが素敵《すてき》だと恭弥は本心からそう思う。

だけど……

「だけど、変わっちまったんだよな。いや、変えられたって言うべきか。他でもない、世界樹によって。……『物語』の回収と、『次なる種』の選別――世界樹が世代交代をするために、お前の故郷は自由に殺し合う世界になった。だからお前は願ったんだろ？　人と人とが争わずに済む世界を。世界樹存続のために犠牲《ぎせい》は不可欠……だとしても、せめて悲劇は最小限でいい、って。そのために『役割』を創ってやり直したんだよな？」

眼前の少女は否定も肯定《こうてい》もしない。

だが、恭弥はそうだと確信していた。

「だからお前を恨んじゃいない。というかむしろ……謝るべきは俺の方だろうな。お前がそうまでして守りたかった世界を、俺が跡形《あとかた》もなく滅ぼすんだから。なんなら、好きなだけ罵倒《ばとう》してくれていいぜ。ほら、顔ぐらい見せてくれよ」

と促すも、少女は靄に包まれたまま。相変わらずその顔は定かではない。

恭弥はつまらなそうに肩をすくめた。

「人見知りなのか？　いや……顔を見せられない理由でもあるってことか？　もしかして、

この世界樹じゃ俺たち知り合いだったりしてな。なんだかお前、懐《なつ》かしい気がするんだよ。……ま、本当にただの気のせいだろうけど」

答えることのない幽鬼《ゆうき》を相手に、恭弥は独り言のように喋《しゃべ》り続ける。自分でもよくわからないが、なんだか不思議と話しやすいのだ。

だが、それも束《つか》の間。恭弥はじきに踵《きびす》を返した。

「なんて、くだらない雑談はよそう。言いたいことは一つだけだ。——お疲《つか》れ。お前はよく頑張《がんば》った。だから……あとはそこで黙《だま》って見てろ。俺が世界を滅ぼす瞬間を」

かくして振り返ることなく去っていく少年。その足取りには微塵《みじん》の淀《よど》みもない。

古き世界樹の残滓は、その背中を悲しげに見送るのだった。

——……

——……

四方八方から感じる引力。

明滅《めいめつ》を繰《く》り返す視界。

ぐにゃぐにゃと定まらない浮遊感。

緊急転移《きんきゅうてんい》による乱暴な空間移動の後――『オールド・ミィス』の面々はどうにか拠点《きょてん》へと帰還《きかん》した。

「全員、無事ですか⁉」

転移が終わるや否《いな》や、即座《そくざ》に全員の安否を確認《かくにん》する阿蒙。……が、幸いにも皆揃《みなそろ》っている様子。あの状態の九条恭弥から無傷で逃《に》げ延《の》びられたとはもはや奇跡《きせき》である。

ただし、万事《ばんじ》解決とは言わない。ここには招かれざる客が一人いる。

「であれば……次の問題はあなたですね」

阿蒙の視線が向く先は、共に転移してきたフェリスだった。

「一体何者ですか？　九条恭弥とは浅からぬ関係のようでしたが？」

と、阿蒙は鋭く問う。彼女のお陰《かげ》で転移する隙ができたのは事実だが、それだけで信用するほど阿蒙は単純ではない。

その態度を見て嘘は無意味と判断したフェリスは……ありのままを答えた。

「わしの名はフェリス……そなたらの言う『廃棄魔王』じゃ」

その瞬間、一気に空気が張り詰《つ》める。ここにいるのはみな元勇者。世界を滅亡《めつぼう》寸前まで追い詰めた巨悪《きょあく》の名を知らぬはずがない。そして当然、彼女の存在が意味することもまた明らかだった。

「なるほど……あの少年を育てたのはあなたというわけですね」

かつて封印されたはずの最凶の魔王と、魔王をも凌駕《りょうが》する最凶の少年――この二つが同時に現れれば、真相など馬鹿でも想像がつく。

そしてそれを、フェリスは否定しようとはしなかった。

「……いかにも。恭弥を育てたのは他ならぬこのわしじゃ」

静かに告げられる肯定の言葉。それを聞いた瞬間、阿蒙の瞳《ひとみ》が冷たく凍った。

「そういうことなら話はシンプルだ。――ここで死ね、廃棄魔王」

するりと剣を抜き放った阿蒙は、微動だにしないフェリスに向けて迷わず刃《やいば》を振るう。

魔王を前にして勇者がなすべきことなど一つだけなのだから。

……が、その間際、身を投げ出して刃を阻んだのは小毬だった。

「ま、待ってください！」

「どけ、伊万里小毬。こいつは恐らく、あの少年を使って世界へ復讐《ふくしゅう》でもしようとしていたのだろう。厄介な敵は減らしておくに限る」

「どきません！　フェリスちゃんはそんな人じゃないです！　ちゃんと話を聞いてください！」

剣を持った阿蒙相手に一歩も引かない小毬。……その後ろで、フェリスが再び口を開いた。

「そうじゃな……わしがあの子を育てたのは復讐のためではない。わしを殺してもらうためじゃ。……じゃが、結果的には何も変わらぬ。あの子はわしを愛しすぎた。恭弥は今、わしのためにこの世界樹を滅ぼそうとしている。わしが魔王という役割ではなく、普通《ふつう》に生きられるように……」

それを聞いた阿蒙は、それでも冷たく鼻を鳴らす。

「ふん、どんな言い訳をするかと思えば、馬鹿馬鹿しい。それが真実だったとしても、どちらにせよこの世界の窮状《きゅうじょう》は貴様のせいということではないか！」

「ああ、そうじゃ。すべてわしが悪い」

「だったら相応の責任を取ってもらおう。――あの少年、貴様が始末しろ」

冷酷《れいこく》なその命令に……しかし、フェリスは首を横に振った。

「……それは不可能じゃ」

「下手な嘘をつくな。あの少年は貴様を愛しているのだろう？　ならば寝首《ねくび》を掻《か》くことぐらい簡単に――」

「そういう意味ではない。恭弥がわしを愛しているように、わしも恭弥を愛しすぎた。……たとえ可能だったとしても、わしにはあやつを殺すことはできないのじゃ」

きっぱりと断言するフェリス。それを聞いて、阿蒙は得心したように頷《うなず》いた。

「そうか、あれを生み出した上に、処分することも拒否《きょひ》する、と。……なら結論が出たな。やはり貴様は敵だ！」

小毬を押しのけ再び剣を振りかざす阿蒙。……だが、今度はそれを柳凪が遮《さえぎ》った。

「よしなさい、阿蒙君」

「しかし、こいつは……！」

「落ち着いて阿蒙君。彼女が助けてくれたのは事実よ。あのまま戦っていたら、少なくとも全員無事とはいかなかったわ」

と天禰も柳凪を支持する。……ただし、それは単なる優しさからではなかった。

「だいたい、今殺したところで私たちにメリットがないでしょ？　そんな無駄なことをするより……交渉《こうしょう》材料として利用する方が有益だとは思わない？」

冷静……というよりも冷酷なその言葉。だが、フェリスはむしろ大きく頷《たの》いた。

「ああ、そうじゃ。恭弥にとってわしは交渉材料になる。じゃから頼《たの》む、わしを使って恭弥を止めてくれ。恭弥にわしと同じ過《あやま》ちを犯《おか》させるわけにはいかぬのじゃ……！」

自分ではもう止められないからこそ、それを託《たく》せそうな『オールド・ミイス』を助けたのだ。人質《ひとじち》として使われるのはむしろ本望《ほんもう》である。

だが、ことはそう簡単には運ばない。

「もっともそれは、交渉の余地があればの話ですが。……なにせ彼は今、《原初の勇者の剣》を手にしてしまった。そしてあれだけの力があれば、小毬ちゃんの力なしで剣を制御《せいぎょ》できてもおかしくないわ。最悪の場合、交渉を持ちかけた瞬間全滅《しゅんかんぜんめつ》もあり得るかもね」

淡々《たんたん》と紡がれる天禰の言葉は、残念ながら現状を正確に示していた。

恭弥が手にしたのは世界最強の魔剣《まけん》──それを使役《しえき》できたとしたら、一体どれだけの力を得るのか想像すら難しい。対面した瞬間に交渉の猶予《ゆうよ》すらなく即《そく》全滅……なんて可能性だって大いにあり得る。

そう、どうにか生還《せいかん》したとはいえ、状況《じょうきょう》はあまりにも絶望的──

と、そんな時だった。

「──あら、タイミングが悪かったかしら。揃《そろ》いも揃ってお通夜《つや》みたいなお顔ですこと」

何の前触《まえぶ》れもなく現れたのは、病衣を纏《まと》った見知らぬ少女。

華奢《きゃしゃ》な体躯《たいく》に白い肌《はだ》、纏った病衣のせいもあってか、相当な美少女ではあるがあまり健康そうには見えない。……が、今はそんな外見などどうでもいい。問題はここが何重もの隠蔽《いんぺい》と防壁《ぼうへき》に守られた『オールド・ミィス』の拠点であること。恭弥でさえ容易くはたどり着けないはずの隠れ家《が》に、この少女は平然と侵入《しんにゅう》してきたのだ。正体は不明だが、明らかにただの迷子ではない。全員が即座に臨戦態勢に移る。

だが、その張り詰めた空気の中で……小毬がぽつりと呟いた。

「もしかして……葛葉《くずは》、先輩《せんぱい》……？」

一体なぜそう思ったのか、小毬本人にもさっぱりわからない。だが、何となくそんな気がしたのだ。

すると、病衣の少女はきょとんと眼を丸くした後――

「……なんや、良い勘《かん》しとるやないか小毬ちゃん。ちょっと見ん間に一皮むけたか？」

登場時の清楚《せいそ》な口調はどこへやら。飛び出したのはうさんくさいエセ関西弁。それを聞けば、会ったことのある者ならすぐにわかる。

水穂《みなほ》葛葉――あの女特有のしゃべり方であると。

だが……

「い、いやいやいや、おかしいっすよ！　だってあなた、九条恭弥に殺されたって……」

「ああ、やられたで。そらもう完膚《かんぷ》なきまでにボコボコや。柄《がら》にもなく自爆《じばく》なんてのもしてみたんやけどなあ、それでも片腕落とすんで精一杯やったわ。いやあ、参った参った」

「いや、だったらなんで今ここにいるんすか⁉　それにその姿……変化、とかじゃないっすよね？」

「ああ、それなら簡単や。うちの固有異能：《永劫《えいごう》の語《かた》り部《べ》》の能力はな――いわゆる『転生』やからな」

と、平然と答える葛葉。あまりにあっさりしすぎて嘘《うそ》か真《まこと》か見当もつかない。

「いつもは意識が発生する前の赤子を器にするんやけどな、『言伝《ことづて》』を預かってしもうた手前、今回ばっかりはそう悠長《ゆうちょう》なこと言ってられへんかったんや。なんで、もう中身のなかったこの子の体をもらったっちゅうわけよ」

『べっぴんさんで助かったわ～』などと他人事《ひとごと》のように笑う葛葉。真偽《しんぎ》を確かめる術《すべ》はないが……この軽口を見るにどうやら本人で間違《まちが》いないようだ。

ただし、いつまでも彼女に振り回されていられる状況ではない。

「水穂葛葉……確か学園執行部《しっこうぶ》の一人だな？」

「え、ええ、そうっす。一応敵ではないかと……」

「ふん、いずれにせよどうでもいい。現時点での最優先事項は《原初の勇者の剣》への対《たい》抗策《こうさく》を練ることだ」

阿蒙は深刻な顔で言い放つ。廃棄魔王に続いて学園執行部の残党と、何やら招かれざる客たちが状況をややこしくしているが、彼らにとって最大の脅威《きょうい》は九条恭弥の手に落ちた《原初の勇者の剣》。フェリスや葛葉に構っている場合ではないのだ。……が。『ああ、その話な～』と軽薄《けいはく》に肩をすくめた葛葉は……とんでもない一言を放った。

「それなら安心してええで。どうせ《原初の勇者の剣》はあそこにはないから」

「なに⁉　それはどういう意味だ⁉」

「言ったやろ、伝言があるって。自爆間際《じばくまぎわ》の念話でな、ローゼから頼まれたんや。ここ《拠点》の座標と、それから――『剣は鞘《さや》の中にある』っちゅう伝言をな」

　その瞬間、全員がハッと息をのんだ。

「文脈からして『剣』が《原初の勇者の剣》を指しとるんはわかったんやけど、『鞘』が何のことかはうちにはわからん。せやからそれを尋《たず》ねよ思うとったんやけど……その反応を見るに、心当たりアリって感じやねえ？」

『剣』が《原初の勇者の剣》だとしたら、その『鞘』が指し示すものは一つしかない。

「剣は《ホロウ》の中……？　だとしたら、最初から伊万里小毬が持っていた……？」

「え、で、でも私、そんなの知らないです！」

　どれだけ記憶《きおく》を手繰《たぐ》ってもそんな伝説の剣など持っていた覚えなどない。何かの間違いではないか、と動揺《どうよう》する小毬。

　だがすぐに葛葉が補足する。

「まあまあ、落ち着きーや。どうせ根源の奥《おく》に封印でもされとるんやろ。剣がうちの予想しとる通りのモンやったら、むしろそれ以外ありえん。ちゃっちゃと根源潜《もぐ》って解放してきいや」

なんて子供のお使いみたいなノリで言う葛葉だが、『オールド・ミィス』の面々は困ったように顔を見合わせる。

「……なんや、その反応？　もしかして、他人の根源に潜れるタイプはおらんのか？」

なんて呆《あき》れ気味《ぎみ》に言われても、そうそういてたまるものではない。

すると、葛葉は不満そうにぶつぶつと呟き始めた。

「ああ、そうか……ったく、ほんならここまで計算のうちってか。ヘルザさんもローゼもほんま腹の立つやっちゃなあ。自爆前提で動かすか普通？　勇者使いが荒《あら》いにもほどがあるで……」

「あ、あの……どういう意味で……？」

「あー、すまんすまん、こっちの話や。つまるところ……うちがやったるっちゅうこっちゃ。ほら、うちの固有異能は『転生』や言うたやろ。他人の根源に潜るんはうちの十八番《おはこ》や。うちが封印を解いたる。そのためにメッセンジャー役やらせたんやろうしな」

それなら良かった、と単純な小毬はほっとするものの、話はそう簡単ではない。

「おい待て。貴様がロザリアの間者でないとなぜ言える？」

と、すかさず割って入る阿蒙。剣が小毬の中にあるのが本当だったとしても、葛葉が味方であるという証明にはならない。

その疑念に対し……葛葉はあっさり頷いてしまった。

「まあそうよな、そういう疑いはあるよな。うんうん当然や。ってことで、ほんならやめるわ。どうぞあとはお好きに～」

なんて言って、葛葉は早々に立ち去ろうとする。……他人をおちょくるのが好きな性格は、転生しても直らないらしい。

阿蒙は苛立《いらだ》たしげに舌打ちをした。

「待て。……わかった。お願いしよう」

「くく……ええで、まあそこまで言われたら仕方ないなあ」

そう、どれだけ疑わしくとも他に手はないのだ。……もっとも、阿蒙とてタダで譲歩《じょうほ》するつもりはなかった。

「ただし、こちらから監視《かんし》をつけさせてもらう。根源への侵入は一人ではやらせん」

「なんや、えらい面倒な人やなあ。まあそれで気が済むならええよ。せやけど、ついてこさせるなら小毬ちゃんをよく知っとる人間にしてや。人には誰しも心に壁《かべ》がある。見知らぬ輩《やから》が土足で踏《ふ》み込《こ》んだら当然ガードは固くなる。うちがやりにくいんや。誰か適任者はおるか？」

その要求は意外に難題だった。小毬が『オールド・ミィス』と出会ったのはここ一週間でのこと。フェリスならば半年以上一緒《いっしょ》にいた仲だが、葛葉の監視役《かんしやく》としてさらに危険な廃棄魔王をつけるなど本末転倒《ほんまつてんとう》、あり得ない選択肢《せんたくし》だ。

ならどうするか……と困った空気が流れ始めた時、手を挙げたのは凛《りん》だった。

「ジブン、行きます」

「へえ、転入生ちゃんか。しかし、ほんまに大丈夫《だいじょうぶ》か？　そんなに仲が良かったとは思えんけどなあ？」

じろじろと値踏《ねぶ》みするような視線を向ける葛葉。実際、転入生である凛が小毬と過ごしたのはほんの数週間ほど。しかも『オールド・ミィス』のスパイであるという事情を隠して接していたのだ、お世辞にも心を通わせたとは言い難《がた》いはず。

だが、その視線を真正面から見返して、凛は一言だけ告げた。

「ジブンの能力、『隠蔽』なんで」

「……ああ、なるほど、そういうことか。くくく……君もヘルザちゃんに苦労させられた口やな。うんうん、同情するで」

何事か察したのか、葛葉はあっさり同行を認めるのだった。

「ほな、役者も揃ったし始めよか〜」

未《いま》だ半信半疑ではあるが、これが《原初の勇者の剣》を入手する最後の機会。誰にも異論などあるはずもない。

……ただし、一人を除いて。

「その前に、一つだけ確認じゃ」

と、遮ったのはフェリス。

そしてフェリスは葛葉に……ではなく、小毬本人へ問いかけた。

「小毬よ、本当に良いのだな？」

「え……？　も、もちろんです！　私がお役に立てるなら……」

「《原初の勇者の剣》──世界最強たる救世の刃。恐《おそ》らく……軽くはないぞ」

世界を救う最強の終焉呪法……その封印を解こうというのだ。ただ行って帰って来るだけで終わる話とは到底《とうてい》思えない。もしかしたらその過程で、少女はその身に余る重荷を背負わされることになるかもしれない──

フェリスの忠告を受け止めた小毬は、だからこそ元気に頷いた。

「わかってます。でも、私、行きます！　これは私がやらなきゃいけないんです！」

それは愚《おろ》かさゆえの無謀《むぼう》……ではない。彼女は課《か》せられた使命の重さをちゃんと理解している。それは微《かす》かに震《ふる》える手足を見れば疑いようのないこと。だというのに、少女は自らその恐るべき道へ踏み込もうとしている。

矛盾《むじゅん》――とさえ呼べるその姿に、フェリスは思わず眉《まゆ》をひそめた。

「わからぬ……なぜじゃ？　なぜそなたはそこまで背負おうとする？　単なる勇者への憧《あこが》れ、だけではないな？　わしにはそなたが……まるで呪《のろ》われているように見えるぞ」

奇《く》しくもそれは、先ほど少年に投げかけられたのと同じ問い。だから、小毬はふっと笑うのだった。

「やっぱりお二人は似てますね。恭弥さんにも同じことを聞かれました。だけど答えは簡単ですよ。……私はただ、もらったぶんだけ誰かの役に立ちたい。そうしなくちゃいけない。それだけですよ」

とだけ答えると、小毬は葛葉へと向き直った。

「それじゃあ葛葉《くずは》先輩《せんぱい》、お願いします！」

「ああ、ほな早速《さっそく》行こか」

葛葉の辞書に「あとで」という言葉はない。

未だ不安げなフェリスに背を向け、葛葉はぱちんと指を鳴らす。――次の瞬間、小毬たちの意識は暗闇《くらやみ》へと落ちて行った。

間章

小毬のセカイ

物心ついたときから、彼女はそこにいた。

シミ一つない天井《てんじょう》。

無機質な白のカーテン。

消毒の匂《にお》いが染《し》みついたシーツ。

私立聖樹《せいじゅ》病院・北第三病棟《びょうとう》・107号室。彼女にとって、そこが自分の『家』だった。

病名は覚えていない。長ったらしく並んだ漢字の羅列《られつ》は、五歳《さい》の彼女にはまだ難しかった。ただ、夜になるとよく熱が出るし、時折すごく胸が苦しくなる。心臓が良くないのだ、とお医者さんは言っていた。そうなんだろうな、と彼女は漠然《ばくぜん》と思っていた。

病院での生活を特段嫌《いや》だと思うことはなかった。というより、物心ついた時からこの生活しか知らないのだから、それが彼女の『普通』だった。唯一《ゆいいつ》注射だけは嫌だったけれど、注射を我慢《がまん》した後にもらえる飴《あめ》は好きだったし、周りの人たちもすごくよくしてくれた。お医者さんや看護師さんたちは皆優《みなやさ》しかった。同じ病院の患者《かんじゃ》さんたちも可愛《かわい》がってくれた。もちろん、両親もだ。

共働きで忙《いそが》しいはずの父母は、それでも一日も欠かさずにお見舞《みま》いに来てくれた。深夜だろうと早朝だろうと、体調が急変すればすぐに駆《か》けつけてくれる。職場と病院を往復するだけの生活によって、二人はいつも疲れ切っていた。それが自分の治療費《ちりょうひ》のためであることを、少女はちゃんと知っていた。だからある時、『無理にお見舞いにこなくていい』と言ったら、父は『そんなこと気にするな』と生まれて初めて声を荒らげた。母は『ごめんね』とただ涙《なみだ》を流した。だから少女は、二度とそれを口にしないと決めた。

そうやって病院での日々は漫然《まんぜん》と過ぎて行った。

楽しいことがあったのは七歳になった頃《ころ》だった。

その頃、両親は時折漫画《まんが》雑誌を買ってきてくれるようになった。小学校低学年向けの少女漫画だ。ただ、小毬にはいまいち話がわからなかった。学校にも幼稚園《ようちえん》にも通えず、同世代の子を知らない彼女《かのじょ》には、漫画の中で行われる恋物語《こいものがたり》というものがぴんと来なかったのだ。

とはいえ、折角《せっかく》買ってきてくれたものを無下にはできない。その日もなんとなくぱらぱら雑誌をめくっていた少女は……ふと開いたページに釘付《くぎづ》けになった。

そこに描《えが》かれていたのは、見開き一杯の大地を駆ける少年少女の姿だった。

思えばそれは、両親が間違えて買ってきた少年向けの漫画だったのだろう。男の子が好みそうな剣と魔《ま》法《ほう》の物語は、『勇者』の少年を主人公とするファンタジーだった。もちろん、途中から読んだせいでストーリーなんてわからない。『魔法』だの『魔《ま》物《もの》』だの『スキル』だの、何のことかちんぷんかんぷん。だが、彼女は夢中になってページをめくった。

『勇者』は力一杯に世界を駆け、剣を振《ふ》るい、魔物と戦い、人々を助け、皆《みな》から必要とされていた。誰《だれ》の役にも立たず、ただ一方的に助けられている自分とは正反対に。白黒のコマの中で躍動《やくどう》するその姿は、少女の眼にどこまでも鮮烈《せんれつ》に映った。だから、『勇者』の真《ま》似《ね》をして病室で箒《ほうき》を振ってみた。三回ほど振ったところで動悸《どうき》がやまなくなり熱が出た。

自分は『勇者』にはなれないのだと、そこで知った。だがそれでも……高熱にうなされるベッドの中で、少女は『勇者』の夢を見た。

その日から、『勇者』は彼女の憧れになった。


……そんな少女を懐かしげに見守っていた××は、ふと思う。

あれ？　××って、誰のことだっけ――

『――考えるのはそこまでにしとき。それ以上は迷子になってまうから。なあ……小毬ちゃん』

後ろから囁《ささや》かれる声に、××――小毬はハッと我に返る。

気づけばそこは見覚えのある病室。そして背後に立っていたのは、葛葉と凛だった。

「大丈夫っすか、小毬さん⁉　意識ははっきりしてますか⁉」

「え、あ、はい……私、今……」

「なあに、気にせんでええ。根源と追憶《ついおく》はセットみたいなもんや。まあちょこちょこ帰ってこれんくなる子もおるけど……そうならんようにうちがいるわけやしな。まっ、なんにせよ……これで潜入《せんにゅう》成功や」

と笑う葛葉の視線の先には、一基の無機質なベッド。そこに横たわっているのは、つい先ほどまで見ていた少女――幼少期の小毬だ。

「わ、私がいる……⁉」

「そらおるよ。ここは追憶……小毬ちゃんの記憶の中やからなあ」

と当たり前のように笑った葛葉は、それから少し真面目な表情になった。

「にしても……心臓、悪かったんやね」

「はい。中学三年生ぐらいまではずっとこんな感じでした。だから今でも運動とか勉強とか全然で……」

と照れたように答える小毬の横で、葛葉はベッドの少女の方を見ていた。……彼女の魔《ま》眼《がん》ならわかる。これは単なる病気ではない。もともと根源そのものがひどく希《き》薄《はく》なのだ。肉体と精神は二つで一つの命として成立するもの。どれだけ体が健康だろうと、消えかけの魂《たましい》では生きてはいけない。幼い小毬の不調は間違いなく根源の方に原因がある。

もっとも、当の小毬本人はそんなことに気づいてもいないらしい。

「でもでも、みんなすごく優しく助けてくれたので、全然つらくなかったですよ！」

「ああ、一緒に見とったからわかるよ。ホンマええ人ばっかやったね」

「はい！」

と、嬉《うれ》しそうに頷く小毬。……ただ、葛葉は一人呟《つぶや》いた。

「こんな人らに囲まれてたら……さぞ苦しかったやろなあ」

今現在の小毬と、幼少期の小毬……どちらにも欠落しているものがある。それが『妬《ねた》み』や『僻《ひが》み』といった感情だ。

なぜ自分だけこんな目に。

なぜ自分だけが不幸に。

当然あるべきその感情が、彼女たちには存在していない。病室という無菌室《むきんしつ》の箱庭に入れられ、大事に大事に育てられた小毬にはそんな汚《きたな》い感情など芽生えなかったのだ。

彼女が抱《いだ》く感情は、もっとずっと純粋《じゅんすい》で単純なもの。親切にしてくれる大好きな人たちに、自分も何かしてあげたい。ただそんな願いだけ。……けれど、どんなに想《おも》ったところで病床《びょうしょう》の少女には何もできない。大好きな人たちに恩返しするだけの力はなく、かといって捻《ね》じ曲がることもできないまま。無垢《むく》なその心にただ『役に立ちたい』という願いだけが募《つの》っていった。

ああ、なるほど――これが原因か。

葛葉はようやく得心する。先ほどフェリスが危惧《きぐ》していた、小毬に内在する異常性。『誰かの役に立たなければならない』――という強迫《きょうはく》観念にも似た正義感。その原因がここにあるのだろう。

小さな体では受け止めきれないほどの、善意と愛情の数々。中和する悪意などない無菌室で浴びせられ続けたそれが、幼い少女にはどれだけ重かったことか。

「重すぎる愛が狂《くる》わせる、か……なんや、そんな子を最近見た気がするわ」

誰にも聞こえない声で呟く葛葉。

そうこうしているうちに、追憶の時間が進み始めた。といっても、通常の時間経過ではなく、まるで早回しの如く場面が進行していく。どうやら小毬の体感時間とリンクしているらしい。何もない日々は飛ぶように過ぎ、小毬は徐々《じょじょ》に成長していく。

そして……とある人物が登場したのは、彼女が十歳になった頃だった。

その日、小毬は朝から体調が良かった。なのでぺたぺたと病院内を散歩していた折、隣《となり》の個室に新しい住人が来たことに気づく。気になってそーっとドアの隙間《すきま》から覗《のぞ》くと……中にいたのは小毬と同年代の少女だった。それも、中性的なかなりの美少女である。足にギプスが巻かれていることからして、入院理由は捻挫《ねんざ》か骨折というところだろう。

そうしてじーっと見つめていると、視線に気づいたのか、少女はふとこちらを見る。そして第一声を放った。

『何見てんだよ。あっち行け』

放たれたのはなんともそっけない一言。小毬は怯《おび》えた小動物のようにわたわたと逃げ出す。……が、一分後にはまた戻《もど》ってきてドアの隙間から観察を再開していた。

『……はあ……なんなのお前？　あたしになんか用？』

露骨《ろこつ》すぎる視線に気づかぬはずもなく、仕方なしに問う少女。すると、小毬はトコトコと病室に入る。そして唐突に問うた。

『あの……ユイ君ですか？』

『……は？　誰？』

『ユイ君！』

と繰り返した小毬は、持っていた漫画を開いて見せる。そこには中性的な顔立ちの美少年が描かれていた。……言われてみれば、眼前の少女と雰囲気《ふんいき》が似ている。

『とっても優《やさ》しい暗殺者の男の子です！』

『優しい暗殺者って、矛盾してんじゃん』

「くだらない」と少女は鼻を鳴らすが、小毬は別のことが気になったようだ。

『むじゅん、ってなあに？』

『あ？　中国の故事成語で……』

『こじせいご、ってなあに？』

『……あー、もういい』

と少女はそっぽを向く。話すだけ時間の無駄《むだ》だと思ったのだろう。

……だがしかし。

『……』

『……』

『…………』

『…………』

『…………』

『…………あーもう、なんだよ！　まだなんか用⁉』

無視されているというのに、小毬はめげずに留《とど》まっている。しかも、まん丸な瞳でじーっと横顔を見つめてくるのだ。これにはたまらず向き直ると、小毬はおかしな要望を口にした。

『あのね、「っす！」って言って！』

『は？』

『ユイ君みたいにしゃべって！』

と再び広げた漫画のページでは、ユイというキャラが喋っているコマが。内容そのものはどうでもいいとして……気になるのはその語尾《ごび》だ。セリフの最後にいちいち『～っす』とついている。なんというか、子供騙《こどもだま》しの実にわざとらしいキャラ付けだ。

無論、そんな恥《は》ずかしい喋り方《かた》なんて現実でできるはずもない。

『普通に嫌だけど。ってか、あたしは「凛」だ。「ユイ」じゃねえ。わかったらさっさと帰れ！』

しっし、と今度こそ追い払《はら》う少女――凛。

よほど期待していたのか、小毬はしょんぼりと肩《かた》を落として帰って行く。……が、去り際に振り返ると、少しはにかんで笑った。

『あのね、私ね、「いまりこまり」って言います。またくるね、りんちゃん！』

そうして小毬は手を振り振り去って行く。凛は何も答えずに、ふん、と鼻を鳴らしてベッドへ潜り込むのだった。


そして翌日。

凛は松葉杖《まつばづえ》を片手に病院の廊下《ろうか》を歩いていた。自室への帰り道、ふと隣室《りんしつ》の名札に気づく。そこに記されていた名は――『伊万里《いまり》小毬』。

『……あいつ、隣だったのか……』

別にどうでもいいのだが……ちょっとだけ気になって中を覗く。

すると、そこにはやはり小毬の姿が。……ただし、一人ではない。ちょうど見舞いの夕イミングだったらしく、小毬の隣には優しそうな両親がいた。どちらも心から愛《いと》おしげに娘《むすめ》の頭を撫《な》でている。小毬もまた大好きな父と母に囲まれて幸せそうに微笑《ほほえ》んでいた。

それを見た凛は……ふん、と不機嫌《ふきげん》に鼻を鳴らして自室へと戻っていくのだった。

そうして一時間ほど後――

『りんちゃん』

と、凛の病室にやってきたのは小毬。

『あのね、おすそわけ！』

と、果物がのったお皿をよいしょよいしょと運んでくる。

だが、凛はぷいっとそっぽをむいてしまった。

『ふん、自慢《じまん》かよ』

『？　なにが？』

『そっちには見舞いが来て、あたしのとこには誰も来ない！　どうせ寂《さび》しい奴《やつ》って思ってんだろ！』

とむくれて言うそれは、紛《まぎ》れもなく年相応のくだらないやきもち。ただ、当人にとっては大事なことなのだろう。唇《くちびる》を尖《とが》らせてすっかり拗《す》ねてしまっている。

もっとも、同じ子供がそんな感情を推《お》し量《はか》れるはずもない。小毬は不思議そうに首を傾《かし》げた。

『りんちゃん、さびしいの？』

『はあ？　そ、そういう話じゃ……』

『じゃあ、さびしくないの？』

『あ、ああ、別に寂しくねえよ！　……親父《おやじ》もおふくろも、いつだって仕事のことしか考えてねえ。あたしなんて二の次さ。骨折ったって見舞いにすらこねえんだから。でも別にいいんだ、こんなのもう慣れっこだからな！　あたしは一人で平気さ！』

と、凛はわかりやすく強がりを言う。

それが伝わったから……かは定かではないが、小毬は何かを思いついたらしい。

『そっかあ……じゃあ、これからは私がおみまいするね！』

『は？　何言って……』

『またね、ばいばい！』

なんて勝手に決めた小毬は、手を振り振り帰って行く。

残された凛はぽかんと呟いた。

『……な、なんなんだよ、あいつ』

それ以来、小毬は本当に毎日やってきた。飴やら漫画やらぬいぐるみやら、頼んでもいないお見舞いの品を握《にぎ》りしめては、じーっと扉《とびら》の隙間から顔を出すのだ。無論、凛はそのたびに追い返すのだが……本当はちょっとだけ、ほんのちょっとだけ嬉しかったり。

けれどある日、小毬は来なかった。

昼になっても、夕方になっても、夜になっても、小毬は見舞いに訪《おとず》れない。

『……嘘つき』

潜り込んだベッドの中で、凛は唇を尖らせる。

わかっている。どうせお見舞いごっこに飽《あ》きたのだろう。最初から寂しい子に同情する優越感《ゆうえつかん》を楽しんでいただけ。そんなのはじめからお見通し。何の期待もしていない。だから、別にいい。全然待ってなんかいないし、傷ついてなんかないのだ。

すっかりへそを曲げた凛は、そのまま眠《ねむ》りについた。

その日の深夜。

ふて寝《ね》したせいで変な時間に目を覚ましてしまった凛は、瞼《まぶた》をこすりながらトイレへ向かう。用を足し終えた帰路にて、ちらりと視界に入るのは小毬の病室。

『……ふん、あんなやつ！』

と素通《すどお》りしかけたところで、ふと気づいた。

ドアの隙間から漏《も》れ聞こえる苦しそうな吐息《といき》。

もちろん、あんな嘘つきのことなんてどうでもいい。どうでもいいんだけど……やっぱりちょっと気になって、少しだけ中を覗く。

ドアの隙間から垣間見《かいまみ》えたのは、はあはあと苦しそうにあえぐ小毬の姿。月明りの下でもはっきり見えるほど顔色が悪く、ひどく汗《あせ》をかいている。明らかに様子がおかしい。

『お、おい、お前、大丈夫かよ……』

思わずドアを開けて駆け寄る。

すると、うっすら瞼を開いた小毬は……ぜえぜえと苦しげに言った。

『りんちゃん……ごめんね……』

『え？』

『今日……おみまい……いけなくて……』

呼吸すらままならない状態で、本当に申し訳なさそうに謝《あやま》る小毬。この状態を見れば、体調不良で寝込《ねこ》んでいたせいなのはすぐにわかる。だというのに、小毬は言い訳しようともせずひたすら『ごめんね』と繰《く》り返す。

『な、何言ってんだよ、そんな場合じゃないだろ！　と、とにかく誰か呼んで――』

と、枕元《まくらもと》のナースコールを掴《つか》む凛。

だがそれを遮ったのは小毬自身だった。

『だ、だめ……』

『いや、だってお前、すごい熱だぞ！　すぐ先生に診《み》てもらわなきゃ……』

『もう……夜、遅《おそ》いから……めいわくに……なっちゃうから……』

『っ……！　馬鹿かよ!!』

弱々しい手を振り払ってコールボタンを押《お》す凛。すると、当直の看護師たちが慌《あわ》てて駆けつけてくる。すぐに部屋へ帰されてしまったため、そこから先どうなったのかは凛にはわからない。ただ、それでも三十分ほどやきもきして待っていると、看護師の一人が病室にやってきた。

『凛ちゃん、呼んでくれてありがとね。お陰《かげ》で小毬ちゃんよくなったわ』

『い、いや、あたしは、別に……』

褒《ほ》められたにもかかわらず、凛は視線を逸《そ》らす。……その理由を看護婦はちゃんとわかっていた。

『私たちを呼んじゃだめ、って小毬ちゃんに言われた？』

『……！　……ああ、まあ……』

『そうね、小毬ちゃん、そういうとこあるから。いつも誰かの迷惑《めいわく》にならないようにって。……私たちはそれが仕事なんだから、じゃんじゃん呼んでくれていいのに』

なんて肩をすくめた看護師は、それから唐突《とうとつ》に言った。

『凛ちゃん、もしよかったら、これからも小毬ちゃんと仲良くしてあげて。……小毬ちゃん、小さい時からずっと入院してるの。学校にも通えないし、兄弟もいないから、同世代の子と会う機会なんて滅多《めった》にないのよ。だから、凛ちゃんが来て毎日すごく楽しそうなの。

初めてお友達ができた、って。……もちろん、こんなの私たち大人が口出すことじゃないけどね』

『…………』

そうして看護師は去っていった。

凛は再びベッドに潜り込むと、じっと聞き耳を立てる。隣室からまた苦しげな声が聞こえてはこないかと。

凛は朝までそうしているのだった。

――――……

――――……

翌日、昼頃《ひるごろ》。

『――りんちゃん』

『……んん、むにゃ……』

『――りんちゃん、おきて』

耳元で聞こえる可愛らしい声。

　そっと揺《ゆ》り起こされて瞼を開けると、視界に入ったのはこれまた可愛らしい少女のご尊顔。まるで天使みたいだなあ、なんてぼんやり考えていたところで、凛はハッと我に返った。

『わわっ、お前……!?』

『うふふ、りんちゃんって、おねぼうさんなんだね』

なんて無邪気《むじゃき》に微笑む小毬。

一体誰のせいだと思っているのか。寝ぐせを押さえながらむっと唇を尖らせる凛は、それからきっぱりと言い放った。

『お見舞い、もう来なくていいから』

と、突《つ》き放《はな》すように告げる凛。……ただし、その続きは頬《ほお》を赤らめながら口にされた。

『……その代わり、次からあたしがそっち行くよ……』

その瞬間《しゅんかん》、ぱああ、と花がほころぶみたいに小毬に笑顔《えがお》が咲《さ》く。

そしてとてとて駆け寄ってきたかと思うと……

『うれしいっ！』

と、凛に全身で抱きついた。

『わわわ、ちょ、ちょっと!?』

『あのね、じゃあね、もう一つお願いがあるの！　ユイ君みたいにしゃべって！』

『は？　だから、それは嫌《いや》って……』

『……だめ？』

『うっ』

愛らしく潤《うる》んだ瞳《ひとみ》で、上目遣《うわめづか》いのおねだり。普通《ふつう》の女性がやってもあざといだけだが、純真無垢《じゅんしんむく》な幼女小毬がやれば効果は倍増。こんな必殺技《ひっさつ》を繰り出されてはひとたまりもない。

『わ、わかったよ……いや、わかったっす……』

『わぁい！　りんちゃんだいすき！』

『わ、ちょ、抱きついちゃダメっすよ………でへへ』

と、甘《あま》えるようにすり寄られた凛は、まんざらでもなさそうな顔でデレデレと鼻の下を伸《の》ばす。なんとも微笑ましい二人のやりとりだ。

――ただし、忘れてはならないのが……今この場には観衆がいること。

「……なーにが『でへへ』やねん。男子中学生か君は」

と、冷静なツッコミを入れるのは――今現在の葛葉《くずは》。

ここまで黙《だま》って追憶を眺《なが》めていたが、幼少期凛のあまりに情けない姿にツッコミを我慢できなくなったらしい。

ただし、ご本人も黙って言われっぱなしとはいかない。

「し、仕方ないじゃないっすか！　見てくださいよあの小毬を！　お人形さんみたいでしょ⁉　可愛すぎるんすよ‼」

と顔を真っ赤にしつつ、凛（現在）は幼い小毬を指さす。

愛情だけをたっぷり注がれ、穢《けが》れの無い箱庭で育った小毬は、『お人形さんみたいな』という形容がぴったりなほど無垢で愛らしい容貌《ようぼう》をしている。おまけに、ピンクのふわふわパジャマと、ぎゅっと抱きしめた猫《ねこ》のぬいぐるみも相まって、それはまさしく天使そのもの。そんな子がストレートに全身で好意を伝えてくるわけで……

「……なるほど、確かにこら破壊力《はかいりょく》高いなあ」

「でしょ！」

「な、なんだか恥ずかしいですよぅ……」

と、とばっちりで赤くなる小毬。

とはいえ……

「それにしたって、ころっと落ちすぎちゃう？　君、チョロいってよう言われんか？」

「うるさいっすね！　っていうか、そもそもなんでジブンの回想があるんすか⁉　ここって小毬の根源っすよね⁉」

「そらうちらだって今は魂だけの状態やからな。水と水とが混ざるように、根源同士も混じり合うのは必然や。特に君は小毬ちゃんと追憶を共有しとるからなあ」

　と、葛葉は当たり前だと言わんばかりに肩をすくめる。

　ただ、小毬は今更《いまさら》すぎる疑問に気づいた。

「あれ、でも不思議……私、こんなの覚えてない……」

　目の前の映像をつい他人事のように眺めていたが……当然これは小毬の記憶《きおく》でもある。だというのに、当の小毬は凛を覚えていなかった。ちょっとした物忘れならまだしも、友達を忘れていたなんて……

「ああ、それなら小毬ちゃんが気にする必要ないで。……自分で『隠《かく》した』んやろ？」

「ええ、そうっすよ」

　と、凛は少し申し訳なさそうに頷《うなず》いた。

「ジブンの固有異能は《隠《なばり》の小太刀《こだち》》——対象を『隠す』力っす。クラス転移での冒険《ぼうけん》を終えた後、ヘルザ様に協力を求められた時に、全世界から自分の存在を隠したんですよ。痕跡《こんせき》、記録、そして記憶からも。ロザリアに知られず『オールド・ミィス』のメンバーを集めるにはそっちの方が動きやすかったので……」

『黙っててすみませんっす』と凛は頭を下げる。

けれど、小毬の反応は真逆だった。

「じゃあ……凛ちゃんはずっと見守っててくれてたんですか？」

「ま、まあ……一応……」

「うわあ、ありがとう凛ちゃんっ‼」

「わわ、ちょ……だ、抱きついちゃだめっすよ……でへへへ」

「なんや、全く成長しとらんやんけ……」

何はともあれ、それが生まれて初めて小毬に友達ができた瞬間だった。そして二人目の友人もほどなくして現れた。――それが花菱《はなびし》香音だ。

風邪《かぜ》の診察《しんさつ》に来た香音が注射に怯えて脱走《だっそう》し、たまたま逃《に》げ込んだ先が小毬の病室だったのである。

『――わあ、あなたも「ブレイブ・クエスト」好きなの⁉』

と、勝手に入ってきた香音は、勝手に小毬のベッドに上がり込む。そして勝手に漫画を読み始めた次は、勝手にこの漫画がいかに面白《おもしろ》いかを語り……あっけなく病院の職員に見つかって連行されていったのだ。

そしてその日から、香音はよく遊びに来るようになった。

香音が持ってきたゲームをやったり、ごっこ遊びをしたり、一緒《いっしょ》に漫画を読んだり。なぜか香音と凛《りん》は犬猿《けんえん》の仲だったが、それでも三人は交友を深めていった。そして『小毬が元気になったら三人で学校へ行こう』なんて約束を交《か》わしたりもした。小毬はとても幸せだった。その日を想像するだけでどきどきと胸が躍《おど》った。

けれど、約束はなかなか果たされなかった。

時が経《た》つにつれて、小毬の病症《びょうしょう》は日に日に悪化していった。

元気に過ごせる時間は週に三日になり、二日になり、一日になり、ついにはずっと寝込むようになった。親族以外との面会は謝絶され、呼吸器に繋《つな》がれている時間が増えた。香音や凛と会える機会もどんどん減っていき、面会に来る両親の表情も目に見えて暗くなっていった。

ある晩、高熱にぼやけた意識の中で、小毬は枕元で話す両親の声を聞いた。二人は心臓移植についての話をしていた。小毬が元気になるためには移植を受けるしかないと。だが、臓器提供を待つ子供はごまんといる。お金もコネもない小毬が手術を受けられる可能性はゼロだった。だから両親は泣いていた。お金がなくてごめんね。ツテがなくてごめんね。健康に生んであげられなくてごめんね、と。呼吸器に繋がれた小毬に縋《すが》りついて、両親は夜が明けるまで涙を流し続けた。小毬はそれが悲しかった。こんなに大好きな両親なのに、どうして自分は泣かせることしかできないのだろう？　それがただただ悔《くや》しかった。だから、せめて涙をぬぐってあげたかったけれど、弱り切った腕《うで》は少しも動かなかった。

小毬はもう気づいていた。『終わり』が近いことを。

そしてついに、それはやってきた。

その日、小毬は朝からひどく体調が悪かった。鼓動《こどう》は疲弊《ひへい》したように不規則に乱れ、呼吸は途切《とぎ》れ途切れに限界を訴《うった》える。少女の小さな体はもう生きることに耐《た》えられなかった。それでも医師たちの懸命《けんめい》な処置によりどうにか山場を越《こ》えた深夜、再び苦痛の波が小毬を襲《おそ》った。

これまでになく激しい苦しみにうなされ、小毬は枕元のナースコールに手を伸ばす。

……けれど、そのボタンを押すことはなかった。今日で終わりだと小毬は知っていたから。だからこのままでいい。ただ一つ願うことがあるとしたら……両親があまり泣かなければいいな、ぐらいなものだった。

だから小毬は瞼を閉じた。そして、自分の中の命が消えていくのをただじっと待って

――――と、その時だった。

『やっほー、つらそうだねえ』

枕元から聞こえたその声に、小毬はうっすらと瞼を開ける。

そこに、ソレはいた。

濁《にご》った灰色の羽を持つ少女——女神《めがみ》ヘルザ。

小毬や凛を召喚《しょうかん》した灰羽の女神だ。無論、こんなところで出会っていた記憶など小毬にはないが……それはむしろ、この先こそが女神によって封《ふう》じられた核心《かくしん》であることを示していた。

『あなたは……だぁれ……？　めがみ……さま……？』

病床の小毬は弱々しく問う。女神の存在を知らなくとも、眼前のそれが人智《じんち》を超《こ》えた何かであることは理解できたらしい。

……が、ヘルザの答えは肯定《こうてい》でも否定でもなかった。

『さてどうかなぁ。この世界樹じゃそのくくりだけどぉ、前の世界樹じゃ「悪魔《あくま》」って呼ばれてたからねぇ。ん～、まぁ、間をとってヘルザちゃんと呼んでくれたまえよ』

と、ヘルザはふわふわした独特の喋《しゃべ》り方で答える。

そして女神もどきの悪魔は、ここへ来た目的を告げた。

『今日はねぇ、イイコな小毬ちゃんにプレゼントがあるんだよぉ。なんとぉ、じゃじゃ～ん、君の望みを一つだけ叶《かな》えてあげよぉ～！　ね、だから何でも言ってごらん。元気な心臓が欲《ほ》しい？　漫画の勇者になりたい？　それとも……君を不幸にしたこの世界に復讐《ふくしゅう》ってのもいいねぇ。ほら、僕《ぼく》は女神であり悪魔だから。呪《のろ》いでも祝福でも、どっちでもあげられるんだよぉ』

やんわりと告げるその言葉は、女神の神託《しんたく》のように優しく、それでいて、ぞっとするような悪魔の囁き。それを傍《はた》で聞く葛葉は思った。

――なるほど、ここか。

小毬が《原初の勇者の剣《つるぎ》》などという最強の剣を有している理由。きっとそれが、この瞬間の願いにあるのだと。……だが、それは少し違《ちが》っていた。

願いを叶えるという一世一代のチャンスをもらった少女は、弱った指をかろうじて持ち上げる。そしてある一点を指さした。そこにあったのは……人工呼吸器。もはや限界を迎《むか》えた肉体の代わりに、少女の命を繋ぎとめている生命維持《いじ》装置だ。

『……ダメだよぉ、これを止めたらキミは死んでしまうよ』

と、ヘルザは優しく教える。

けれど、小毬はじっと装置を指さし続けるだけ。

その弱々しくも確かな意思表示を見て、ヘルザは問うた。

『……もしかして、死にたいの？　もう生きるのはつらい？　苦しいのは嫌？』

生まれてからこれまで、一度たりとも健康な時間など過ごせなかった十数年間。人生における苦しみを定量化できるとしたら、彼女は既《すで》に普通の数百倍の苦痛を味わっている。

ゆえに、彼女がそれを望んだとしても、責める権利を持つ者などどこにもいないだろう。

だが、小毬はその問いにさえ首を振る。そして……死を希《こいねが》うその理由を口にした。

『私……役に立てない……でも……死ねば、お母さんたち、楽になる……もう泣かないでよくなる……そしたら、やっと……ちょっとだけ役に立てるから……』

彼女が死を願うのは、苦しみから逃《のが》れたいからではなかった。愛と善意の中で育った少女には、自分本位の自殺なんて思いつきもしないのだ。それはすなわち、最後の最後まで大好きな誰かのための希死——

世界から隔離《かくり》され、狭《せま》い病室に閉《と》じ込《こ》められてきた少女が、一つだけ誰よりもよく知っていること……それは自分の無力さだった。

だから彼女は健康を願わない。自分が元気になったところで、誰の役にも立たないから。

だから彼女は勇者を望まない。あれが非現実の絵空事だと、最初からわかっているから。

そう、つまりは簡単なこと——少女は奇跡《きせき》の祈《いの》り方すら知らなかったのだ。

そんな哀《あわ》れな少女を見下ろす灰羽の女神は、喜びと悲しみが入り交じった笑《え》みを浮《う》かべる。そして……まるで機械のように淡々《たんたん》と告げた。

『……今から五分後、この病院のすぐ近くで事故が起きる。県外旅行中の一家四人が巻き込まれ、うち三人は即死《そくし》。悲しいねぇ。だけど、奇跡もあるんだ。即死した少女の心臓だけはなぜか無傷だったんだよ。搬送先《はんそうさき》となったこの病院で、とある医師はそれに気づく。ううん、無傷なだけじゃない。血液型、サイズ、年齢《ねんれい》、抗体《こうたい》……すべての条件が自分の担当するとある少女と完全に適合していることに。まるで女神の思《おぼ》し召《め》しみたいに、ね。そして医師は決断する。「魔が差した」って言い換《か》えてもいい。彼《かれ》はね、摘出《てきしゅつ》した心臓をとある少女へ移植するんだ。もちろんそれは倫理的《りんりてき》にも法的にも許されることじゃあない。医師は捕《つか》まることになるけど……まあ、その話は今どうでもいいか』

まだ見ぬ未来の話を、ヘルザはまるで確定事項《じこう》のように言い切った。

『いずれにせよ、これで君は元気になる。少なくとも、肉体は。……だけど、まだダメなんだ。心臓があっても魂がなくちゃ。だからこれは僕からのプレゼントだよ。君が生きられるよう、とびきりの希望と……呪いの種をあげよう。次にまた会う時まで、大事に大事に育てておくれよぉ？』

そう囁くヘルザの掌《てのひら》に、輝《かがや》く一粒《つぶ》の種が現れる。それを少女へ近づけると、種はまるで最初から決められていたみたいに胸の奥《おく》へと吸《す》い込まれていった。

『さあ、お休み小毬ちゃん。世界を救う夢を見て』

ヘルザはそっと少女の瞼を閉じる。瞼と共に記憶に蓋《ふた》をされた少女は、そのまま静かな眠りにつくのだった。

「──こ、こんなことが、あったなんて……」

静まり返った病室で、現在の小毬が呟く。

一連のやり取りを完全に理解できたわけではない。何を言っているのかわからない部分の方が多い。だがそれでも、はっきりしていることがある。──かつて受けた心臓移植が、女神ヘルザの導きによるものである、と。

……だが、小毬の受けた衝撃《しょうげき》はまだ序の口に過ぎなかった。

「──というわけだからさぁ」

不意に響《ひび》くのんびりとした声。

その主たる追憶の中の女神は……くるりとこちらへ振《ふ》り返った。

「話の続き、始めよっかぁ」

と微笑《びしょう》しながら、ヘルザは小毬たちを見据《みす》える。ただの偶然《ぐうぜん》か……いや、そうではない。

『過去《追想》』であるはずのヘルザの瞳に映るのは、紛れもなく『今』の小毬たちの姿──

「な、なんすか、これ?!」

「ここって、記憶の中なんじゃ……？」

有り得ない現象に面食らう凛と小毬。

だが、対するヘルザは平然と頷いた。

「うん、そうだよぉ。ここは小毬ちゃんの記憶の中さ。でも、君たちだって今こうして潜《もぐ》ってるじゃないか。それと同じさ。もっとも、僕の場合は魂の一部だから、まあ幽霊《ゆうれい》みたいなものと考えてよぉ」

理屈《りくつ》自体はよくわからないものの、これだけははっきり断言できる。こうして今対話しているヘルザは、過去の幻影《げんえい》などではない。紛れもない本人なのだ。

だとしたら、聞きたいことが山ほどある。

「さっきの種、一体なんなんですか？　どうして私を助けてくれたんですか？　なんでヘルザ様は死んじゃったんですかっ！」

「まあまあ落ち着いてよぉ、そんなに一度に答えられないよぉ」

怒涛《どとう》の如く詰《つ》め寄る小毬を、どうどう、となだめるヘルザ。

「まずは一つ目からいこっかぁ。あの種こそが君たちが今探してるもの――《原初の勇者の剣》だよ」

「……え？　ええええっ⁈」

さらりと口にされた答えに、小毬は素《す》っ頓狂《とんきょう》な声をあげる。

《原初の勇者の剣》というのだから、さぞカッコイイ剣なのだと思い込んでいた。だが、どうやらそうではないようだ。

「なるほど、《原初の勇者の剣》は種の……というか、固有異能の名前ってことっすか」

「うん、正解だよぉ。固有異能：《始まりに芽吹く蕾《ロア・ル・ヴォワール》》……その能力はシンプルさ。『全能』──あらゆる望みを無条件に叶える力なんだぁ」

あまりにあっさり告げられたその能力。

全能──文字通りすべてが叶う神の力。確かに最強の剣の名に見合うだけのものではあるが……

「ちょ、ちょっと待ってください、『全能』って……さすがにそれは信じられないんすけど……」

「──いや、ほんまやで。一応この目で見たことはあるからな」

と、答えたのは葛葉だった。

「凛ちゃんの方は薄々《うすうす》感づいとるやろうけど……うちも前回世界樹《せかいじゅ》からの生き残りや。いや、『生き残り』っちゅうより『死にそびれた』って言うべきか。転生の固有異能がちょいと覚醒《かくせい》しすぎてな、死んだはずやのに世界樹までまたいで転生してしまったんよ」

『ほんまこの手の能力は融通《ゆうずう》が利《き》かんくて困るわ～』と脱線《だっせん》しかけた葛葉は、すぐに話を戻す。

「って、まあそれはどうでもええ。重要なんは、全能の異能持ちが確かにいたっちゅうことや。それはうちが保証するで」

この期《ご》に及《およ》んでいつもの虚言《きょげん》、というわけではないだろう。

だが、だとしても釈然《しゃくぜん》としない。

「でも、それって前回の世界樹の種なんですよね？　どうして今ここにあるんですか？　もしも最後まで残っていたなら、それが世界樹になってるんじゃ……？」

「そうだねぇ、小毬ちゃん賢《かしこ》いよぉ。でも、答えは簡単さ。――前回の世界樹はね、正常に終わらなかったんだよ。他でもないこの全能の力のせいでね」

「どういう、意味ですか……？」

そう問われたヘルザは、とある少女の話を始めた。

「かつてこの種を持っていた少女はね、明日香《あすか》という名前だったたんだ。僕が担当した子でね、ちょうど君たちと同い年ぐらいだったかなあ。……彼女《かのじょ》はこの力を使って『選別』を生き残った。ほら、君たちだって見たでしょ？　旧世界樹がどうやって『物語』を集め、どうやって最後の『種』を選別したか」

　小毬の脳裏《のうり》に思い出されるのは、あの十二番目の試練で見た光景。全人類に固有異能が与《あた》えられ、全人類が殺し合う、悪夢のような惨劇《さんげき》だ。

「あの戦いにおいて、『全能』は何より優《すぐ》れた武器だった。だから彼女は当然の如く勝ち残った。凛ちゃんの言っていた通り、トンデモ能力だもの。負けるはずがない。だから最後の一人こそが明日香なんだ。戦いを通して覚醒した全能の力は、最高の世界樹として芽吹くはずだった。……けど、彼女はそれを拒《こば》んだ。他でもない全能の力を使って、最後に願ったんだ。殺して殺される悲劇で幕を閉じたこの世界を、もう一度やり直したいって」

　他のすべての種と物語を喰《く》らい覚醒した『全能』は、世界樹のシステムさえも凌駕《りょうが》したということらしい。

「だから、現世界樹は旧世界樹の二度目の姿なんだ。そしてすべてが同じにはなっていない。世界樹存続のために必要な物語の収集を、明日香は最小限にしようとした。『役割《ロール》』を作ることでね。世界を維持するために確かに悲劇は必要だけど、それでも犠牲《ぎせい》ができるだけ少なくなるように。明日香の精一杯《せいいっぱい》の抵抗《ていこう》さ。そうしてすべてを書き換えた後……明日香は死んだ。種だけを残してね」

　小毬は改めて胸に手を当てた。

　明日香という少女が残したその種は、今ここにある。そしてそれこそが《原初の勇者の剣》の正体であり、世界樹をリセットした最強の固有異能――

「ごめんねぇ。剣のこと、君たちにまで秘密にしていて。だけど、これは本来あっちゃいけない強すぎる力だ。知る人間は少ない方がいい。……万が一にも、あの子たちに渡《わた》さないためにもね」

敵を騙《だま》すにはまず味方から……そうまでして隠し通さなければならない相手が、この世界にはいるのだ。その敵の名は――

「女神ロザリア、っすよね？」

「うん、そうだよぉ」

と肯定するヘルザ。……だが、そこにはまだ続きがあった。

「けどね、本当の問題は彼女じゃないんだ」

「どういうことっすか？」

「ロザリアちゃんの後ろで糸を引いてる子がいてねぇ。名前はユミル――君たちも既に会ってるはずだよ」

そう言われて思い出すのは、学園地下で恭弥《きょうや》やロザリアと共にいた妖《あや》しげな容姿の女だ。

「ユミル、ねぇ……ほんで正体は？　って、まあ聞くまでもないわな」

「うん。僕らと同類……旧世界樹にいた者だねぇ。正体は僕にもわからないけど、目的だけははっきりしてる。ユミルは世界を滅《ほろ》ぼす気だ。そのためにロザリアちゃんに知識を与え、間接的に九条《くじよう》恭弥君を操《あやつ》ってるんだよ。要するに、本当の黒幕ってところさぁ」

ヘルザと同じく世界樹の真実を知る者――それでようやく合点《がてん》がいく。一女神に過ぎなかったロザリアがここまで力と知識を得たのも、十中八九ユミルによる手引きがあったからだろう。

ロザリアという敵の背後に、さらなる黒幕まで控《ひか》えていたなんて。ありがたくない情報に表情を曇《くも》らせる小毬。……しかし、彼女は忘れていた。今ここへ来たのは、そんな窮状《きゆうじよう》を覆《くつがえ》すための秘策があるからだと。

「旧世界樹の亡霊《ぼうれい》、か……ほんなら、なおさら『剣』の出番やねえ」

「！　そ、そうでした！　私たち、《原初の勇者の剣》が欲しいんです！」

そう、わざわざ根源へ潜ったのは追想に浸《ひた》るためではない。《原初の勇者の剣》を手に入れ、世界を救うためだ。そして剣が確かに小毬の中にあることを知った。であれば、後はその使い方さえ教えてもらえば、ロザリアだろうがユミルだろうが敵ではない。なにせ剣は『全能』――あの九条恭弥でさえ倒《たお》せるであろう最強のチート能力。きっとそれこそが《ホロウ》という鞘《さや》の持ち主たる小毬に託《たく》された使命なのだ。

そしてヘルザもまた同意するように頷いた。

「そうだねぇ、今こそ《原初の勇者の剣》の出番だ。本来この世界樹にあっちゃいけないものだけど、旧世界樹の亡霊《ユミル》を祓《はら》うためなら話は別さぁ。何より……恭弥君は強すぎるもんねぇ。正直、剣なしじゃお手上げだよぉ」

「なら、すぐにでも……！」

と逸《はや》る気持ちを抑《おさ》えきれない小毬。

……だが、ヘルザは小さく首を振った。

「けど……ごめんねぇ。それは無理なんだ」

「え？」

「君に剣は使えないんだよ。だって――《ホロウ》なんて能力は嘘《うそ》だからねぇ」

その瞬間、小毬はぽかんと首をかしげる。

嘘って……何が？

ヘルザが何を言っているのか、小毬には全然理解ができない。

「な、何言ってるんですか……？　だって、私、剣の具現化を……」

「あれはね、君の中の『全能』がほんの一部漏れ出た結果さ。君にとって勇者の象徴《しょうちょう》である剣の形にね。だからあれは君自身の能力じゃない。というか……君の種は生まれつき死んでるんだ。『魂《たましい》と肉体は二つで一つ』……だから根源の欠けていた君はずっとここにいたわけだしねぇ。ましてや『全能を制御《せいぎょ》できる固有異能』なんて都合の良い能力はこの世に存在しないんだよ」

冷酷《れいこく》なその真実を、ヘルザはただのんびりと告げる。

「そんな……な、なら、どうして私に剣を……？」

「勘違《かんちが》いしないでね。《ホロウ》は嘘だけど、君が鞘というのは本当なんだ。……ねえ小毬ちゃん、鞘に求められる機能が何かわかるかい？　カッコイイ装飾《そうしょく》？　チートな特殊《とくしゅ》能力？　自分で考える知能？　ううん、どれも違う。鞘というのはあくまで器。剣の所有者がしかるべき時に抜《ぬ》き放つまで、その刃《やいば》を隠しておくためのものだ。なのに、その鞘が勝手に剣を抜いて暴れたりしたら困っちゃうよねえ？」

と問うたヘルザは、『つまり……』とその先を口にした。

「《原初の勇者の剣》の鞘に必要な資質というのはね、剣を使いこなせることじゃない。むしろ逆――剣を使えないことなんだよ。なにせ《原初の勇者の剣》は『全能』……良くも悪くもあらゆる願望を叶えてしまう。まさに抜《ぬ》き身《み》の刃だ。しかも何より厄介《やっかい》なのは……この剣が選ばれしものだけに使えるわけじゃないってこと。《原初の勇者の剣》はね、誰《だれ》にでも簡単に使えてしまうんだよ」

あらゆる願いを成就《じょうじゅ》させる異能が、誰にでも扱《あつか》えること――それがどれだけ危険かは容易に想像がつく。もしも所有者が戯《たわむ》れにでも世界の滅亡《めつぼう》を願えば……それがそのまま世界の最期《さいご》になってしまうのだ。

ゆえに、小毬は理解する。いや、否応《いやおう》なく理解させられてしまう。なぜその剣の隠し場所として、他でもない自分が選ばれたのか。

「どうやらもうわかったみたいだねぇ。……うん、君が思っている通りさ。君を鞘として選んだのはね、君が運命を託された勇者だからでも、剣の使い手だからでもない。君がこの世界樹の誰よりも――勇者の剣にふさわしくない子だったからなんだよ」

元気になりたい。学校に行きたい。誰かの役に立ちたい……願いも祈りも持ってはいた。だけど、心の底では何一つ叶うと信じてはいなかった。だからこそ、女神に与えられたチャンスにさえ、彼女は自らの死を願うことしかできなかったのだ。何も願えず、何も望めず、祈りの意味すら知らない……まさに伽藍《からっぽ》。あらゆる願望を叶える剣に対し、これほど不適格な者はどこにもいないだろう。

ゆえに、彼女は選ばれた。世界で一番勇者に憧《あこが》れ、世界で一番善良な心を持ち、そして……世界で一番自分の可能性を信じていない少女。誰にでも使えるはずの勇者の剣を、世界で唯一《ゆいいつ》使えぬ存在。剣を握《にぎ》る資格さえ持たない、正真正銘《しょうしんしょうめい》の落伍勇者……それこそが、伊万里小毬だったのだ。

「なら……《原初の勇者の剣》は使えない……？　私に……その資格がないから……」

真実を知った小毬は、ただ呆然《ぼうぜん》と呟《つぶや》く。

世界を守る最後の希望である《原初の勇者の剣》……それがよりによって、世界で唯一使い手として不適格な自分の中にある。それはつまり、剣などないのと同じことで――

「まあ落ち着きや小毬ちゃん。ちょっと考えてみ？　ホンマに剣が使えんのやったら、わざわざうちらに存在を知らせる理由がない。そんなん隠し場所がばれる確率を上げるだけやからな。っちゅうことは……剣を使う方法、何かあるってことやろ？」

と冷静に問う葛葉。

そしてその考察は正しかったらしい。

「うん、もちろんだよぉ。剣を別の人に移《うつ》し替《か》えればいいのさ。ほら、あのリンカーネーターみたいにねぇ」

そういえば、と小毬は思い出す。固有異能を後天的に植え替える秘術――善悪は別として、小毬はその存在を既に見ているのだ。

「まあ、さすがに《原初の勇者の剣》ともなると簡単じゃないけどねぇ。僕は既に力を失ってしまったから、他に移植ができる女神はあと一人しかいない。ただそれでも、確かに可能だよぉ」

「そっか……良かったです……！」

移し替えができるならば、柳凪《やなぎ》か天禰に使ってもらえるということ。それならば何の問題もないだろう。小毬はほっと安堵《あんど》の吐息《といき》をつく。

……だが、葛葉の反応はそれとは正反対であった。

「ああ、なるほど、やっぱそうなるか。そら……最悪やな」

喜ばしい事実なはずが、なぜか暗い顔をする葛葉。

そしてその理由はすぐにわかった。

「あ、そうそう、一応小毬ちゃんに言っておくねぇ。もし移植した場合――君は死ぬよ」

「へ……？」

「言ったろう、魂と肉体は二つで一つって。だから肉体が死ねば根源たる種も消滅《しょうめつ》するし、その逆も然《しか》りなんだ。つまり……君の中から剣を抜き取れば、君は死ぬ。百パーセント、絶対に。これを回避《かいひ》する方法は存在しない」

冷酷なまでにはっきりと断言するヘルザ。いつになく冷たいその瞳は、それが揺るがぬ事実であることを何よりもよく示している。

だが、小毬はただ目を丸くするだけ。

『必ず死ぬ』と言われても、正直突然《とつぜん》すぎて実感が湧《わ》かない。こういう時、どんな顔をすればいいんだっけ？

……なんて呆《ほう》ける少女の代わりに、大きく反応する者がいた。

「──あの、全然わかんないんすけど、さっきから何言ってるんすか？」

と横から口を挟《はさ》んだのは凛。その相貌《そうぼう》に滲《にじ》むのは、抑えきれない怒《いか》りの色……

「小毬さんはただの鞘で、本人に剣は使えない。だけど、剣を移し替えれば死ぬ？　それじゃまるで……最初から小毬さんを使い捨てるつもりだった、みたいに聞こえるんすけど？　もちろんジブンの気のせいっすよねえ？」

凛は懸命に平静を繕《つくろ》って問う。……が、返ってきた答えは簡潔だった。

「うん、そうだよぉ」

次の瞬間、ヘルザの体は壁《かべ》に叩《たた》きつけられていた。

「──ふざけんなっ!!　そんな話聞いてねえぞ！　あたしは小毬を守るために協力してたんだ！　なのにこんなの──」

いつもの口調さえも忘れ、激昂《げきこう》のままに女神へ詰め寄る凛。今にも絞《し》め殺さんばかりの勢いだ。

けれど、その前に凛を止めたのは小毬だった。

「ダメだよ、凛ちゃん。ヘルザ様にひどいことしちゃ。だって……ヘルザ様の判断は正しかったでしょ？」

そう、学園地下の封印《ふういん》から小毬へ移し替えていなければ、最強の固有異能はロザリアの手に渡っていた。つまり、今頃《いまごろ》とうに世界は滅びていたのだ。それを回避できたのは、この事態を予見し小毬へと隠し場所を変えていたヘルザの手柄《てがら》以外の何物でもない。いや、そもそもの話……生来根源の欠けていた小毬は、種の移植がなければ病院で死んでいたはず。これまで生きてこられたのもヘルザのお陰《かげ》なのである。

であれば、一体何を恨《うら》むことがあるだろう？

「ヘルザ様、ありがとうございます。移し替えの件、ばっちり了解《りょうかい》しました！　だから教えてください。剣の移植ができる女神様というのは？」

「女神フレイヤ……一番初めの女神にして、全女神の母。そして、この世のすべてを識《し》る者。《全知と導き》の名を冠《かん》する女神界の長だよぉ。彼女なら移植もできるはずさ。本当は僕がやってあげたいんだけど、今の状態じゃ力が足りなくてねぇ」

「わかりました、ありがとうございます！　なら早速《さっそく》フレイヤ様に会いに行かなくちゃ！」

と張り切って話を進めようとする小毬。

だがもちろん、まだ納得《なっとく》できていない者がいる。

「な、何言ってるんすか小毬さん！　こんなの絶対おかしいですよ！」

「んー、でも他に方法もないからねぇ」

「ま、正論やなあ。剣がなきゃどっちにしろ世界は滅亡や。当然小毬ちゃんも含《ふく》めて。どうせ死ぬなら一人の犠牲で抑えた方が合理的やろ」

と、葛葉までもが同意するが……

「うるさいっすね、あんたらに何がわかるんすか！　前回世界樹の悪魔に、転生能力者？ふざけないでくださいよ！　あんたらみたいに命が軽い奴《やつ》とは違うんです！　ジブンたちは……小毬は、一度死んだら終わりなんですよ!!」

合理だの理屈だの、そんなのは言われなくてもわかっている。どっちにしても死ぬのなら、選ぶべき道は一つだけ。その道理がわからないほど凛は愚《おろ》かではない。

だけど、それでも、この不条理だけは認めたくない――

「ありがとう、凛ちゃん。そうやってずっと守っててくれたんだね」

「こ、小毬さん……」

「……でも、ごめんね。せっかく守ってくれたけど……世界を救う運命の勇者は、やっぱり私じゃダメだったみたい！」

えへへ、と笑う小毬は、それから真《ま》っ直《す》ぐに告げた。

「だけどね、ううん、だからこそ……せめて、私はみんなの役に立って死にたい。きっとそれが、私が今日まで生かされてきた意味だから。それを最後まで果たしたいの」

自らの生まれた意味を証明するために――その覚悟《かくご》がどうしようもなく間違っていることを、凛は知っている。

そう、本当は生きることに意味も理由もいらない。だってそうだろう。誰も望んで生まれはしない。親が勝手に生んだだけ。だったら勝手に生きて何がおかしい？　世間の人々だってほとんどは目的も理由もなく漫然《まんぜん》と生きているし、別にそれでいいはず。生きるのに理由が必要であれば、この世はとっくに死人だらけだ。

だけど、彼女はそうではない。生きることが当たり前ではなく、他人から与えられるものであった小毬には、必要なのだ。意味も理由も。それを失ってしまったら……それこそもう、生きてはいられないのだから。

それを知っているからこそ……凛にはもう、引き留める言葉を噛《か》み殺すことしかできないのだった。

「……よぉし、話はついたみたいだね。それじゃあもう行くといい」

そう言ってヘルザが軽く指を振ると、病室の隅《すみ》にゲートが現れた。現実世界へと戻《もど》るためのものだろう。

小毬は意気込《いきご》んで駆《か》け込もうとするが、その直前で思い出したように踵《きびす》を返す。そして……ヘルザの方へとその手を伸《の》ばした。

「ヘルザ様も一緒に帰りましょう！」

その提案にきょとんと眼を丸くしたヘルザは……それから笑って首を振った。

「それはできないよぉ。最初に言ったでしょ、今の僕は幽霊みたいなもの。剣と一緒に仕《し》込《こ》んでおいた魂の欠片《かけら》に過ぎないんだよ。本体はとっくに死んでるさ」

「そんな……どうして……？」

「んー、あるところに永劫《えいごう》の荒野《こうや》に囚《とら》われたお姫様《ひめさま》がいてね、彼女のために結界に穴をあけたんだけど、それは女神のルール違反《いはん》なんだ。僕もこの世界樹じゃ半分は女神のくくりだから、さすがに罰《ばっ》は免《まぬが》れなくてねぇ。あの時点で死は決まっていたんだよ。まあ自《じ》業《ごう》自《じ》得《とく》だし、僕は十分生きたから、別に小毬ちゃんが気にすることじゃ……」

といつもの調子で笑っていたヘルザは、不意に口をつぐむ。

目の前の少女がうるうると涙《なみだ》ぐんでいることに気づいたのだ。

「んもー、そんな顔しないでよぉ。これでいいんだよ。僕は本来この世界樹にいてはいけない存在なんだから」

「そんなことないです！　いちゃいけないなんて、そんなこと、絶対ないです!!」

自分を騙していた悪魔に対し、心から涙を流す少女……その姿を見てヘルザは何かを言いかける。……が、すぐにその言葉を飲《の》み込んで、ヘルザは小毬の背を押《お》した。

「……君は優《やさ》しいねぇ。でもその優しさは僕以外の子にわけてあげて。……さあ、もうお行き」

そうして小毬は何度も振り返りながらゲートへと消えていく。その後には未《いま》だ不服そうな凛が続き、そして最後には葛葉《くずは》が。

……ただ、ゲートへ踏《ふ》み込む直前に、葛葉は後ろへと向き直った。

「……にしても、ホンマえげつないな、あんた。『呪いと祝福を与える』とか言うて、九割呪いやんけ。って、そういやまあ悪魔ってのはそういう連中やったっけ」

葛葉の言う『呪い』とは、全能の種のこと……ではない。むしろ心臓移植の方であった。

己《おのれ》の可能性を信じられず、死しか望めなかった少女が、他人から命をもらうこと。それも、決して返すことのできない死者から。それが何を招くのかなど簡単な話。

命をもらってしまったことに対する罪悪感。

その対価に報《むく》いねばならないという焦燥《しょうそう》感。

それは自己犠牲《ぎせい》をも厭《いと》わぬ異常な正義感として彼女を束縛《そくばく》した。命を譲《ゆず》り受けたあの瞬《しゅん》間《かん》から、彼女は呪われてしまったのだ。その縛《いまし》めから逃れるには、少女はあまりに善良すぎた。

そしてそれこそが、剣を悪用されぬようヘルザの施《ほどこ》した防護措置《そち》なのだ。

元気になったその後も、少女が自分自身のためには何も願えないように。剣の不適格者として虚《うつ》ろな鞘であり続けるように。そして然るべき時が来たら……自ら進んでその命を差し出すように。

それはどこまでも合理的で、あまりにも卑劣《ひれつ》な呪い。そして事実、その呪詛《じゅそ》はこれ以上なく適切に機能した。どれだけ感情が高ぶろうと、小毬から漏《も》れ出る『全能』はごく一部だけ。一瞬《いっしゅん》で世界を滅ぼせる本来の性能とは程遠《ほどとお》い。そのうえ自ら命を捧《ささ》げることに喜んで同意してくれた。そう、勇者ではなく鞘として見るのならば、小毬は実に優秀《ゆうしゅう》に育ったのだ。ヘルザがそうなるよう仕向けた通りに。……その冷酷で的確なやり方に、葛葉でさえ寒気を禁じ得ない。

そして当のヘルザは……その詰《なじ》りを否定しようとはしなかった。

「まったくだよ。あんな良い子にねぇ」

まるで開き直ったかのような台詞《せりふ》。……だが、嘘の女神と長年付き合ってきた葛葉だからこそ、そこに滲む本当の感情に気づいた。それは紛《まぎ》れもない、己の非道に対する嫌悪《けんお》と後悔《こうかい》……

葛葉は大きく溜息《ためいき》をついた。

「はあ……なるほどな、スノエラさんが嫌《きら》ってたわけや。あんた、悪魔のくせに真っ当な倫理観《りんりかん》もっとるんやな。……でも、それならもうちょっとうまい言い方、なんぼでもあったんとちゃうか？　せめて……せめて一言、あの子が望む言葉をかけてやればええやん。──『キミで良かった』って。さっきはそれを言いかけてたんちゃうの？　そうすればあの子も……あんたも、少しは楽になれてたやろ」

「そうだね、そうだと思う。だけど……勇者にその言葉をかけられるのは、世界でただ一人だけ。そしてそれは、僕じゃないから」

「真面目な人やなあ……ま、とりあえず、お疲《つか》れさん。後はそこで見ときや。あの子の行く末っちゅうやつをな」

そうして今度こそ去っていく葛葉。

その背中を無表情で見送ったヘルザは……それから祈るように瞼《まぶた》を閉じる。

無論、彼女は悪魔だ。邪悪《じゃあく》な自分の祈りなど役に立たないとわかっているし、ましてや、この世界樹には祈るべき相手など元より存在しないことも知っている。だからこんな行為《こうい》には何の意味もないと理解している。

だがそれでも、ヘルザは祈らずにはいられなかった。

もしも運命の神というものがいるのなら──自分たちのような紛《まが》い物ではない、本物の神様がどこかにいてくれるのなら――どうか、彼女たちの未来に光をもたらしてくれますように、と。

――……

――……


水泡《すいほう》が湖面へ浮かび上がるように、意識が表層へと浮上《ふじょう》する。

ハッと目を覚ました小毬を、フェリスが心配そうに覗《のぞ》き込んでいた。

「おお、戻ったか小毬よ！　大事ないか?!」

その声で帰還《きかん》に気づいたのだろう。『オールド・ミィス』の面々もすぐに寄ってくる。

「お、戻ってきたわね。どうだった？」

「剣は見つかりましたか？」

口々に問われた小毬は、『はい』と大きく頷《うなず》いた。

「《原初の勇者の剣》とは全能の固有異能でした。そしてそれは私の中にあります。ただ……私では使う適性がない、と。なので、剣を私から引き出すために、女神《めがみ》長フレイヤ様に会いに行く必要があるみたいです」

聞いた通りの内容をすらすら答える小毬。……ただし、『引き換えに自分が死ぬ』という情報だけは伏《ふ》せて。

すると、柳凪は安堵したように微笑《ほほえ》んだ。

「そうか、ありがとう小毬君。これで希望が見えたな、本当によくやってくれた。では早速《さっ》《そく》女神界へ発《た》つ準備を始めねば。……阿蒙君、美樹君、頼《たの》めるか？」

「りょーかいでーす」

「お任せください。すぐにゲートの展開に取り掛《か》かります」

と、急いで準備を始める二人。

その間に小毬はもう一つの情報を告げる。

「それからもう一つ、ヘルザ様から教わりました。ロザリアちゃんたちの背後にいる者についてです」

「ふむ、聞かせてもらおう」

そうして小毬はすべての元凶《げんきょう》であるユミルについて話をした。合間で葛葉と凛《りん》に補足をもらいつつ、ヘルザから託された情報を残さず伝える。

そしてすべて話し終えた後……最初に反応したのはフェリスだった。

「なるほど、奴は旧世界樹由来の存在であったか……」

「もしかして、知ってるんですか？」

「うむ。わしを創った魔族《まぞく》こそがユミルじゃ。恐《おそ》らくロザリアとやらに力を与えたのも、恭弥に世界樹のすべてを教えたのも奴じゃろう。すべての黒幕は奴ということじゃな」

「そうか……では、目下最優先で警戒《けいかい》すべきはそのユミルということだな」

険しい顔で頷く一同。

だがその中で、小毬だけは安堵の笑みを浮かべていた。

「なんや小毬ちゃん、要注意のボス格が増えたんやで？　なんで嬉《うれ》しそうなん？」

「え、いや、その……本当の悪者がユミルって人なら、恭弥さんやロザリアちゃんと戦わないで済むかもって思ったんです」

裏で糸を引く黒幕さえ打倒《だとう》できれば、必ずしも恭弥たちと殺し合いをしなくて済むかもしれない——それはもちろん希望的観測。だけど……可能性はゼロではない。

「うむ、確かにそうじゃな。あやつがわしを恭弥のもとから逃《に》がしたのも、恐らく恭弥に戦う理由を与えるためじゃ。つまり、逆に言えばまだあやつ自身、完全に恭弥を掌握《しょうあく》しきれてはいないということでもある。ユミルさえ倒せれば万事《ばんじ》解決、と行くかもしれんのう。良い情報じゃぞ、小毬！」

と、フェリスは期待に満ちた笑《え》みを浮《う》かべる。

そう、状況《じょうきょう》は以前ほど最悪ではない。そしてその希望への道は順調に整っていた。

「柳凪さーん、準備終わりましたー」

「うむ、ご苦労だったな。それではすぐに向かおう」

女神界へのゲートを展開し終え戻ってくる美樹たち。となればためらう理由はない。女神長に会い剣《つるぎ》を移し替えるべく、各々《おのおの》がゲートへと向かう。

……ただその前に、小毬は後ろから呼び止められた。

「――伊万里小毬、少しいいか？」

「？　どうしたんですか、阿蒙さん？」

振り向いた先にいたのは阿蒙。それも、いつにも増して険しい表情をしている。

また何か怒《おこ》られるのだろうか、と思わず身構える小毬。……だが、そうではなかった。

「……剣の移し替えには、代償《だいしょう》があるのだろう？」

「えっ……な、なんでそれを……？」

不意に問われた小毬は、つい動揺《どうよう》を見せてしまう。

その反応で答えを確信したのか、阿蒙は小さく鼻を鳴らした。

「ふん、やはりそうか。祇隠寺凛の顔を見ていればわかる」

阿蒙の視線の先にいたのは、むすっと唇《くちびる》を尖《とが》らせている凛。『小毬が犠牲になることに全く納得していないが、本人の意思は尊重したい』というせめぎ合いを抱《かか》えた表情だ。

……真実を聞かされて以来、ずっとあの顔をしているのである。

「表情から察するに……代償は伊万里小毬の命。そしてお前がそれを隠《かく》していたのは……伝えれば柳凪さんが反対すると思ったから、だろう？」

「は、はい……その通りです……」

やはりこの人、かなり頭が切れる。ほとんどお見通しだ。

どんな状況でも人命を優先する柳凪の人柄《ひとがら》からして、伏せておいた方がいいと考えたのだが……やはり黙《だま》っているのはまずかったか。怒られるかと思い身をすくめる小毬。

けれど、かけられたのは予想と正反対の言葉だった。

「そうか……ふん、『剣の持ち主たる資格なし』か……なら、《原初の勇者の剣》もずいぶんと人を見る目がないのだな。……いや、それは私も同じか」

「え……？」

「……君の勇気に心から敬意を表しよう、伊万里小毬」

阿蒙が口にしたのはたったそれだけ。あとはもう何も言わずさっさと踵を返してしまう。

束《つか》の間《ま》ぽかんとした小毬は、それから気づいた。ぶっきらぼうではあったが、今のは間違いなく自分を認める発言だ。もちろん、だからどうしたという話ではある。ただそれでも……小毬は少しだけ救われた気がした。

「……よっし、頑張《がんば》るぞ！」

今一度自分に発破をかけて、小毬はゲートへと駆けだす。

自分は選ばれし勇者ではなかった。けれど、与えられた役割はある。だったらそれを果たすまでだ。

女神フレイヤに会い、剣を移し替えるべく、小毬は前進する。自らの死に場所へ向けて。

第二章　神話の終わりに

――ゲートをくぐった先、眼前に聳《そび》えていたのは……長い長い階段だった。

「うわあ……！　これ、どこまで続いてるんでしょう……！」

ぽかーんと口を開けたまま、眼前の階段を見上げる小毬《こまり》。天高く続く純白の階段は、あまりにも長すぎて頂上が見えないぐらいだ。

……どうやらここが女神界への本当の入り口。神聖な女神の在所だ、『転移魔術《まじゅつ》でひとっとび』なんて無礼は許されないらしい。

「はあ、小毬ちゃんってば初々《ういうい》しい反応ね。これ、今から歩いて登らなきゃいけないのよ？　マジ最悪……女神界の権威《けんい》主義の悪いとこでてるわよね～」

「いやはや、この年になると上り下りがきつくて……」

わくわくしている小毬とは正反対に、大人たちは隣《となり》でげんなりしている。が、他に方法はないのだ。

ただし、その途中《とちゅう》……一同はせっせと階段を上り始めた。

「……あの、ところでなんすけど……なんであなたたちまでついてきてるんすか？」

思い出したように振《ふ》り返る凛。

すると……

「なんや、ええやんけ。ここまで来たら一蓮托生《いちれんたくしょう》や。うちもローゼを取り返さなあかんかVらなあ」


「うむ、わしも恭弥《きょうや》を止めたいでのう。それに、女神長には確かめたいこともあるのじゃ」

と、部外者であるはずの二人……葛葉《くずは》とフェリスは平然と答える。まあ、戦力であることは間違いないし、柳凪たちも了承《りょうしょう》している。なのでそこは譲歩《じょうほ》するとして……

「ならせめて、隠蔽《いんぺい》ぐらい自分でしてもらえないっすかね？　だいたい、魔王《まおう》様の方はわかるとしても、なんで葛葉先輩《せんぱい》まで隠れなきゃいけないんすか？」

ゲートをくぐる前、凛は二人から固有異能による隠蔽術付与《ふよ》を依頼《いらい》されていたのだ。

ただ、一応理由はあるらしい。

「ああ、それな……ほら、うちってば転生能力者やろ？　でもこれな、人間限定ってわけでもなくてな……ぶっちゃけ、一度女神に転生したことがあるねん」

「は？　何やってんすかあなた？」

「まあ出来心っちゅうやつや。んで、さすがにバレて追い出されたんよ。ほんで以降は出禁っちゅうか指名手配っちゅうか……そもそも旧世界樹《せかいじゅ》由来の存在がふらついとる時点でアウトやしなあ。まあせやから、ちょいと隠してや」

「……いや、それ自業自得じゃないっすか。突《つ》き出していいっすか？」

「んも〜、ご無体なこと言わんといてや。それに、ええんか？　今隠蔽を解いたら即座《そくざ》に女神界の『警備システム』が作動するで。そしたら女神長への謁見《えっけん》もおじゃんや。まあ、うちは一向にかまわんけど〜？」

「くっ、卑怯《ひきょう》な……！」

などと、葛葉は逆に脅《おど》しをかける。

「せやからまあ、よしなに頼むで、ユイ君？」

「あ、その話は忘れてください！　っていうか忘れさせます！」

からかう葛葉と躍起《やっき》になる凛。小毬はそんな二人を微笑みながら眺《なが》める。……と、その時だった。

「……すまなかったのぅ、小毬よ」

急に投げかけられる謝罪の言葉。

思わずそちらを見れば、隣にフェリスが立っていた。

「すまなかった、って……いきなりどうしたんですか？」

「ほれ、今まで一緒《いっしょ》におったのに、黙っていたであろう。……わしが悪の大魔王であることを」

以前にも人間の姿をさらしたことはあった。だが、廃棄魔王《ロスト・ノワール》である事実を教えたことはない。それはつまり、ずっと騙していたのと同じことだ。

けれど、小毬はすぐに否定する。

「謝《あやま》る必要なんてないですよ！　だって、フェリスちゃんは悪い魔王じゃないです！　私、ちゃんと覚えてますよ。何度も私を助けてくれたこと。勇樹《ゆうき》さんと戦った時も、レジスタンスの時も。だから絶対フェリスちゃんは悪い人じゃありません！」

「そう言ってくれるか、嬉《うれ》しいぞ、小毬よ。……じゃが、わしは多くの命を摘《つ》んだ。それは紛れもない事実じゃ」

「で、でもそれは、フェリスちゃんが望んでやったことじゃない！　そうですよね！」

と真っ直ぐに断言する小毬。魔王の根源について何も知らないはずなのに、そこには微《み》塵《じん》の疑いもないらしい。

向けられたその信頼《しんらい》に、フェリスは心底嬉しそうに微笑む。そして、だからこそ問うた。

「ああ、そうじゃな、そうかもしれんのぅ。……だが、だからといってわしに罪がないと？　わしが殺した者たちの前で、同じことが言えるか？」

「そ、それは……」

言葉に窮《きゅう》した小毬は、唇を噛んで俯《うつむ》く。嘘をつけない誠実さゆえの正直な反応。どこか懐《なつ》かしいその表情を見て、フェリスはくすくすと笑った。

「ふふふ、恭弥と同じ反応じゃな。だがそれでよい。死者の想《おも》いをどうでもいいと切り捨てられるような者を、わしは好かぬ」

そう言い切ったフェリスは、静かに付け加える。

「じゃからこそ、わしはあやつを止めたいのじゃ。わしと同じ取り返しのつかぬ過《あやま》ちを犯《おか》させる前にな」

穏《おだ》やかに、だが、確固たる意志で呟くフェリス。その瞳《ひとみ》を見ればわかってしまう。彼女《かのじょ》が本当に、心の底から九条《くじょう》恭弥という少年を愛していることが。……なんだか少しだけ羨《うらや》ましい気がした。それがどちらへ対する羨慕《せんぼ》かは、自分ではまだわからないけれど。

そうして小一時間ほどの後……一同はついに階段を上り切るのだった。

「うわあ、ここが女神界……！」

純白の綿雲の上に建てられた荘厳《そうごん》な御殿《ごてん》。

七色の蝶《ちょう》が舞《ま》い踊《おど》る美しい庭園。

至るところで囀《さえず》り交《か》わす小鳥たちと、悠然《ゆうぜん》と空を泳ぐ魚の群れ。そして……中央に聳える見上げるほどに立派な大樹。

——階段の先に待っていたのは、まさに女神が住まうにふさわしき天上の楽園であった。

ただし……

「なんだか……忙《いそが》しそう、ですね……」

穏やかな景観とは裏腹に、そこをばたばたと飛び回るたくさんの女神たち。傍目《はため》にも大わらわであることがうかがえる。

無論、その理由は明らかだ。

「ま、あの学園襲撃《しゅうげき》の件でしょうね」

先日の学園襲撃——派閥《はばつ》が違《ちが》うとはいえ、世界樹の守護者たる勇者の総本山が魔族に襲《おそ》われたのだ。女神界としても事態収拾《しゅうしゅう》のために動き回るのは当然である。

「やっぱ大事になってるみたいっすね」

「なら早くフレイヤ様に会わなきゃ！　……って、あれ？　女神長様って、どこにいるんでしょう？」

勇者とはいえ、別に女神に詳《くわ》しいわけではない。親切な標識が立っているわけもなく、一同は迷子のようにきょろきょろするばかり。

ただし、この中には一人、かつて女神だったことのある事情通がいた。

「ああ、それなら心配ないで。やっこさんはすべてを識る女神。基本的にはいつもひきこもっとるけど、うちらがここに来たこともちゃんと知っとるはずや。だから向こうに会う気があるんなら、ちょっと待っとれば――」

と言いかけた矢先、不意に一人の女神が舞い降《お》りる。そして短く告げた。

「どうぞこちらへ。フレイヤ様がお待ちです」

『ほらな？』と笑って案内役の後ろについていく葛葉。残る一行もそのあとに続く。すべてを識る者、という異名はどうやらダテではないらしい。

そうして案内される先は、女神界中央の巨大《きょだい》な樹。

「はえ～……おっきな樹ですね……！」

「ああ、これは女神界を司《つかさど》る心臓でな、世界樹の現身《うつしみ》……要は縮小版の世界樹そのものってところや」

と、観光ガイドよろしく教えてくれる葛葉。

『現世界樹はまだ滅《ほろ》びる段階ではない』と話には聞かされていたが、この若々しく伸びやかな樹を見れば、それが本当であるとよく理解できる。この世界はまだまだ元気な成長途《と》上《じょう》。そう考えるとなんだか少し嬉しい気がする。

そんなミニチュア世界樹の幹には幾《いく》つもうろが口を開けており、その一つ一つが女神の部屋や倉庫として使われているらしい。案内役の女神はそんなうろの一つに入る。中には樹の内部へと続く階段が。そこを下りること十数分――小毬たちはとうとうその場所にたどり着いた。

「こちらでお待ちください」

最後に通された一室は、何やら広い会議室のような場所だった。けれど、女神長はまだおらず、他の女神の姿もない。案内役の女神も早々に立ち去ってしまう。

とりあえずは言われた通り待つわけだが、なんだかこうしていると段々に緊張《きんちょう》してくる。校長室に呼び出された生徒のような気持ちである。

そんな胸中を見透《みす》かしたように、フェリスがくすりと笑った。

「なんじゃ小毬よ、緊張しておるのか？」

「は、はい、まあ……あの、女神長さんってどういう方なんですか？　一番偉《えら》い人っていうのはわかるんですけど……」

不安げに尋《たず》ねると、フェリスは『ふむ』と口を開いた。

「女神長フレイヤ……『原初の女神』『すべてを識る者』『終末に死す贄《にえ》』――呼び方は様々あるが、いずれにせよ奴はこの世の万象《ばんしょう》を知っているといわれておる。世界の終わりまで含めて、な。……といっても、あやつ自身が何かをするわけではない。すべてを知りながら、ただ見ているだけなのじゃ。じゃから、女神長とは名ばかりで特に指揮権限があるわけでもなくてのぅ、そのあたりは高位女神が集まった長老会が仕切っておる。まあ、本当の意味で監視者《かんし》の体現みたいな女神じゃな」

世界のすべてを識っている——それって、一体どんな気持ちなのだろう？　羨ましいような、それでいて恐ろしいような……

なんてことを考えていたその時だった。

「——お待たせいたしました」

一体いつからそこにいたのか。部屋の中央に立っていたのは、真っ白な面で顔を隠した女神。唯一垣間見える《ゆいいつかいまみ》口元も固く引き結ばれ、何の感情も読み取れない。

ただ、小毬はその姿に違和感《いわかん》を覚えていた。彼女が高位の女神であることは間違いないはず。けれど、学園で見かける高位女神たちとはどこか雰囲気《ふんいき》が違う。普通《ふつう》の女神が思わずひれ伏したくなるような威光《いこう》を放っているのに比べて、この女神はなんというか……とても静かなのだ。それはまるで、あの学園地下で見た名も知れぬ幻影《げんえい》の少女と同じ気配で——

「ようこそ、勇者のみなさま。それから魔王様も」

束の間あっけにとられる一同を、静かな声で出迎《でむか》える女神。

その挨拶《あいさつ》で我に返った小毬は、思わず問うた。

「あの……あなたがフレイヤ様……？」

「ええ、そうです」

「すべてを識る者、って本当ですか？」

「そう呼ばれてはいます」

「じゃ、じゃあ……私の誕生日は？」

「三月三日ですね」

「なら、ララちゃんの好物は？」

「バナナだったかと」

「この前出た数学の宿題、問い三の答えは？」

「14でしょうか」

「わあ～、本物です！　ホントになんでも知ってるんですね！」

「こらこら、女神長さんで遊んだらあかんて……」

すごいすごい、と無邪気《むじゃき》に感動する小毬。

ただ、当のフレイヤは首を振った。

「なんでも、ではありませんよ。私が知っているのは世界の筋書きだけですから」

「筋書き……？」

「あなた方は既《すで》に、この世界に『役割《ロール》』があることを知っています。そして演じられる役割があるということは、すなわち大元となるシナリオもまた存在するということ。世界樹が生まれ、育ち、そして滅びるまでの筋書きが、この世にはあるのです」

「つまり……人生設計みたいなものですか⁉」

「いや、それはさすがに違うんじゃ……」

「そうですね、そうご理解いただければ」

「そ、そうなんすか……」

意外にもアバウトに肯定《こうてい》した女神長は、『ただし……』と付け加えた。

「それはあくまで本来の筋書きが歪《ゆが》んでしまう前の話。この世界樹のたどるべき物語は、既に大きく歪められてしまっているのです。かの者──ユミルの手によって」

女神長が口にしたのは、またしてもあの女の名前だった。

「彼女がどういう存在か、あなた方は既に知っています。旧世界樹からやってきた異物……彼女は始まりの物語を歪めました。ローゼの死から始まる物語を」

その言葉にすぐさま葛葉が反応する。

「ん？　ちょい待ち、逆やないですか？　ロザリアを殺そうとしたのがローゼで……」

と言いかけたところで、葛葉は自分で気づいたようだ。

「……チッ、また嘘《うそ》かいな。あいつはほんまにぃ……！」

「ええ、その通りです転生の子よ。本来死ぬのはローゼの役割でした。ローゼの死によりロザリアは悲しみを知り、真の勇者と共に世界を旅する。それが彼女たちの物語でした。……ですが、そうはならなかった。ユミルはロザリアに近づき、世界樹のシナリオを教え、それを覆《くつがえ》すための知恵《ちえ》と力を与《あた》えた。愛情と純粋《じゅんすい》に満ちたロザリアを利用したのです。結果、死ぬはずだったローゼは救われてしまった。そこからすべては狂《くる》い始めました。世界樹は今、本来であれば遠い未来に起こるはずの終幕へ急速に進んでいるのです」

女神長の言葉で確信する。すべての元凶はやはりユミル。彼女を倒《たお》さないことには世界の平和はあり得ない。

「だったら私たちが止めないと！　そのためにフレイヤ様、お願いします！　私の中の《原初の勇者の剣》を――」

「ええ、もちろんです。私の権能があれば、それは一日で済むことですよ」

小毬の願いも既に知っていたのだろう。最後まで言うより早く頷くフレイヤ。彼女もまた世界樹を救わんとする想いは同じ。断る理由などあるはずもない。

ただ……

「その前に、私はあなたの質問に答えなければなりませんね――フェアリオレス」

そう言って、女神長はフェリスへと向き直る。彼女が廃棄魔王であることは最初からわかっていたのだろう。そして、その尋ねたがっている内容も。

だからこそ、フェリスは虚飾《きょしょく》なく問うた。

「教えてくれ、女神の長よ。……わしは、今でも魔王なのか？」

その問いに対し、フレイヤは静かに答えを告げた。

「あなたの役割は今、揺《ゆ》らいでいます。本来あなたに課《か》せられた役目とは、世界を滅ぼす終焉《しゅうえん》そのもの。あなたは世界の最後にあの荒野から解き放たれ、すべてを焼き尽《つ》くすはずでした。十三番目の『滅びの詩《フォーリン・エッダ》』に記された通りに」

「滅びの詩《うた》……それも世界樹のシナリオじゃな？」

「ええ、そうです。『女神の長が死に、人々に絶望がはびこる時、荒野より解き放たれた魔王が世界を滅ぼす』――ローゼとロザリアの物語から始まる、十三の連なった滅びの物語……その結末となる最後のシナリオです。この完結を以《もっ》て世界樹の世代交代は行われる。ゆえに、本来は最も強固に遂行《すいこう》される預言なはずでした。……けれど今、あなたの役割は急速に薄《うす》れている。世界樹の終幕そのものが書き換《か》えられようとしている。そしてあなたの代わりに魔王の役割を担《にな》おうとしている者の名は……既にあなたは知っていますね？」

「……やはりそうか……」

深く嘆息《たんそく》したフェリスは、考《かんが》え込《こ》むように瞑目《めいもく》する。その胸中で何を考えているのか、他人に窺《うかが》い知ることはできない。

だがいずれにせよ、聞くべきことは終わったようだ。それはすなわち、いよいよ『その時』が来たということ——

「お待たせしました。それでは——始めましょうか、伊万里《いまり》小毬」

静かに振り返るフレイヤ。

その瞬間《しゅんかん》、小毬の心臓がどくりと疼《うず》く。

とうとうこの時が来た。今から自分は《原初の勇者の剣》を摘出《てきしゅつ》され、そして……そして、死ぬのだ。疑いようもなく、確実に。

改めてそれを実感した途端《とたん》、ぐにゃりと足元の感覚が消えた。竦《すく》んだ足は抑《おさ》えようもなく震《ふる》え、息を吸っているのか吐《は》いているのかもわからなくなる。体の芯《しん》から冷たいものが広がって、少しでも気を抜《ぬ》けばへたり込んでしまいそう。

だけど、小毬は歯を食いしばってそれを堪《こら》える。まだだ、まだ、不自然な姿を見せてはいけない。不審《ふしん》に思われてはダメだ。そうしたら柳凪《やなぎ》さんはきっと、剣を受け取ってくれない。世界を救う最後の切り札をみすみすふいにしてしまう。

　そうだ、自分は選ばれし勇者ではなかったかもしれない。だがそれでも……誰《だれ》かの役に立てるなら、己が役割を最後まで演じ切らなければ。

「どうぞこちらへ」

「は、はい……！」

　震える足をどうにか動かし、手招きする女神のもとへ向かう小毬。ただ少し気になるのは、なぜか皆《みな》から離《はな》れるように部屋の奥《おく》へと導かれること。

　移《うつ》し替《か》えの儀《ぎ》式《しき》に必要な手順なのだろうか？　と違和感を覚えていた時、フレイヤは小毬にしか聞こえない声で問うた。

「あの……伊万里小毬、一つお尋ねしてもよろしいでしょうか？」

「え……私に、フレイヤ様が、ですか？」

　小毬は思わずきょとんとする。

　すべてを識《し》る全知の女神長が、自分なんかに一体何を尋ねようというのか？　……そしてそれは、思いもよらない問いかけだった。

「あなたは怖《こわ》い時、どうやって震えを抑えているのですか？」

「え……？」

「あなたはこれから死ぬと知っている。なのになぜ、前へ進めるのですか？　どうやって震えを抑えているのです？」

と、フレイヤは静かに繰《く》り返す。

質問の意図は皆目《かいもく》わからない。だけど……彼女が本気で尋ねていることだけは、何となくわかる。

だから、小毬も真《ま》っ直《す》ぐに答えた。

「それは違いますよ、フレイヤ様。だってほら――」

小毬はおもむろに手を伸《の》ばすと、フレイヤの手を握《にぎ》る。

その瞬間、フレイヤは小さく声を漏らした。――握りしめた小毬の手は、誤魔化しようもなく震えていたのだ。

「ほら、ね？　震えなんて全然抑えられてないんですよ。今も怖くて怖くてたまらないです。やっぱり私は勇者失格ですね。……でも、前に教えてもらったことがあるんです。怯《おび》えてもいい、震えてもいい、竦んだままの足で進めば、それでいいって。だから私は、最後までそうしようと思います！」

「そう……怯えても、良いのですね……ありがとう、伊万里小毬」

純白の仮面の下では、女神の表情など窺い知れない。だがそれでも小毬には、フレイヤがどこか安堵《あんど》の笑みを浮かべたような気がした。

「でも、どうしてそんなことを……？」

聞かれたから答えはしたが、やはり気になる。なぜ全知の女神がそんなことを問う必要があるのだろうか？

だが、答えを聞く前に気づいた。どうしようもない手の震え……だけど今、女神とつないだその手の震えは、自分だけのものではないような……

「フレイヤ、様……？」

だが疑念を口に出す前に、思わぬ謝罪の言葉がそれを遮《さえぎ》った。

「ごめんなさいね、伊万里小毬」

「……え？　何のことですか？」

「私は先ほど、生まれて初めて嘘をつきました。剣の移し替えは一日でできると言ったけれど、あれは本当ではないわ。……私にはもう、その『一日』はないのだから」

「それって、どういう意味で――」

問い返そうとした刹那《せつな》、ソレは始まった。

――外から響《ひび》き渡《わた》る絹を裂《さ》くような悲鳴。異常事態を察知し、全員が即座に外へ向かう。

すると……目の前には信じがたい光景が広がっていた。

天地を埋《う》め尽くす無数の魔物《まもの》。

あちこちで燃《も》え盛《さか》る業火《ごうか》。

辺りに木霊《こだま》するのは女神たちの悲鳴。

——それはまさしく、あの学園で見たのと瓜二《うりふた》つの惨劇《さんげき》。魔族の大軍勢が女神界に乗り込んできたのだ。

「魔族⁉　ここ、女神界っすよ⁉　一体どうやって侵入《しんにゅう》を……⁉」

「結界どころか警報もなしかいな……！　なんで警備システムは作動せんのや⁉」

我《わ》が物顔《ものがお》で飛び回り、女神の箱庭を蹂躙《じゅうりん》する魔物の群れ。無力な女神たちは逃げ惑《まど》うことしかできない。葛葉《くずは》の言っていた『警備システム』とやらは起動さえしていないらしい。

だが、今はその原因を探《さぐ》るよりもやるべきことがある。

「阿蒙君、美樹君、臼井《うすい》君、急ぎ女神たちの保護を頼む」

「しかし、これは間違《まち》いなく陽動です。恐らく狙《ねら》いは——」

「——わかっている。それでも、一人でも多く助けるのだ」

学園の時と同様、柳凪の判断に迷いはない。たとえ罠《わな》だとわかっていても、それを踏《ふ》み越《こ》え命を救うのが勇者たるものの役目だ。阿蒙たち三人もそれ以上問答を続けようとはせず、すぐに散開して魔物の殲滅《せんめつ》に向かう。

その背中を見送った後、柳凪はすぐに向き直った。

「フレイヤ様はこちらへ。敵の狙いは間違いなくあなたです。私と天禰君から離れないでください」

どうやって結界や警備網《けいびもう》をすり抜けて軍勢を引き入れたのかは不明だが、その目的については明白――《原初の勇者の剣》が小毬の中にあると気づき、それを移し替えられる唯《ゆい》一《いつ》の女神であるフレイヤを狙ってきたのだろう。相手にユミルがいる以上、十分にあり得る事態だ。

ただ、小毬は一つ疑問に思う。フレイヤはすべてを識る女神……だとしたら、この襲撃さえも最初から――

「未来は変わるものですよ、伊万里小毬」

その疑念さえ知っていたかのように、フレイヤはただ穏やかに囁《ささや》く。

そして……ソレが現れたのは、まさにその時だった。

「――あら、あなたたちは逃げなくていいのかしら？」

まるで闇夜《やみよ》を人の形にしたかのような、危険な魔性《ましょう》を纏《まと》う女――それは他でもない、すべての黒幕であるユミル。世界を滅ぼさんとする元凶が、大量のホムンクルス兵を引き連れて現れたのだ。

「ユミル……貴様、何をしに来たのじゃ！」

「何って、それぐらいわかってるでしょ？　……さあ、その女を渡してちょうだい」

と指さす先はフレイヤ。やはり狙いは彼女だったらしい。

だが、当然タダで渡すつもりはない。フレイヤを中心に守るように展開する勇者たち。

それを見て、ユミルはくすりと笑った。

「ふふふ、そうよね、そうなるわよねぇ。にしても……改めて見るとあなたたち、面白《おもしろ》いパーティが揃《そろ》ったものね。剣の鞘《さや》に、廃棄魔王、古竜狩《こりゅうが》りの元勇者に、悪魔契約者《あくまけいやくしゃ》、そっちのあなたは転生能力持ちだったかしら。ふふふ、すごいわねぇ、間違いなく現世界樹の最強パーティってやつね。怖いわぁ」

と、余裕《よゆう》そうに笑うユミル。

……ただ、当の柳凪たちはほとんど聞いていなかった。各々ユミルに対して抱《いだ》く感情は様々だが、戦闘《せんとう》を前にして最も留意する点はみな同じ。それは――

「……恭弥少年はどうした？」

彼女が操《あやつ》る最強の少年の気配が、どこにも感じられないのだ。

「ああ、彼《かれ》なら傷を癒《いや》しているわ。最後の仕込《しこ》みもあるしね。魔王様はご多忙《たぼう》なのよ」

と、ユミルはどうでもよさそうに答える。……だが、気づいているだろうか。今その瞬《しゅん》間《かん》、勇者たちの眼の色が変わったことに。

「へえ、恭弥くんなしで来たわけかいな。そうかそうか、それはちぃっとばかし……迂闊《うかつ》なんと違うか？」

刹那、痺《しび》れるような殺気が大気を震わせる。

この襲撃は確かに想定外ではあったが……ある意味好都合でもあった。なにせ最優先排《はい》除《じょ》対象の黒幕が自分から表に出てきてくれたのだ。しかも、最強の護衛である恭弥から離れて。──葛葉たちにとってこれ以上の好機はない。

だが、ユミルの笑みは微塵も崩《くず》れなかった。

「そうね、確かにこんなホムンクルス兵《おもちゃ》なんてあなたたち相手じゃいないも同然かもね。けど、大丈夫《だいじょうぶ》なのよ。だって女神界《ここ》は──」

と明かされる余裕の理由。……が、それを言い終わる前に、既に葛葉は動いていた。

そう、恭弥なしでのこの現れた時点で何かしら策があるのは明白。ならばそれを使われる前に潰《つぶ》すのが合理的だ。能書きを待ってあげるほど葛葉は親切ではない。

秘策を講ずる暇《ひま》すら与えず、認識《にんしき》外の速度で殺す──奇襲《きしゅう》暗殺の類《たぐ》いは葛葉の最も得意とする分野。意識の隙《すき》をつき、一瞬《いっしゅん》にしてユミルの背後へと回り込む。あの恭弥でさえ手こずった神速の転移術だ。会話に注意を割《さ》いていたユミルが反応できるはずもなく、葛葉の刃《やいば》は容易にその首をとらえる。……いや、そのはずだったのだが──

「──あら？　いやだわ、行儀《ぎょうぎ》が悪い子ね」

首を刎《は》ねたはずの刃が、寸前で止まる。その理由は明らか──ユミルを守護するように展開した不可視の防壁《ぼうへき》だ。

だが、おかしい。ユミルが防御《ぼうぎょ》術式を纏っていないことは事前に魔眼《まがん》で確認《かくにん》していたし、認識すら間に合っていないのだから後出しの防御でもない。この壁《かべ》は突然《とつぜん》、それも、ユミルの意思とは関係なく現れたのだ。

束の間動揺《どうよう》した葛葉は……しかし、すぐにその防壁の正体に思い当たった。

「まさかこれ……女神界の防衛システムか……?!」

「ふふふ、察しがいいわね。そうよ、これがあればあの子は必要ないの。だから教えてあげようとしたのに。──ここ《女神界》は私の庭だってね！」

そしてユミルは高らかに宣言した。

「《管理者権限《オーダー》起動：障害排除儀典《ガーディアンプロトコル》：全削除《エクスキュート》》！」

刹那、宙空に浮かび上がる無数の幾何学《きかがく》模様。と同時に、各魔法陣《じん》から無数の蔓《つる》が躍《おど》り出てくる。紛《まが》うことなき女神界の防衛機構そのものだ。

なぜかはわからない、だがはっきりしていることが一つ──ユミルは女神界のシステムを完全に乗っ取っている。

「エクスキュートって……はは、最上位権限やないか……！　道理で警報すら作動せんわけや。……それ、女神族の長しか持てんはずの権限やろ。どうやって手に入れた？」

「ふふ、教えるわけないでしょう？」

なんて嘲笑《あざわら》いながら、ユミルは指揮棒の如く指先を振るう。それに呼応して蠢《うごめ》き立つ蔓。迎撃《げいげき》するために身構える柳凪たちだが……それは全くの無意味だった。

「さあ、捕《と》らえなさい！」

空を切って伸びる無数の蔦《つた》。それを切り払《はら》わんと柳凪の大剣《たいけん》が閃《ひらめ》く。凄《すさ》まじい精度の一《ひと》振《ふ》りは……しかし、蔓の一本さえ切り落とせはしなかった。

「……む?!」

狙いを外した……わけではない。柳凪の一刀は正確無比に蔓をとらえはした。だが、まるで蜃気楼《しんきろう》のように刃が素通《すどお》りしてしまうのだ。そして蔓はそのまま柳凪に絡《から》みつくと、今度は実体として老兵の全身を縛《しば》り上げる。――それは向こうの攻撃《こうげき》のみが有効となる一方通行の接触《せつしょく》判定。しかも、触《ふ》れた途端勇者の力が瞬時《しゅんじ》に奪《うば》われてしまうというおまけつきで。

培《つちか》った技術も魔力《まりょく》も関係ない、あまりに理不尽《りふじん》な力。まるでゲームの強制敗北イベントのよう。だが、それも当然だ。女神族を守護するために世界樹が規定した防衛システムである以上、この世界樹に生きる者がどうこうできるはずがない。ロザリアの有する『寵愛《ちょうあい》の権能』と同様に固有異能すら凌駕《りょうが》する最上位概念《がいねん》なのである。

そしてさらに厄介《やっかい》なのは、ユミルが旧世界樹由来の存在であること。当然のように異世界樹由来の術式への耐性《たいせい》もシステムに組み込まれている。小毬やフェリスは元より、葛葉でさえこの防衛システムにはなすすべがない。

結果――最強なはずの勇者パーティは、あっけなく捕らえられてしまうのだった。

「ふふふ、良い眺めね。チート能力を振りかざして敵を圧倒《あっとう》する……勇者っていつもこんな気分なのかしら？」

防衛システムに搦《から》めとられ、身動き一つできなくなった勇者たち。ユミルはその様を満足気に眺める。唯一、女神であるフレイヤだけはシステムの攻撃対象外であったが、それも既にホムンクルス兵によって捕らわれの身。

すなわち――勇者たちの完敗である。

そして遅《おく》ればせながら、その理由に気づいた者がいた。

「なるほどなあ……そうか、そういうことかいな……」

「ふふ、理解できたかしら？　ここでなら私はあなたたちより強いのよ」

「ああ？　いや、そっちのことやない。うちがわかったゆうてんのは……あんたの正体や」

　と、葛葉は真っ直ぐにユミルを見据《みす》える。

「ま、ゆうて簡単な話よな。エクスキュート級の権限を持っとるのは女神長だけ。つまり……あんたは女神長や。――ただし、前の世界樹での、な」

　断言する葛葉に対しユミルは何も答えない。その代わりに軽く微笑《ほほえ》むと、突然踵《とつぜんきびす》を返す。

　その向かう先は捕らわれたフレイヤ。そして彼女の顔を隠《かく》している仮面に手をかけるや、乱暴にそれを剥《は》ぎ取った。その瞬間――

「う、嘘……！」

　驚愕《きょうがく》に目を見開く小毬。――仮面の下から現れたのは、ユミルと全く同じ相貌《そうぼう》だったのだ。

「ふふふ……御明察《ごめいさつ》よ、転生者ちゃん。私は旧世界樹の代行者。『女神』と『悪魔《あくま》』で呼び方こそ違うけど、その役割は同じ――世界樹の意思に従い、シナリオを遂行する者よ」

　固有異能を与えて回ることにより世界に波風を立て、そこで生み出される『物語』を回収する者……それこそが代行者。古き悪魔も、新しき女神も、やっていることに変わりはなく、それゆえにユミルとフレイヤも存在としては全く同一のもの。だからこそフレイヤ同様ユミルもまた全知であり、管理者権限を強奪《ごうだつ》することも容易《たやす》かったのだ。

　だが、真実が明らかになったことで余計にわからなくなる。

「だ、だけど、それならどうして⁉　あなたもフレイヤ様と同じ存在だっていうのなら、なんで世界樹を滅ぼすなんて……⁉」

思わず問う小毬。すると、ユミルは微《かす》かに不愉快《ふゆかい》そうな顔になった。

「どうして、ですって？　ふふふ、幸せな子なのね。嫌《いや》みなぐらいに。……ねえ、あなたならわかるでしょ――フェリス？」

そう問いかけられたフェリスは、苦悶《くもん》の表情で呟《つぶや》いた。

「……そなたも囚《とら》われていたのじゃな、悠久《ゆうきゅう》の牢獄《ろうごく》に……」

その瞬間、ユミルの顔が心底嬉しそうに輝《かがや》いた。

「ああ、さすが私の娘《むすめ》だわ！　ええ、そうよ。私はかつて世界樹の代行者だった。役割に従いひたむきに務めたわ。固有異能を振りまき、世界中を争わせ、数多《あまた》の悲劇という物語を集めたの。そして、最後に残った種は芽吹《めぶ》きの時を迎《むか》えた……！　私は役割を演じきったのよ！」

まるで己《おのれ》の偉業《いぎょう》を自賛するかのように、ユミルは高らかに声を張り上げる。

……だが、その表情はすぐに憎《にく》しみに沈《しず》んだ。

「なのに――あの小娘《こむすめ》が、明日香がすべてを台無しにした……！　全能の力によって世界樹は最初からやり直し。寸前で役目を完遂《かんすい》できなかった私は、またゼロからの世界に放り出された。しかも、そこには既にもう一人の私《フレイヤ》がいるじゃない。私はね、役割を終えられないまま役割を奪われたのよ。何者でもない私に残されたのは、無意味に続く永劫《えいごう》の命と、『役割を遂行しなければならない』という身を焦《こ》がすような義務感だけ。……ふふ、笑えるわよねえ？　もう果たす役割もないのに、私の魂《たましい》はそれを強制するの。あんまりに馬鹿らしいから、こういうことも試《ため》してみたのよ？　でもほら、この通り――」

と自嘲的《じちょうてき》に笑いながら、懐からナイフを取り出すユミル。何をするかと思えば――おもむろに自らの首へと刃を突き立てる。……が、その切っ先を皮一枚のところで阻《はば》む障壁《しょうへき》。

それは防衛システムと同じ世界樹の力によるものだ。

「ね？　この通り。私に自害は許されない。世界樹の手足である代行者にはそんな権利はないもの。ひどい話だと思わない？　代行者の制約に縛られ、果たすことのできない使命感という呪《のろ》いに身を焼かれながら、もう一度この世界樹が滅びるまで彷徨《さまよ》い続ける――これがどれほどの地獄《じごく》か、あなたには想像もできないでしょうね……！」

世界のリセットにより生まれてしまった齟齬《エラー》……それを背負わされた結果、彼女は閉《と》じ込められてしまった。死ぬことさえ許されぬ、おぞましき悠久の牢獄に。

ああ、そうか――悪であると知りながら、小毬はどうしても思わずにはいられない。

確かにそれは、世界を滅ぼす動機たりうる、と。

「ふふふ……これでわかったかしら？　なぜ世界樹が滅びるべきなのか。私が終われないのだから、世界の方に終わってもらうしかないじゃない。私には十分その権利があるはずよ。そうでしょう？」

身勝手な理屈《りくつ》を囁くユミルは、それからひときわ高揚《こうよう》した声で笑った。

「だからね、私、今とっても嬉しいの！　だって……こうしてまた、滅亡《めつぼう》へのシナリオを進められるんだから……！」

歓喜《かんき》に唇《くちびる》を歪めるユミルが握っていたのは、先ほど自害に用いたナイフ。だが今、それを向ける先は自分ではなく……自身と同じ顔を持つフレイヤの首筋。

そこで小毬は思い出す。彼女から聞かされた終末の預言……最後の魔王《まおう》が生まれる前に起こる予兆。その一つが——女神長の死。

そう、この襲撃の目的は、剣《つるぎ》移植の阻止《そし》だけではなかったのだ。

「ふふ……恨《うら》まないでね、フレイヤ。私とあなたは同じ存在、私の喜びはあなたの喜びだもの。むしろ……感謝してよね。こうして終わらせてあげるんだから」

無防備な胸元《むなもと》にナイフをあてがうユミル。そしてフレイヤもまた抵抗《ていこう》しようとはせず、むしろ当然のように頷《うなず》くのだった。

「ええ、もちろんです。私は既に与えられた役割を果たしている。全知の女神として預言を残し、観測者として世界を見守り、そして、赦《ゆる》しの預言を託《たく》された最後の女神……《救済と転生の女神》ララを産み落とした。私に残された役割はあと一つ――ここで死ぬことだけ。だから何も厭《いと》うことはない」

淡々《たんたん》と紡《つむ》がれるその言葉はどこまでも冷静。まるで、こうなることなど最初から知っていたかのように。

だけど……ここにはそれを認められない少女がいた。

「やめて……やめてくださいっ!!」

懸命《けんめい》にもがきながら、悲痛な声で叫《さけ》ぶ小毬。

無論、彼女だってわかっている。これはフレイヤにとって決められた必然の結末。初めからそれを知っていて、彼女自身受け入れているのだと。

だけど、知っていたからといって怖くないなどとなぜ言える？　代行者だから感情がないなどと誰が決めた？

怖くない――わけがない。だって……最期《さいご》を迎えんとする彼女《かのじょ》の手は、怯える童女のように震えていたじゃないか。

それを知っているからこそ、小毬は必死であがく。無理でも無茶《むちゃ》でもやらなければ。今目の前にいる怯えた人に手を差し伸べる……それこそが彼女の憧《あこが》れた勇者なのだから。

そんな少女の無意味な苦闘《くとう》を見て……フレイヤはふっと微笑むのだった。

「本当に優《やさ》しい子ですね、伊万里小毬。……よくお聞きなさい、呪われた伽藍《がらん》の鞘、勇者から最も遠い子よ。この世界に運命は確かに存在する。何人《なんぴと》も与えられた役割には逆らえない。だけど……それは絶対じゃない。今の世界樹を創った明日香も、そう信じていました。だから——抗《あらが》いなさい。力の限り、心のままに。あなたの望む結末まで」

それが彼女の遺《のこ》した最期の言葉だった。

禍々《まがまが》しい凶刃《きょうじん》が鈍《にぶ》く閃く。それはまるで、あるべき鞘に収まるかの如く滑《なめ》らかに、女神の胸へずぶりと沈み込む。そして……フレイヤはあっけなく崩れ落ちた。神の加護も、奇跡《せき》も起こらない。倒れ伏《ふ》した女神長の体は、風に溶《と》けるように霧散《むさん》した。後には何一つ残らなかった。

「……ふぅん、驚《おどろ》いたわ。運命を否定するとはね……明日香の影響《えいきょう》を受けすぎじゃないかしら？」

何か思うところがあったのか、束《つか》の間《ま》、フレイヤの消えた跡《あと》を見下ろすユミル。だが、そんな感傷をすぐに鼻で笑い飛ばした。

「ふん、ま、どうでもいいわね。これでまた一つ時計の針が進んだわ！　あとは九条恭弥を魔王に仕立て上げ、世界に絶望を振《ふ》りまくだけ！　このくだらない茶番劇もあと少し……私はついにここまで来た……‼」

高揚した様子で笑うユミル。

みすみす女神長を殺されたというのに、勇者たちにできるのは無力に唇を噛《か》むことだけ。

「うふふ、どう？　見ていることしかできない気分は？　死にたくなるでしょう？　少しは観測者の気持ちがわかったんじゃない？　……まあ、別にあなたたちも殺してあげてもいいんだけど、それは私じゃなくて魔王の役目。──あなたたちは九条恭弥のエサ。彼が魔王となるためのいけにえ。だからまだ生かしておいてあげる」

と、敗北した勇者たちを愉悦《ゆえつ》の表情で眺《なが》めるユミル。すべては彼女の計画通り。柳凪たちが女神界《ここ》へ来た時点で勝敗は決していたのだ。

ただし……。

「おっと、忘れるところだったわ。──あなただけは、今ここで殺さなくちゃね！」

ユミルはくるりと振り返る。

その視線の先にいたのは……未《いま》だ呆然《ぼうぜん》としたままの小毬だった。

「全能の固有異能──どうせあなたじゃ使えないけど、万が一の可能性も残すわけにはいかないもの。その忌々《いまいま》しい力はここで葬《ほうむ》る！」

ユミルを永劫の停滞《ていたい》に閉じ込めた元凶《げんきょう》たる異能……フレイヤが死んだ今移植は叶《かな》わず、

小毬という不適格者には使用不可能。もはや心配はないが、それでも万一ということもある。小毬を殺すことにより、魂と共に種ごと完全に葬り去る――そこまでして初めて万全《ばんぜん》と言えよう。ここで慢心《まんしん》するほどユミルは愚《おろ》かではないのだ。

「あなたも感謝していいのよ？　どうせヘルザから私と同じ呪いを受けているんでしょう？　今楽にしてあげるからね」

ぞっとするほど優しく囁いて、ユミルは先ほどフレイヤを殺したそのナイフを振り上げる。小毬にできるのは、もはやなすすべなく目を閉じることだけ。

……だが、その時だった。

「――あーあー、随分《ずいぶん》と勝手なことしちゃってるわねえ」

不意に響く第三者の声。

思わず振り返れば、そこに佇《たたず》んでいたのは一人の女神――

「あら、ごきげんよう――スノエラ。なぜあなたがここに？」

「ちょっと様子を見に来たのよ。黒幕気取りのおばさんが勝手なことをしてるんじゃないかってね」

現れたその女神――スノエラは嫌《いや》に挑発的《ちょうはつてき》な言葉で笑う。

そこに含《ふく》まれる敵意に気づいたのだろう、ユミルは不機嫌《ふきげん》に鼻を鳴らした。

「あら、少し態度が大きいんじゃない？　あなたは私に似ているから目をかけてあげてたんだけど……ちょっと甘《あま》やかしすぎたかしら？　──ロザリアの犬風情《ふぜい》が、出る幕じゃないのよ。お前たち、黙《だま》らせなさい！」

忌々しい《原初の勇者の剣》を排除する最高の瞬間、それを邪魔《じゃま》した罪は重い。ユミルは配下のホムンクルス兵に命ずる。

……だがしかし──

「……？　何をしているの?!　さっさとスノエラを捕らえなさい!!」

なぜか動こうとしないホムンクルスたち。ユミルは苛々《いらいら》と命令を繰り返すも、やはり無視したまま。微塵《みじん》も指示に従う素振《そぶ》りを見せない。

命令は絶対遵守《じゅんしゅ》。そうプログラムされているはずなのに、なぜこんなことが？　──動揺《どうよう》するユミルの姿を、スノエラはけらけらと嘲笑った。

「あはははは、滑稽《こっけい》ね！　何を今更《いまさら》戸惑《まど》っているのよ？　さっきあなただって同じことをしていたのに。──そいつらの指揮権限はね、既に私の手にあるのよ！」

「そ、そんなはずないわ！　だって、この技術は私が教えたもので──」

「ええ、そうね。だけど、いつまでもあなたの術式《コード》をコピペしてるだけだとでも思ってたの？　《革新と思考の女神》であるこの私が？　そんなの、とっくに解析《かいせき》して書き換えてるに決まってるじゃない！　ほら、こんな風にね——さあ、そのおばさんを捕《とら》えなさい！」

スノエラが命じた瞬間、ホムンクルスたちは素直《すなお》に動き出す。Sランカー級の身体能力に対応できるはずもなく、なすすべもなく地面に組み伏《ふ》せられるユミル。……女神界侵《しん》略《りゃく》のため、ホムンクルスたちは守護システムの対象外。設定を変更《へんこう》しようにも、その素振りを見せれば即座《そくざ》に首を折られるだろう。

すなわち、完全な詰《つ》みである。

「ぐっ……あなた、私を裏切る気……!?」

想定外の展開に、いつにない焦《あせ》りの表情で睨《にら》むユミル。

だがスノエラは飄々《ひょうひょう》と肩《かた》をすくめるだけ。

「裏切るも何も、私はあなたに忠誠を誓《ちか》った覚えはないわ。……っていうか、さっき自分で言ったこと忘れたの？　ほら思い出して、私は誰の犬なんだったかしら？」

「まさか……！」

ソレが現れたのは、まさにその瞬間だった。

「——もー、スノエラちゃんってばネタばらし早いよ～」

女神界に響き渡る、鈴《すず》の鳴るような笑い声。

と同時に舞《ま》い降《お》りたのは、眩《まばゆ》いばかりの美貌《びぼう》を誇《ほこ》る女神——

「ロザリア……!?」

「やっほー、元気してる～？　って、元気に決まってるか。こんだけ好き放題はしゃぎまわってるんだもんね～」

女神界の惨状《さんじょう》をぐるりと見まわして笑うロザリアは……不意に冷たい声で問うた。

「ねえ君さ、本当は最初から剣のこと知ってたでしょ？　わざと僕《ぼく》らに黙ってたんだよね？　恭弥が全能を使って世界をリセットしないように。廃棄魔王を逃《に》がしたのも恭弥を勇者と敵対させるためかな？」

「さ、さあ、何のことだか――」

「――僕に嘘は通じないよ」

射貫《いぬ》くような視線に見据えられ、ユミルは一瞬たじろぐ。だが、すぐにいつもの嘲笑《ちようしよう》を浮《う》かべた。

「笑わせてくれるわね、偽者《にせもの》のくせに！　私が与えた呪法《じゆほう》で成り代わっただけの分際で！」

「そうだね。だけど……演じ続けていれば世界樹だって騙《だま》せる。それを教えてくれたのは君でしょ？」

悠然《ゆうぜん》と微笑むロザリア。その瞳《ひとみ》にはすべての虚飾を見透《みす》かす光が宿っている。まるで、本物の欺瞞《ぎまん》の女神のように。……ユミルは無意識に目をそらしていた。

「だ、だいたい、だったらなに？　剣がなくとも計画に支障はない！　どうせ最後には世界を滅《ほろ》ぼすんだから細かいことなんてどうでもいいでしょ！　そもそも、最後の呪法は私にしか作れないのよ！」

「ああ、そのこと？　……それね、もういいから」

「は……？」

「君、恭弥のこと舐《な》めすぎ。恭弥はずっと君のことを見て学習してたんだ。それで、もう全部覚えちゃったってさ。世界の終幕は恭弥だけで作れるんだよ」

「ちょ、ちょっと待って――」

「いやあ、思い返せば君には色々とお世話になったね。世界樹のシナリオについて教えてくれて、ローゼと成り代わる力もくれて、ほんと感謝してるよ」

「ねえ、聞きなさいよ――」

「だけどね……」

「聞けって言ってるでしょ!!」

この流れはまずい――直感したユミルは、必死で話を遮ろうとする。……だがすべては無駄《むだ》。ロザリアはあっさりとその一言を口にした。

「――君、もう用済みだから」

愛の女神・ロザリア……ユミルが彼女に近づいたのは、単に一番利用しやすかったからにすぎない。事実、幼く無垢《むく》な女神を操るのは実に容易かった。ローゼを救うためならと、言われたことは何でもやってくれた。本当に愚かで便利な傀儡《かいらい》だった。……いや、そのはずだった。だけど──悪魔の仮面をかぶせているうちに、彼女はいつの間にか本物になっていたようだ。

「っ……わ、私を、どうする気……?!」

「さあて、どうしようかなあ？」

ユミルは既《すで》にロザリアの掌《てのひら》の上。どんな罰《ばつ》でも好きなだけ与《あた》えられる。この先に待つおぞましい予感に、ユミルの顔が青ざめる。

……だがその時だった。

「──こら、あまり意地悪を言うなよロザリア」

女神を諫《いさ》めながら現れたのは、場違《ばちが》いなぐらい冴《さ》えない少年──九条恭弥。既に傷は癒《い》えたらしく、両腕《りょううで》共に揃っている。

「ユミルにはまだ退場してもらっちゃ困るんだ。そいつはフェリスを創ってくれた、いわば生みの親みたいなもんだ。俺《おれ》にとっては恩人なんだよ。……そういや、ちゃんと言ったことなかったな、ありがとうユミル」

やってきた少年は、穏《おだ》やかに感謝の笑《え》みを浮かべる。そして……微笑んだまま付け加えた。

「それに、退場されちゃ困る理由がもう一つ。……そいつを殺すのは、俺なんだから」

「……え……？」

――ユミルが疑念を浮かべた時にはもう、彼女の心臓はラーヴァンクインによって貫《つらぬ》かれていた。

「……な、なん、で……私たちの利害は……一致《いっち》しているはず……」

血反吐《ちへど》を吐き出しながらも、ユミルの表情に浮かぶのは困惑《こんわく》の色。

確かに《原初の勇者の剣》の件は黙っていた。だが最終的に世界樹を滅ぼすという目的は一致している。いくら不要になったからって、殺すメリットなど一つもないはず――

だが、ユミルはすぐに思い知る。その疑念がいかに的外れであったのか。

「利害だと？　そんなこと心底どうでもいい。理由なんて一つだ――フェリスに役割を課《か》したお前を、この俺が許すわけがないだろ？」

少年の囁きに込《こ》められているのは、抑《おさ》えきれない万感《ばんかん》の憎しみ。

そう、『なぜ殺すのか』なんて問いは全くの逆。彼女がフェリスに魔王の役割を課したと知ったその瞬間《しゅんかん》から、恭弥はずっと我慢《がまん》していたのだ。今すぐ首を刎ねたいという燃え盛るようなその衝動《しょうどう》を。

　そして今、ようやく利用価値がなくなった。であれば、この結末は必然である。

「安心しろ、ただじゃ殺さない。ラーヴァンクインの腹の中は永劫の地獄だ。お前の魂はそこで生き続ける。役割を終えることもなく、全身を焼かれる苦痛に悶《もだ》えながらな。無限の停滞の中でせいぜい世界の終わりを祈《いの》れ。お前がフェリスにそうしたように」

「あ、ああ……嫌、いやあああああ!!」

　泣き叫ぶユミルの全身が漆黒《しっこく》の炎《ほのお》に包まれる。それは悲鳴ごとユミルを焼き尽《つ》くした後、ずるずると刀身へと吸《す》い込まれていった。後に残されたのは、虚《むな》しい断末魔《だんまつま》の残響《ざんきょう》だけ。

——旧世界樹の代行者にして、物語の裏で糸を引く者。あらゆる騒乱《そうらん》の黒幕だったはずのその女は、いともあっけない最期を迎えたのだった。

　そうして残響さえも消えた後、管理者を失った防衛システムは霞《かすみ》となって霧散する。それに伴《ともな》い小毬たちもようやく体の自由を取り戻《もど》すが……とてもじゃないが喜ぶ気にはなれなかった。

　そう、黒幕の存在はある意味で希望でもあったのだ。ユミルさえ倒《たお》せれば九条恭弥と戦わずにすべてを解決できるかも、と。……だが、その望みは今断《た》たれた。もはや抜《ぬ》け道《みち》も回り道も存在しない。彼らは今度こそ真正面から対峙《たいじ》することになる。最凶の魔王にならんとする、この少年と。

「さーてと、これで目障《めざわ》りなおばさんは消えたし、女神長も死んだ。時計の針がまた進んだね！　あと残ってるのは～……なんだっけ？」

「おいおい、大事な最後の一つだぞ、忘れるなよ。――『人々の絶望』だろ」

フレイヤが語っていた『滅びの詩』……その最後に残った一つ。それを「ああ、そっかそっか」と思い出したように笑ったロザリアは、くるりと小毬たちへ向き直った。

「ねえねえ、勇者くんたちにしつも～ん！　君たちはさ、どんな時に絶望する？　お気に入りのお菓子《かし》が売り切れてた時？　大事にしてたキーホルダーを落とした時？　楽しみにしてたアニメが録画できてなかった時、とか？」

などとくだらない質問を投げかけるロザリアは、最後にわざとらしく手を叩《たた》いた。

「あ、そうだ！　――『信じてた勇者が目の前で無様に殺された時』とかどうかなあ？」

女神の瞳が邪悪《じゃあく》に煌《きら》めく。その隣《となり》に立つ恭弥は、特に諌めようともしない。

……そう、彼らは最初からそのつもりだったのだ。

「ちょうど役者も揃ってるし、もう先延ばしにする理由ないよね？　ってことで――最後の茶番劇、始めよっか？」

可愛《かわい》らしく小首をかしげながら、ロザリアがぱちんと指を鳴らす。

瞬間、宙空に浮かび上がる巨大《きょだい》なモニター。それはトーセンで使われたのと同じ、女神の空間魔術《まじゅつ》によって生み出されたスクリーンだ。……ただし、今回は一つだけではない。女神界の空に次々と浮かび上がる無数のモニター。その向こうからこちらを見つめるのは、何も知らぬ数多の民衆の眼――

小毬たちはすぐに理解する。この光景は今、世界樹に存在するすべての異世界に公開されているのだと。

そしてロザリアは、全世界の人々の前で最後の道化《どうけ》を演じ始めた。

「はいはーい、世界のみんな～、おはようこんにちはこんばんは～！　おなじみ女神ローゼちゃんだよ～ん！　現在この映像は～、女神界からの生中継《なまちゅうけい》でお送りしてまーす。ちなみに～、女神界は今こんな感じでーす！」

いつの間にか取り出したマイクを片手に、ロザリアは後方を指さす。その先では暴れまわる魔獣《まじゅう》たちの姿が。

「なんとなんと大ピンチ!!　女神界が侵略されています！　何を隠そう今、悪の大魔王・キョーヤが世界を滅ぼさんと襲《おそ》ってきたのです！　わあ～、大変だあ!!」

わざとらしく煽《あお》りながら恭弥を示したロザリアは、それから小毬たちの方へ向き直った。

「でも大丈夫、みんな安心して！　だってここには最強の勇者たちがいるから！　彼らはキョーヤを倒して世界を救うためにやってきたの！　そうです、これから悪の大魔王と勇者たちのラストバトルが始まるのですっ‼　さあみんな、ジュースとポップコーンの用意はいーい？　トイレは済ませた？　家族にお別れの挨拶《あいさつ》は？　世界の命運を決める最終決戦、チャンネルはそのままで仲良く見てね！」

悪ふざけとしか思えない口上を垂れたロザリアは、それから勇者たちにだけ聞こえる声で囁いた。

「ってことだから……まさか、逃げたりしないよねぇ？」

白々しいその問いへの答えなど決まっている。『世界を滅ぼす』と宣言している恭弥を前に逃げ出すなど、それこそ人々の失望を生むのは明白。彼らは既に戦いの土俵に乗せられてしまっているのだ。

……だが、当の本人たちは至って冷静だった。

「ま、ほんならやるしかないわな」

「こちらにとっても悪くはない舞台《ぶたい》ですね」

「うむ」

「恭弥よ、今度はわしがそなたを止めよう」

おどけたロザリアの言葉だが、そこには一つだけ真実がある。

葛葉《くずは》、天禰、柳凪《やなぎ》、フェリス——今この場にいる四人こそ、現世界樹における最強のパーティであること。一人一人は確かに既に敗れたことがある。だが、四人そろえば話は変わる。何より……敗北から何も備えていないはずがない。

天禰はそっと囁いた。

「柳凪さん、今度こそアレを使います」

「……しかし……」

「先の戦闘でわかったはずです。あの少年は綺麗事《きれいごと》で倒せる相手ではありません。……子供たちの未来を守るために、手を汚《よご》すのも大人の役目かと」

「……わかった。時は稼《かせ》ごう」

渋々《しぶしぶ》といった様子だが頷く柳凪。

そして四人と一人が対峙する。

「呆《あき》れたな、素直に逃げればよかったのに」

「まあ、あっこまで言われたらさすがになあ。……って、そういや言い忘れとったな。こんな顔やけど、うち——」

「葛葉先輩《せんぱい》、ですよね？　大方、転生系の固有異能でしょう？」

「なんや、リアクション薄《うす》いなあ。もしかして最初からバレとったんか？」

「そりゃ死の間際でも使わなかったんですから、死をトリガーとした固有異能であることぐらい予想はつきますよ。何より……あなたは殺した程度で死んでくれるほど可愛げのある人じゃないですから」

「ははは、そら褒《ほ》め言葉《ことば》として受け取っとくわ～」

といつもの軽口で笑う葛葉。世界を賭《か》けた決戦を前にしてなおこの飄々とした態度、相変わらず舌戦《ぜっせん》では微塵も勝てる気がしない。相手にするだけ疲《つか》れるだけだ。

だから恭弥は、フェリスへと向き直った。

「よお、フェリス。大丈夫か？　ひどいことはされなかったか？」

「そのようなことをする者たちではない。そなたもわかっているであろう？」

「ああ、まあな。ただやっぱり心配でさ。だから……お前は下がっててくれないか？　正直、今のお前がうろちょろしたって意味ないだろ？」

と、心から案じた様子で提案する恭弥。

だが、それを認めつつもフェリスの意志は変わらなかった。

「ああ、そうじゃな。今のわしではそなたに傷一つつけられぬ。……ただ、それはそなたも同じこと。そなたはわしにめろめろじゃからのぅ。であれば、盾《たて》ぐらいにはなるじゃろ」

「惚《ほ》れた弱みをそこまで突くか？　悪女だな相変わらず。……まあ、それなら好きにしろ。

ハンデつきでも俺は負けない。お前のために、この世界樹はきっちり潰すよ」

恭弥は優しく微笑む。何のまじりっけもない、いつものはにかんだ笑顔《えがお》で。それを彼女が望まぬと知りながら、それでも彼女のために。

そう、もはや道は一つだけ。それは最初から決まっていたこと。――恭弥は静かに開戦を告げた。

「それじゃ、始めようか……この世界で最後の戦いを」

その言葉と同時に、恭弥の影《かげ》からずるりと現れる一振りの剣――血に飢《う》えた魔剣《まけん》・ラーヴァンクイン。そしてそれを握《にぎ》るは、両腕共に回復した万全の状態の恭弥。

最凶の魔剣と、最凶の魔王。

二つの黒き魂が響《ひび》き合い、織り成すは空間を歪《ゆが》めるほどの邪気《じゃき》。断末魔にも似た剣の笑声《しょうせい》が世界中を震《ふる》わせる。――学園地下で見せたあの共鳴だ。

かつて魔剣の所有者だったフェリスは、その異常性に顔をしかめる。

「やはりその力、契約《けいやく》を結んだか。……対価は何じゃ？」

「お前が気にすることじゃないよ。……どうせすぐに終わるんだから」

とはぐらかす恭弥。

だがそれは事実でもあった。共鳴は既に臨界点。学園地下で『オールド・ミィス』が撤《てつ》退《たい》を選択《せんたく》したあの時よりも、さらに邪気を増している。であれば結果は言うまでもない。

これから葬られるものたちが、新しいことを知ってなんになる？

……だが、『あの時と違《ちが》う』という点でいえば、勇者たちもまた同じだった。

「は～、こらホンマにとんでもないなあ。あれ、どうなっとるんや魔王様？」

「あれだけの状態はわしも見たことがない。無暗《むやみ》に触れるでないぞ。斬《き》られれば魂ごと喰《く》われるじゃろう」

「おー、こわ。なら先頭はおじさんに任せよか。……その大層ながたい、ハリボテとちゃうよな？」

「……うむ、やれるだけやってみよう」

前回同様後ろに下がる天禰を除き、前へ進み出る三人。

そう、今回対峙するのは柳凪だけではない。最強のパーティで挑《いど》むのだ。であれば、あの時と同じ結末になるとは限らない。

だが、恭弥はそれを鼻で嘲笑った。

「ははっ、付け焼き刃《ば》の連携《れんけい》で勝つつもりですか？　笑えますね」

いくら強者が集ったとはいえ、顔を合わせたのもつい最近。ましてや共闘《きょうとう》など初めてだ。

即席《そくせき》パーティで魔王へ挑もうなど失笑《しっしょう》もの。

早々に終わらせる――

人刃一体、魔剣と一つになった恭弥が動く。小細工は不要、一直線に敵陣《てきじん》の中央へ。

そこへ立ちはだかるは柳凪。大地そのものと比肩《ひけん》する堅牢《けんろう》な肉体を以《もっ》て、共鳴状態の恭弥さえも真正面から受け止める。……が、次の瞬間、柳凪の肌《はだ》が裂《さ》け鮮血《せんけつ》がほとばしる。

斬撃そのものは確かに防いだはずなのに、その余波が老兵を切り裂いたのだ。竜《りゅう》の血に護《まも》られた肉体さえも、衝撃波《しょうげきは》のみで傷つける圧倒的邪気《あっとうてきじゃき》。単純な破壊力《はかいりょく》においてさえ、恭弥は既に全盛期《ぜんせいき》の廃棄魔王を遥《はる》か凌駕している。ゆえに、そこから始まる激しい剣戟《けんげき》の結果は明白――学園地下では優位に立っていたはずの柳凪が、一方的に圧倒されていく。

……が、あの時とは違い、今は一対一ではない。

「――すまんけど、水差《さ》させてもらうで～」

恭弥が斬り合いに集中した一瞬《いっしゅん》の隙《すき》をつき、葛葉の呪文《じゅもん》が七つ同時に起動する。

いずれも無限に自動生成される自己複製型の拡散魔術。しかも、空間の至る所に設置された屈折術式《プリズム》によって不規則に中身が書き換《か》えられている。明らかに恭弥の術式改変を妨《ぼう》害《がい》するための細工だ。

鬱陶《うっとう》しいことこの上ないが……今の恭弥にとっては無問題。

「悪いんですけど……もうそういう次元じゃないんですよ、先輩《せんぱい》」

恭弥の内部から沸《わ》き起こる異質な魔力。おぞましく黒濁《こくだく》したそれは、術式を紡ぐ前から既に狂気《きょうき》と破滅《はめつ》の属性を帯びている。存在そのものが世界を歪めるその有り様はさながらあの禍憑樹《マガツキ》の如し。そう、ラーヴァンクインとの共鳴で跳《は》ね上がったのは身体能力だけではない。魔力もまた飛躍的《ひやくてき》に進化を遂《と》げたのだ。であれば、まどろっこしい魔術戦に付き合う必要がどこにある？

圧倒的《あっとうてき》出力に任せるがまま、恭弥は強引《ごういん》に敵性術式を焼き払《はら》う。そして乱射された魔術はそのまま葛葉本人を襲い――空中でふっと掻《か》き消えた。

「一を以て百を制す――それを教えたのはわしじゃぞ、恭弥」

小さな力で大きな敵を討《う》つ戦闘法《せんとう》……絶対強者に抗う弱者の戦い方を仕込《しこ》んだのは、他でもないフェリスだ。であれば、立場が逆になった今、同じことが彼女にできて何の不思議もない。そして何より、フェリスは恭弥を知り尽くしている。思考の方向性、判断の基準、ほんの些細《ささい》な術式の癖《くせ》に至るまで、本人以上に彼《かれ》を理解しているのだ。術式改変においてこれほど有利なことはないのである。

いずれの相手も一対一なら容易いはず。だがこうも群れられると存外に厄介《やっかい》なもの。そして……それはまだ序の口に過ぎなかった。

「さーて、ならしはこんなもんか。ほんなら、そろそろギアあげてこかー」

など と軽口を叩く葛葉。だがそれは単なるハッタリではなかった。

最初は個々の寄せ集めに過ぎなかったはずの三人が、徐々《じょじょ》に連携を取り始める。しかも、それは『絆《きずな》』だとか『友情』だとかそんな生ぬるいものとは違う。いやそもそも、三人のうち誰一人《だれひとり》として他に合わせようなんて考えている者はいない。なにせ全員が各分野における極致《きょくち》に至った身。尖《とが》りすぎていて合わせるなど土台不可能なのだ。

にもかかわらず、高度な連携に至る理由はシンプル——各々《おのおの》が戦闘の達人ゆえ、ベストのビジョンが一つに収束しているのだ。寸分たがわず同じ最善手を見据え、寸分たがわずそれを実行する。各人の突出《とっしゅつ》した技能による、逆説的な一点収束。それが無意識でありながら完璧《かんぺき》な相互《そうご》補完を生んでいるのだ。

柳凪の膂力《りょりょく》。

葛葉の手数。

フェリスの術式改変。

各々の強みを活《い》かし、各々の弱点を殺し、加速度的に連携を高める三人は、一つの巨大な力となって恭弥を襲う。もはや『付け焼き刃』などと侮《あなど》っていられる次元ではない。

……ただ、それでもなお恭弥は笑っていた。

「古いんだよ、お前ら」

最強パーティによる三位一体《さんみいったい》の猛攻《もうこう》を、しかし、恭弥は易々《やすやす》と捌《さば》く。一度は彼に追いついたかに思えた連携攻撃《れんけいこうげき》も、気づけばすぐに通用しなくなる。……そう、『成長速度』というその一点において、三人まとめてもまるで少年の足元にも及《およ》んでいないのだ。

だが、それは驚くべきことでもなんでもない。

この最後の戦いにおいて、恭弥は理想の未来のために命を懸《か》けている。自らの手で未来を掴《つか》まんとする確固たる意志がある。

それに対して、彼らはどうだ？

旧世界樹の生存者、とうに己の物語を終えた老兵、かつて魔王だった女――いずれも既に『過去形』となった者たちだ。それも、彼らの戦う理由は恭弥から『今』を守ろうとしているだけ。『未来』を目指す恭弥とはそもそも見ている先が違う。

未来へ向けて全力で駆《か》ける少年に、どうして枯《か》れた老人たちが追いつけるというのか？

時計の針を止められぬように。

赤子の成長を阻めぬように。

過ぎ去る季節を戻せぬように。

老人たちでは少年に追いすがることはできない。光陰《こういん》の如く今を駆け抜け未来へ至らんとする恭弥には、もはや誰《だれ》も追いつけないのだ。彼の三万年の修行《しゅぎょう》は、そのためのものだったのだから。

　柳凪の膂力を、葛葉の手数を、フェリスの術式改変を、風のように超《こ》えていく少年。そして三人がとうとう膝《ひざ》をついたその瞬間、全世界が理解する。ここに天秤《てんびん》は傾《かたむ》いた。世界の命運をかけたこの戦いに、勝つのはあの少年なのだと――

　だが、ここにはもう一人だけいた。この形勢を覆《くつがえ》し得るジョーカーが。

「――準備、整いました」

　劣勢《れっせい》のさなか、不意に響く静かな声。

　その主は車椅子《くるまいす》の女――天禰。柳凪以外で恭弥が最も警戒《けいかい》していた女だ。最強の戦士たちが圧倒《あっとう》される中、世界でただ一人、彼女だけが顔色すら変えず魔力《まりょく》を練っていたらしい。

　そしてその女が、今動き始める。

「気は進まぬが……頼《たの》むぞ、天禰君」

「承知いたしました」

　と頷くが、そんなものは形だけ。許可を得ようと得まいと、彼女は最初から決めていた。手を汚すのは自分でいい、と。

「《深淵《イル》：源種解放《フロランティア》――かつて祈りだったものへ捧げる鎮魂歌《ルイド・イヴ・メガリス》》」

　その声が虚空《こくう》に響いた瞬間、天禰の体に奇妙《きみょう》な刻印が浮かぶ。それも一つではない、まるで全身を埋《う》め尽くさんばかりにびっしりと。……恭弥にはすぐにわかった。それは生贄《いけにえ》を示す印。そして捧げられるのは、他でもない彼女自身であると。

「抱《かか》えられるだけ持って行きなさい。その代わり……私に虚無《きょむ》をちょうだい」

刹那《せつな》、全身の刻印から真っ黒なシミが広がっていく。眼が、腕《うで》が、内臓が、そして魔力の根源たる魂《たましい》のほとんどが、供物《くもつ》として蝕《むしば》まれているのだ。もはや彼女は景色を見ることもできなければ、魔《ま》法《ほう》を使うことも叶わないだろう。

だが、それだけの代償《だいしょう》を支払《しはら》った対価は、確かにそこに現れた。

「そうか……これがお前らの切り札か……」

天襴が己《おのれ》を捧げ終えた瞬間、天空に展開する巨大な魔法陣《まほうじん》。それを目の当《ま》たりにした恭弥は、思わず目を見開く。

自己犠牲《ぎせい》タイプの固有異能であることは一目でわかっていた。だが、たかが勇者一人犠牲にしたところで自分には届かない、そう高をくっていた。……いや、事実その認識《にんしき》自体は正しい。天襴という最強格の勇者が命を投げ出したところで、今の恭弥にはかすり傷程度のダメージしか通らないだろう。

そう、本当の問題は……天襴もまた同じ認識であったこと。ゆえに、彼女は自爆《じばく》まがいの攻撃《こうげき》などする気はなかった。自らの大部分を捧げて生み出した術式は、あくまでも攻撃ではなく『制御《せいぎょ》』のためのもの。いわば単なる『銃身《じゅうしん》』に過ぎない。つまり、彼女は最初から別に用意していたのだ。恭弥を穿《うが》つための『弾丸《だんがん》』を――それこそ、ちっぽけな人間なんかが何兆人集まっても釣《つ》り合わないような、世界を丸ごと終わらせてしまうぐらい特大の爆弾《ばくだん》を――

「……あんたらも大概《たいがい》だな。これ……終焉呪法《ミストルテナス》じゃないか……！」

そう、魔法陣から滲《にじ》み出るは、世界をも滅ぼす圧倒的邪気――終焉呪法《第八天獄《ヴァニティ・ヘヴン》》。世界から世界へと伝染《でんせん》し、その地を丸ごと地獄《じごく》へと創り変えるおぞましき狂気の禍根《かこん》であり、《廃棄魔王の霊核《ロスト・コア》》・《原初の勇者の剣》に次ぐ特Sランクの封印《ふういん》指定を受けた最悪の呪《のろ》い。『オールド・ミイス』が回収していた終焉呪法の中でも群を抜いて強力なそれを、天襴は対恭弥用の兵器に転用したのである。しかも、単に呪いを解き放つだけではない。本来ならば超広範囲《ちょうこうはんい》無差別破壊《はかい》の対世界用の力を、たった一人――九条恭弥を殺すためだけの対人用に調整してあるのだ。

「いいのかよ、こんなの世界に見せて。勇者が使っていい武器じゃないだろ？」

「いいのよ。世界を救えるのなら、勇者と呼ばれようが悪魔《あくま》と呼ばれようがどっちでも構わないもの」

とあっさり言い切る天襴。優しそうな容姿をしているが、恐《おそ》らく内面は逆。善人ばかりの『オールド・ミィス』の中で唯一《ゆいいつ》、目的のためならば躊躇《ちゅうちょ》なく赤子でも殺せるタイプだ。

ある意味、こっち側の人間だな――恭弥はくつくつと笑った。

「良かった……一人ぐらいはそういうのがいないとつまらない」

既に起動を始めている魔法陣を前に、恭弥は正面から相対する。食《く》らっても平気……だからではない。むしろ恭弥にはわかっていた。直撃《ちょくげき》すれば今の自分でもあっさり即死《そくし》することが。なにせ、本来なら世界を滅ぼすための力が、一点に収斂《しゅうれん》して放たれる代物《しろもの》だ。その威力《いりょく》が半端《はんぱ》なものであるはずがない。

だが、理解したうえでなお逃げようとはしなかった。この戦いは世界樹滅亡《めつぼう》の物語を完遂するためのもの。そのためには最強の勇者を屠《ほふ》り、全世界に絶望を与えなければならない。魔王《まおう》が尻尾《しっぽ》を巻いて退散しては、まるっきり逆効果になってしまう。『オールド・ミィス』と同じく、恭弥にも初めから退路は存在していないのである。

――つまるところ、恭弥の選べる道は一つだけ。

「さあクイン、許可してやる。思う存分食い散らせ――!」

最悪の呪法兵器に対し、恭弥は堂々とラーヴァンクインを構える。

確かに一撃即死《いちげきそくし》の禁術ではあるが、あくまでそれは『食らえば』の話。ならば対処法はシンプル――真正面から切り伏せる。そして今の自分たちならばそれが可能だと恭弥は知っている。

発動する術式に合わせ、最大の力で迎《むか》え撃《う》たんとする恭弥。……だが、渾身《こんしん》の魔力を剣に込めたその瞬間だった。

「――っ⁉」

ラーヴァンクインの影がぞわりと蠢《うごめ》いたかと思うと、そこから伸《の》び出すは無数の茨《いばら》。そしてそれが襲い掛《か》かった先は――あろうことか主《あるじ》であるはずの恭弥だった。不意を衝《つ》かれた少年の全身を容赦《ようしゃ》なく串刺《くしざ》しにし、魔剣は嬉々《きき》としてその生命力を吸い始める。

そう、ラーヴァンクインが本当に喰らいたいもの……それはあんな作り物の呪法兵器なんかじゃない。この世で唯一自分を使いこなせる少年こそが、魔剣にとっては一番の馳走《ちそう》なのだ。それを喰えるチャンスを見逃《みのが》すはずがない。

「チッ、このじゃじゃ馬め……！　ちょっと力を与えればすぐこれか……！」

たとえどれだけ深く共鳴しようと、それはあくまで利害の一致からに過ぎない。相手は所詮呪われし《しょせんのろ》魔剣。信頼《しんらい》や恭順《きょうじゅん》を求めるなど愚《ぐ》の骨頂。隙を見せれば噛《か》みつかれるのは当然だろう。

己の迂闊《うかつ》さを恨《うら》みつつ、どうにか茨を引きちぎる恭弥。……だが、それはこの場においてあまりに致命的《ちめいてき》な隙であった。

「《天変呪法——堕ちゆく世界の黙示録《フォーリン・スフィア》》」

発動する術式。

解き放たれる終末の呪法。

光よりも速く、認識さえ不可能なそれは、あらゆる存在をたちどころに虚無へと還《かえ》す極大消滅魔法《しょうめつまほう》。その燐光《りんこう》に抱《いだ》かれたものは、時間も、空間も、概念《がいねん》さえも、例外なくこの世界樹から消失するのだ。

そして隙をさらした状態では、もはや迎撃《げいげき》も回避《かいひ》も間に合わない。——この瞬間、恭弥の命運は決まったのである。

なすすべのない少年は、真正面から終末の光に包まれ、そして——

「——ああ、マジで死ぬかと思った。クインの奴《やつ》、あとでおしおきだな……」

終末の魔法が収まった後、残光の底から響く一筋の声。

『そんなはずがない』——誰もが我《わ》が耳を疑う。あの終焉《しゅうえん》の燐光は確かに彼をとらえた。

小細工などできる時間はなかったはず。

だが、生憎《あいにく》とそれは空耳などではなかった。

「それに引き換えお前はやっぱり優《やさ》しいよ。お陰《かげ》で助かった、ありがとうな——シセラ」

最後の燐光が潰《つい》え、爆煙《ばくえん》が晴れた後……現れたのは無傷の少年。驚愕《きょうがく》に目を見開く勇者たちは、そこで気づいた。

――少年の影の奥底《おくそこ》に、何かがいる。

その瞬間、ぐにゃりと影の輪郭《りんかく》が崩《くず》れる。不定形に蠢き立つその『ナニカ』は、さながら自律した生物の如くずるずると少年の足を伝って全身に絡《から》みつく。腐敗《ふはい》の邪毒《じゃどく》をまき散らし、凍《こご》えるような悪意を振《ふ》りまくその正体は――

「終焉呪法……《冬枯れの毒《フィンブル・ヴェネム》》か……?!」

《冬枯れの毒》――かつてシセラという少女が背負っていた悲劇の呪詛《じゅそ》。その禍々《まがまが》しき呪いの塊《かたまり》が、まるで愛する主人に甘えるかのように嬉々として恭弥にまとわりついている。

そう、すべての川がやがて海に流れ着くように。最強の力を求める者の行き着く先は必然同じ場所――恭弥もまた、天禰と同じ終焉呪法兵器という解答にたどり着いていたのだ。

……いや、『同じ』ではないか。

「あの呪法……一体幾《いく》つ混ざっとるんや……?!」

表層に現れているのは確かに《冬枯れの毒》。だが、その内部には無数の『終焉』が蠢いている。――ロザリアが所持していたものと、学園襲撃《しゅうげき》時に奪《うば》ったもの。《冬枯れの毒》をベースとして、数多《あまた》の終焉呪法を無理矢理《むりやり》一つに融合《ゆうごう》させているのだ。

そして、恭弥は既に『その先』の領域へと至っていた。

「ああ、わかってるよシセラ。こんな糞《くそ》みたいな世界さっさと終わらせよう。俺と、お前でな」

優しい主の囁《ささや》きに応じ、ずるずると少年の全身へ広がっていく《冬枯れの毒》。世界をも枯死《こし》させる腐毒の呪いが、瞬《また》く間《たま》に少年を覆《おお》い尽くす。それは疫病《えきびょう》の如く肉体を侵《おか》し、烙印《らくいん》の如く四肢《しし》を穢《けが》し、日蝕《にっしょく》の如く魂までも極黒に染め上げ——そしてついに、《冬枯れの毒》は少年と完全な一体化を果たすのだった。

「〝凶霜呪装《ヨトウン・オルタ》〟——なんてロザリアには名づけられちまったけど……ははっ、自分で言うと恥《は》ずかしいもんだな」

光をも喰らう『影』となった少年は、相変わらず涼《すず》しげに笑う。

それはもはや「制御」や「使役《しえき》」などという範疇《はんちゅう》の話ではない。呪詛と人間との完全なる同化——恭弥は自分自身を終焉呪法へと作り変えたのだ。そこから発せられる腐敗と狂気の力は、先ほどまでの比ではない。

この時、世界の人々は初めて知る。『絶望』というもののカタチを。それは……九条恭弥の顔をしていた。

そして今、終幕の化身《けしん》が動き出す。

「さて、それじゃあ……本番と行きましょうか」

そう笑った恭弥は、ただのんびりと一歩踏《ふ》み出して──次の瞬間、葛葉が全身から血を噴《ふ》き出して倒れた。

「っ……！」

最強パーティの一角……三人の中でも最速の葛葉が、反応すらできず斃《たお》れ伏《ふ》す。余人にはもはや今のが剣技なのか魔術なのかすらわからない。

ただ、確かなことは一つだけ──もはや先ほどまでの彼とは別物であるということのみ。

「恭弥、よせ！　その力はいずれそなたも──」

絶大な力には、相応の代償があるはず。

恭弥のことを想《おも》い叫《さけ》ぶフェリス。……が、それは叶《かな》わない。またしても不可視の速度で少年が動いた瞬間、フェリスは既に封印結界の中に閉《と》じ込められていた。万象《ばんしょう》を拒絶《きょぜつ》する檻《おり》からでは、フェリスの声はもう誰にも届かない。

そうしてたった二度の動作で最強パーティを崩壊《ほうかい》させた恭弥は、最後に残った一人へ向き直った。

「ふむ……凄《すさ》まじい力だな」

終焉呪法兵器の使用で戦闘不能となった天禰を後方へ寝《ね》かせながら、柳凪は静かに感嘆《かんたん》する。別に嫌《いや》みだとか他意があるものではない、ただ思った通りの感想だ。……実際、柳凪を以てしても先ほどの恭弥の動きは目視すらできていなかった。それほどまでに今の恭弥は規格外なのだ。もはや何人《なんぴと》も彼の前に立つことは許されないだろう。

だから、老兵は瞳を閉じた。

「……なんだ、もういいんですね？」

老兵は答えようともせず、ただ瞑目《めいもく》したまま深く呼吸をするだけ。先ほどのまでの戦意は欠片《かけら》も感じられない。

諦《あきら》めたのか――恭弥だけではない。全世界の人間がそう思う。

だがそれを責める権利は誰にもないだろう。事実として視認《しにん》すらできないのだ、そんな相手に対して肉弾戦《にくだんせん》特化の柳凪に何ができる？　どうせ勝ち目がないのなら、無様にあがくより潔《いさぎよ》い最期《さいご》を。その選択に誰が異を唱えられるというのか。

だから恭弥もそれを非難しようとはしなかった。ただ少しだけ残念そうに溜息《ためいき》をついて――……老兵の首へ刃を振るう。致死《ちし》の一刀は無防備な首をあっさりととらえて――刈《か》り落とす間際、突如大剣《とつじょたいけん》が閃《ひらめ》いた。

魔剣が肌に食い込んだ刹那の、凄まじい速度の反応。皮一枚斬られたところで刃を弾《はじ》き返すと、そのまま恭弥へ一閃《いっせん》を見舞《みま》う。鮮烈《せんれつ》なその斬撃に、恭弥でさえ後退を選択した。

そう、柳凪は諦めたのではない。ただ目に頼《たよ》るのをやめただけ。

見えないのなら触《ふ》れるまで。

防げないのなら受けるまで。

無傷で勝とうなどとは元より考えてはいない。己の肉を眼とし、骨を盾とする――それはまさに我が身《み》を捨てた究極のカウンター戦術。自爆にも似たその戦闘法を、しかし、柳凪は微塵《みじん》もためらわない。

そう、元より朽《く》ちるのを待つだけだったこの老体、切り刻まれたとて何の厭《いと》いがあるというのか。その先に若者たちの未来があるというのなら、流す血の一滴《てき》一滴に欠片の未練もない。皮も、肉も、骨も、その先の魂までも、好きなだけくれてやる。死した老兵の骸《むくろ》の後に、ただ子供たちの未来さえ残れば……それ以上の僥倖《ぎょうこう》があろうか？

「そこまでするか、普通《ふつう》？　あなたも大概おかしい人だったんですね」

「いや、そうでもないさ。君も年を取ればわかる」

世界を守らんとする老骨の、尋常《じんじょう》ならざる執念《しゅうねん》。

その極致たる不動の構えは、事実、凶霜呪装を纏《まと》った恭弥にさえも通用する。……いや、正確に言えばそうではない。恭弥の力は相変わらず圧倒的。カウンターに徹《てっ》したところでそのレベル差は覆せるものではない。本来であれば一刀で終わっているはずなのだ。

だが、だというのに、老兵は倒れない。どれだけ嬲《なぶ》られようと折れず、どれだけ斬られようと揺《ゆ》るがない。

理屈《りくつ》の上ではとうに敗れているはず。

理論の上ではとうに死んでいるはず。

だが、そんな小難しいことは老兵には関係ない。

守るべきものがいる――理屈ならそれで十分。

倒すべき相手がいる――理論ならそれで十全《じゅうぜん》。

暴風に晒《さら》されながらなお、小さき動物たちを庇護《ひご》する大樹のように。柳凪は固く恭弥という悪意の嵐《あらし》に立ちはだかる。その後ろに護るべき世界がある限り、老兵は決して倒れることはない。

――その大きな背中に、人々は誇《ほこ》り高き竜の面影《おもかげ》を見た。

そして同時に、彼らは気づき始める。ひたすらに耐《た》え凌《しの》ぐだけの老兵の自己犠牲が、決して無意味な時間稼ぎではないことに。

「――ごほっ……」

ぼたぼたと戦場に流れる血。

だが今回に限っては、それは柳凪のものではない。

――真っ黒に汚濁《おだく》した血を吐《は》き出したのは……無傷なはずの恭弥だった。

「……恭弥君、もうよい。剣を収めよ。若者が血を流すのは見るにたえぬ……！」

その台詞《せりふ》は命乞《いのちご》いではなく、心から少年の身を案じてのもの。

彼は知っているのだ。今この瞬間にも恭弥が支払い続けている代償を。

《凶霜呪装》――それは見た目通り終焉呪法と一体化するもの。だが、どれだけ懐《なつ》いていようとも、終焉呪法は存在そのものが歪《いびつ》なる呪い。破壊のみを本質とする猛毒《もうどく》なのだ。そんなものと同化して無事でいられるわけがない。

呼吸のたびに肉体は蝕まれ、鼓動《こどう》のたびに根源が穢される。一挙手一投足すべての挙動において、少年の心身は取り返しのつかぬ闇《やみ》に汚染《おせん》されていく。少年は今この瞬間も、常人ならば発狂《はっきょう》するほどの苦痛に苛《さいな》まれ続けているのだ。

たとえ敵であろうとも、そんな煉獄《れんごく》の苦悶《くもん》を見過ごせるはずがない。柳凪は本心から恭弥のために停戦を望む。

だが……恭弥はふっと笑うだけだった。

「こんな時でも敵の心配ですか？　やっぱり強いんですね、あなたは」

殺意と狂気を振りまく悪鬼《あっき》に対してなお、慈悲《じひ》をかけんとする優しさ。それを裏打ちする確かな経験と鍛《きた》え抜かれた肉体。心・技・体――すべての極致に至った、まさに勇者の到達点《とうたつてん》。決して揺るがず、決して屈《くつ》さず、まさしく大樹のようなその老兵は、恭弥がイメージする『理想の強者』そのものの姿をしている。

ゆえに、恭弥は確信していた。彼こそが本来自分を倒すために用意されていた抑止力《よくしりょく》。

恭弥の対《つい》となり世界に光をもたらす者なのだと。

そう、わかっている。だからこそ——

「あんたを殺して、俺《おれ》は先へ行くよ」

「……なぜだ恭弥君、なぜそこまで……？」

「知れたこと。ただ、あいつを守るために」

血反吐《ちへど》を吐きながらも、恭弥はさらに呪法《じゅほう》との同化を高める。

光が闇の中で輝《かがや》くというのなら、闇もまた光を浴びてより濃《こ》さを増すもの。終焉として完成するために、眼前の老兵は必ず食い殺さねばならない供物なのだ。

ゆえに、恭弥はためらわない。一秒ごとに命を磨《す》り減らし、一振《ひとふ》りごとに未来を食い潰《つぶ》しながら、それでもひたすらに剣戟を加速させていく。

より強く。

より深く。

より暗く。

破滅への道を一足飛びで駆け抜《ぬ》ける少年。

その様はまるで死に急ぐ殉教者《じゅんきょうしゃ》のようで――

（――嗚呼《ああ》、なんと――）

その猛攻をしのぎながら、柳凪は深く嘆息《たんそく》する。

その歪さに、ではない。

その愚《おろ》かさに、ではない。

その恐ろしさに、ではない。

ただひとえに――そのあまりの純真さに。

少年が纏うは終焉呪法という禍々しき力。だったらいっそ、彼もまた歪であればよかった。むしろ、それならば呪いは彼を傷つけなかっただろう。

だが、わかってしまう。交えた剣の切っ先から、否応《いやおう》なく伝わってしまう。彼の悲しいほどの誠実さが。

そう、無敵の力で振るわれる一太刀《ひとたち》一太刀《ひとたち》は、今なお剣術《けんじゅつ》の基本を忠実に守っている。

大切な誰かに教わったであろう基礎《きそ》の基礎から、ただの一ミリたりともぶれてはいない。

誰かを守らんと初めて剣を握ったその瞬間《しゅんかん》から――なんの穢れもない無垢《むく》なその刹那から
――彼は少しだって変わってはいないのだ。

たとえ汚濁《おだく》にまみれようと、たとえ呪詛に蝕まれようと、たとえ人の道を踏み外《はず》し、忌《い》むべき終焉へ身を堕とそうと——その誰かを守らんとする最初の願いだけは、今なお一途《いちず》。

暗い汚濁の底でなお、少年は哀《あわ》れなほどに眩《まばゆ》い純情を抱き続けているのだ。

ゆえに、柳凪は心から詫《わ》びる。

ああ、すまない少年よ。どうか許しておくれ——君を止めてやれぬ、この老いぼれの無力を——

「……すまぬ……恭弥君……」

まるで巨木《きよぼく》が朽ちるように……全身を切り刻まれた柳凪が、ゆっくりと倒《たお》れ伏す。

己が身を賭《と》した恭弥の猛攻は、ついに最強の勇者を——世界最後の希望をも打倒《だとう》したのだ。

「謝罪なんていいですよ。どうせ最初から期待なんかしてないので」

静まり返った戦場で、恭弥の声が響く。

だがもはや答えるものはいない。倒れ伏した勇者たちをちらりと一瞥《いちべつ》した恭弥は……それから退屈《たいくつ》そうに顔を上げた。

「さて……後片付けといくか」

天襴は既《すで》に力を使い果たし、フェリスは行動不能。葛葉と柳凪も倒れた。すなわち、この世界にはもう、ただの一人も少年を阻《はば》める者はいない。

――そう、勝敗はここに決したのだ。

あとはただ全世界に絶望を知らしめるだけ。といってもそれは簡単な作業だ。力尽《ちからつ》きた勇者たちを嬲り、その手足を一本ずつ削《そ》ぎ落とし、泣き叫ぶ断末魔《だんまつま》を世界中に響かせる。

そうすればどんな愚者《ぐしゃ》でも理解するだろう。この世界はもう終わるのだと。

絶望を履行《りこう》すべく、恭弥は倒れた柳凪たちへ歩み寄る。そしてその手を伸ばして――

「……ここまで来るとさすがに呆れるぞ……」

柳凪を屠ろうとした少年の手が、不意に止まる。

その眼前に立ちはだかっていたのは……大きく両手を広げた小毬だった。

「なあ、前も言ったはずだよな？　俺を止めたきゃ剣を抜け」

「嫌《いや》です！」

「ならさっさと失《う》せろ」

「それも嫌です！」

傷ついた勇者たちを庇《かば》いながら、頑《かたく》なに首を振る小毬。

まるで駄々《だだ》をこねる子供のようなその態度に、恭弥はうんざりとため息をつく。

「わからないよ、小毬。剣も抜けず、逃《に》げもしない。だったらお前は何がしたいんだ？」

「恭弥さんを止めたいんです！」

その答えを聞いた瞬間……恭弥は馬鹿にしたような嘲笑《ちょうしょう》を浮《う》かべた。

「俺を、お前が、止めるって？　――ははは、無理だよ。だってお前さ……こんなに震えてるじゃないか」

どれだけ言葉で繕《つくろ》おうと、恭弥の眼は誤魔化《ごまか》せない。――小毬は震えていた。どうしようもなく怯《おび》えていた。終末の化身を前にして、彼女《かのじょ》の本能は必死で警告しているのだ。すべてを捨てて、今すぐ逃げろと。

だけど……

「そうです、私、今とっても怖《こわ》いです。震えてます。だけど……『震えてたっていい』って、恭弥さんが教えてくれたんじゃないですか……！　だから私はあなたを止める！」

震えた唇《くちびる》を引き結び、小毬は真《ま》っ直《す》ぐに魔王へ立ち向かう。

その瞳《ひとみ》が本気であることを知った恭弥は……冷たく答えるのだった。

「そうか……なら、ここで死ね」

これまで小毬を見逃していたのは、別に慈悲なんかじゃない。手を下すまでもない雑魚《ざこ》だったからだ。だがこれ以上邪魔《じゃま》をするというのなら……当然相応の対処をするまで。

無力に震える少女へ向かって、恭弥は無慈悲《むじひ》に刃を向ける。

そして大きく振りかぶって――

「――ほんとにそれでいいのかよ？　なあ、九条恭弥く〜ん？」

不意に響き渡《わた》る小馬鹿にしたような声。

今度は誰だと振り返れば、そこに立っていたのは一人の青年だった。

長めの前髪《まえがみ》に、地味な服装……これといった特徴《とくちょう》のない平凡《へいぼん》なその顔立ちには、しかし、確かに見覚えがある。

「新堂《しんどう》……勇樹……」

「お？　なんだよ、覚えててくれたのか？　あはは、嬉《うれ》しいねえ」

新堂勇樹――かつて初めての異世界遠征《えんせい》にて、恭弥たちの前に立ちはだかったあの青年である。

そして勇樹は挑発的《ちょうはつてき》に問うた。

「ならさ、俺に聞いたことも覚えてるよな？　『お前は何のために剣を握《にぎ》ったのか』って。恭弥くんは〜、抵抗《ていこう》もできない雑魚一人殺すために剣を握ったってことでオーケー？」

あの時と同じ、嘲笑《あざわら》うような表情で投げかけられる問い。

だが、恭弥はそれに答えようとはしなかった。

「お前、なんでここにいる？」

「はは、シカトかよ、つれねえなあ。でもまあ教えてやるよ。ここに来られたのはお前らのお陰さ。あの実況用《じっきょう》のゲートを通って刑務所《けいむしょ》からひとっとびってな！」

なんてぺらぺらと喋《しゃべ》る勇樹だが、無論そういう意味で問うたのではない。恭弥は苛々《いらいら》と遮《さえぎ》った。

「質問の意味がわからないか？　──お前レベルが今更《いまさら》何しに来たのかって聞いたんだよ。場違《ばちが》いにもほどがあるぞ」

そう、確かに勇樹とは刃を交えたことがある。だが、あんなものは恭弥にとって本気でもなんでもない。勇者について無知だったがゆえに、警戒に警戒を重ねた結果戦いになっていただけのこと。事実、勇樹の実力など柳凪《やなぎ》や葛葉《くずは》と比べればお話にならないレベルだ。

そんな男が何をのこのことやってきたのか？　まさか『自分ならば魔王を止められる』とでも？　だとしたら、それはあまりに愚かな勘違《かんちが》い。分をわきまえぬ愚鈍《ぐどん》さに、呆《あき》れを通り越《こ》して怒《いか》りが湧《わ》いてくるぐらいだ。

ゆえに……恭弥は腹立ちに任せて一言だけ発した。

「──失せろ」

その瞬間、激しく弾き飛ばされる勇樹。それは呪言でも詠唱《えいしょう》でもなんでもない、魔力すら込《こ》めていない『ただの言葉』。勇樹程度それだけで簡単に吹き飛ばせる。それほどまでに存在としての格が違《ちが》うのだ。

これで少しは自分の立場を理解しただろう。

今一度小毬へ向き直る恭弥。……が、その背後からまたしても笑い声がした。

「くくく……そうキレんなよ……わかってるって、俺が場違いなことぐらいさ」

頭から血を流しながら、それでも起き上がる勇樹。絶対的な力量差を見せつけられたはずなのに、その相貌《そうぼう》にはなおも不敵な笑《え》みが浮かんでいる。

まるで、覚悟《かくご》などとうに決めているかのように。

「そうさ、お前に勝てるなんざ思っちゃいねえよ。ぶっちゃけ今すぐ帰りてえぐらいだ。だけどさ……しゃーねーじゃん？　俺が剣を握ったのは――勇者になるためなんだから。だったら、びびってばっかもいらんねえだろ？　っていうか……それを思い出させてくれたのはお前じゃん？」

相変わらずへらへらと、それでいて、揺るぐことなく言い切った勇樹は……それから一言だけ付け加えた。

「それによぉ……そーゆー馬鹿って、俺だけじゃないかもよ？」

「……？　どういう意味だ……？」

まるで何かを予期しているように笑う勇樹。

恭弥でさえ予期できぬ何かが、この青年には見えているとでも言うのか？

……そしてその疑念の答えは、すぐに現れた。

「――まったく、あなたは相変わらず無茶《むちゃ》がお好きですねぇ、伊万里小毬さん？」

響《ひび》き渡るねちっこく嫌みな声。

それはかつてレジスタンスを率いていた超多重能力者《ちようたじゆう》の青年――國府寺斎《こくふじいつき》。

「――弱いものいじめ、ダメ」

たどたどしくもきっぱりと告げられる言葉。

それは絶対なる『死』を司《つかさど》る学園最強の少女――綺羅崎雛《きらさきひな》。

そしてさらには……

「――へへっ、なーに痴話喧嘩《ちわげんか》してんだよお前らっ！」

「――来ましたわよ、小毬！　わたくしがいなくっちゃね！」

「――葛葉！　お前、生きていたなら私のところへ来い！」

アンリが、香音が、零《れい》が――さらには顔も名前も知らない勇者たちが、続々とゲートをくぐって現れる。

それは学園の生徒だけではない。アンリを筆頭とした各異世界の現地勇者たちや、『オールド・ミィス』同様にかつて勇者だった者たちまで。あらゆる世界から怒涛《どとう》の如く戦士たちが駆け付けてくるのだ。

「み、みんな……どうして……!?」

「決まってますわ！　──小毬、あなたが頑張《がんば》っているからですわよ!!」

決して敵《かな》わないと知りながら、それでもなお強大なる魔王に立ち向かう少女──その姿を見て彼らは駆けつけた。なけなしの勇気を振り絞《しぼ》った小毬の抵抗は、無意味なんかじゃなかった。──全世界が今、小毬と共に戦おうと立ち上がったのだ。

──だけど──

「いや、ほんとそういうのいいから」

集まった勇者たちを、冷ややかに一瞥する恭弥。その瞬間、全員が一斉《いっせい》に吹き飛ばされる。──モブがどれだけ集まったところで所詮《しょせん》はモブ。仮にこの百億倍集まってきたところで、恭弥にとっては何ら脅威《きょうい》にはなりえない。

「お前らに何ができる？　さっさと膝をつき、絶望しろ。それがお前らモブの役割だろ」

彼《かれ》らが今呼吸していられるのは、単に絶望する役割が必要だからというだけ。その気になれば恭弥は指一本動かさず百万回は皆殺《みなごろ》しにできるだろう。もしも彼らがそれすら理解できていないのなら……わかるようになるまで体に教えるだけだ。

そこから蹂躙《じゅうりん》が始まった。

立ち上がる傍《そば》から薙《な》ぎ倒し、剣を握る傍から吹き飛ばす。嬲り、蹴散《けち》らし、叩《たた》き伏《ふ》せ、その心身に無力を刻《きざ》み込む。暴《あば》れ狂《くる》う魔王を前に、集まった勇者たちはなすすべもなく痛めつけられるだけ。勝敗などとっくに決まっているが、それでも恭弥は容赦なく蹂躙を続ける。二度と歯向かおうなどと考えぬよう、徹底的《てっていてき》に教え込むのだ。これが本物の『絶望』なのだと。

……いや、そのはずだった。

「……チッ、なんなんだよ、お前ら……」

恭弥の口から、無意識に零《こぼ》れる苛立《いらだ》ち。

これでもう何度目になるだろうか？　虫けらの如く吹き飛ばされたはずの勇者たちが、またしても立ち上がる。互《たが》いに肩《かた》を貸しながら、ボロボロの体を引きずりながら、それでも性懲《しょうこ》りもなくまた剣を握る。

これだけ痛めつけられてまだ身の程《ほど》もわからないというのか？

——だが、そうではなかった。

ここに集ったのは皆《みな》、いずれも恭弥と比べればちっぽけな弱者ばかり。モブキャラとさえ呼べる者たちだ。中には力に溺《おぼ》れ道をたがえた者だって含《ふく》まれている。柳凪のような『本物』と比《ひ》較《かく》すればとても勇者などとは呼べっこない。

だが、それを一番理解しているのは、他でもない彼ら自身だった。強さ、正義、勇気……それらを極限まで突き詰《つ》めた存在が勇者だというのなら、彼らは決してそうではない。どこかで挫折《ざせつ》し、どこかで妥協《だきょう》した。どこかで天井《てんじょう》を知り、どこかで膝を折った。それはある意味で当然だ。本物がいる以上、偽物《にせもの》がいるのは道理。勇者がいるのなら、モブキャラもいなくてはならない。そしてこの世界樹という物語では、そのモブの演者が自分たちだったのだ。だから彼らは知っている。自分は魔王を倒す主役になどなれはしない、と。だがそれでも、彼らはここに来た。愚かだと知りながら、無意味だと理解しながら、それでもこの最後の戦場へ。だって……今はそうではなくても、道をたがえてしまったとしても……彼らもまた、一度は勇者という響きに憧《あこが》れ剣を手にした者たちなのだから。

ゆえに彼らは立ち向かう。震《ふる》えながら、怯えながら、それでもちっぽけな勇気を奮い立たせて。かつて捨ててしまったその希望を、かつて諦めてしまったその理想を、かつて折られてしまったその心の剣を——もう一度取り戻《もど》すために。

そんな勇者たちを目の当たりにして、小毬はぎゅっと唇を噛んだ。

もういい、もうやめて。

必死で抵抗を続ける彼らを、しかし、小毬は素直《すなお》に応援《おうえん》することができなかった。

相手は柳凪たちでさえ敵わなかった魔王、どうあがいても勝てないのは目に見えている。

そんな無謀《むぼう》な戦いに彼らを駆《か》り立ててしまったのが自分なのだとしたら、無責任に『頑張れ』などと言えるはずがない。

　自分はまたしても他の誰《だれ》かに命を差し出させようとしているのではないか——その恐怖《きょうふ》と後悔《こうかい》に胸が痛む。

　……だけど、なぜだろう？

　その痛みをかき消すように胸へ流れ込んでくる、とても温かな何か。

　それは、彼らが振り絞ったちっぽけな勇気の欠片。その一つ一つが小毬の中に集まってくる。そう、小毬は選ばれし勇者ではない。彼女の中にある勇者のための宝剣《ほうけん》は、彼女には抜くことすらできない。勇気も、力も、意志も、何もかも足りないのだから。

　だけど……それらは今、ここにある。ここに集まった皆の、一つ一つはちっぽけなその想いが、寄り添《そ》い、紡《つむ》ぎ合い、支え集まって、一つの大きな力になる。それこそ、勇者の剣さえも打ち震わすほどに。

　だから、小毬は願う。ふさわしくなくても、資格などなくても、ただ一度——この刹那《せつな》だけ、全能の剣に願いを叫ぶ。

　私じゃなくていい。

　だから、どうか彼らに——無力で、未熟で、それでも明日を求める若き勇者たちに——未来を掴《つか》むための力を。

「《女神の天涙《エル・ヴィスカム》——明日を求める者への道しるべ《ラングベル・アズ・フレイヤ》》——!!」


刹那、小毬の胸から溢《あふ》れ出す黎明《れいめい》の光。

皆の勇気を束ね、紡ぎ、何万倍にも増幅《ぞうふく》したその輝きは、この場にいるすべての勇者を包み込み、その手元に剣《つるぎ》の形となって顕現《けんげん》する。

それは過《あやま》ちを償《つぐな》うための剣。

それは弱さを受け入れるための剣。

それは明日を掴み取るための剣。

彼らに与《あた》えられた剣は、決して『世界最強』ではない。だけど、紛《まぎ》れもなくその者のためだけに織り成された、世界に一つだけの祈《いの》りの剣。かつて憧れた理想の勇者へ、届かなかったその手を伸ばすための翼《つばさ》——

各々《おのおの》がそれを握った瞬間、人と剣とが共鳴を始める。

それは恭弥とラーヴァンクインが見せたあの極致《きょくち》と同じ。だが少し違うのは……響き合い紡がれたその音色が、さらに全世界の人々と共鳴を始めたこと。振り絞った勇気と明日への祈り……世界中の想いが生み出す力が、輝きの奔流《ほんりゅう》となって沸《わ》き起こる。

弾《はじ》かれるたびに、倒れるたびに、挫《くじ》けるたびに——より強く。

勇者たちが剣を振るうごとに、際限なく増していく光。その不屈《ふくつ》の輝きに押《お》され、恭弥がじりじりと後ずさる。――最凶となったはずの少年が、今、名もなき勇者たちの放つ光に圧倒《あっとう》されているのだ。

「くそっ――もういい、全部殺すぞクイン!!」

こうなったら遊びは終わりだ。

暴れ狂う魔剣《まけん》を強引《ごういん》に調伏《ちょうぶく》し、最大級の魔力《まりょく》を注《そそ》ぎ込む。凶霜呪装形態となった恭弥の、正真正銘《しょうしんしょうめい》本気の一撃《いちげき》だ。

……だが、それが放たれる間際――

「――その台詞、負けフラグやで恭弥くん？」

輝きに包まれ立ち上がる葛葉。

「――恭弥、もうやめよ！」

結界を打ち破り叫ぶフェリス。

どちらも小毬の剣を手に、恭弥の禍々しき魔力を中和する。

そしてその隙《すき》に立ち上がったのは、少年が世界最強と認めたその老兵――

「――ありがとう、伊万里小毬君。君の勇気、確かに受け取った」

聖浄なる光を纏いし大剣《たいけん》が、高々と振り上げられる。

それに呼応するように、勇者たちもまた各々の剣を掲《かか》げた。今この瞬間、この戦いを見守っている全世界の想いも乗せて。

「これで終わりにしよう、恭弥君」

そうして振り下ろされる勇者たちの剣。

放たれた剣閃は煌《きら》めく七彩《しちさい》となり、魔王の邪気《じゃき》さえ吹き飛ばしながら空を裂《さ》く。

まるで虹《にじ》が曇天《どんてん》を彩《いろど》るが如く。

まるで暁光《ぎょうこう》が宵闇《よいやみ》を払《はら》うが如く。

まるで恐怖に竦《すく》んだその身を、勇気が奮い立たせるが如く。

人々の想いから紡がれた光は、真っ直ぐに最凶の少年を貫《つらぬ》き――邪悪《じゃあく》なるその影《かげ》を粉々に打ち砕《くだ》くのだった。

「……嘘《うそ》……きょう、や……？」

眩い光が収まった後、ロザリアは倒れ伏した少年へ駆け寄る。究極の奥義《おうぎ》たる凶霜呪装を砕かれた恭弥は、ぴくりとも動かない。

――そう、ここに魔《ま》王《おう》は敗れた。

全世界の勇気と希望の力が、ついに悪《あ》しき終末の呪詛を打ち破ったのである。

だが、その結末を目《ま》の当たりにしたロザリアは……唐突《とうとつ》に笑い始めた。

「くく……あははははは！　ねえ、なにこれ？　なにこれなにこれなにこれ？　――馬っ鹿みたい!!　世界のみんなで心を一つに？　力を合わせて魔王をやっつける？　これにてハッピーエンド、ゲームクリアでおめでとうって?!　アッハハハハハ!!　寒い寒い！　お決まり過ぎて笑っちゃうよ！　こんなご都合主義の茶番劇百万回は見たっての!!」

敗北を悟《さと》り自《じ》暴《ぼう》自《じ》棄《き》になったのか、ロザリアは吠《ほ》えるように笑う。だが、どれだけ負け惜《お》しみを叫んだところで結末は変わらない。恭弥は既に戦《せん》闘《とう》不能、ロザリアにも戦う力はない。魔王の野望は打ち砕かれた……それが揺るがぬ事実。今更何を喚《わめ》こうと無意味を通り越《こ》して哀れなだけである。

……だが、事実というのなら、ロザリアもまた一つだけ知っていた。それも、世界を揺るがすぐらいの、とっておきの事実を。

「……でもさあ、お前ら一つ忘れてない？　それとも、マジで気づいてないのかな？　揃《そろ》いも揃って、こんな簡単なことに？」

不意に冷静になったロザリアは、馬鹿にするようにくすくすと笑う。その様子は先ほどまで負け惜しみを喚いていた姿とどこか違う。

そして敗北したはずの女神は、奇《き》妙《みょう》な問いかけを口にした。

「じゃあじゃあ――ここで問題です！　大《だい》丈《じょう》夫《ぶ》、お馬鹿な君たちにもわかるよう、簡単な

○×クイズにしてあげる！　ちなみに賞品はこの世界ね！　さあいくよ～、ファイナルクエスチョン！　──『九条恭弥は勇者である──○か×か？』」
それは驚《おどろ》くほど簡単な問題。

世界を滅《ほろ》ぼさんと目論《もくろ》み、邪悪な魔剣を振るい、終末の呪詛と同化する……そんなものが勇者であるはずがない。だから答えは×だ。そしてもちろんそれは正しい。……だが、世界中でただ一人、フェリスだけは気づいていた。それが比喩《ひゆ》や呼称《こしょう》ではなく、文字通りの意味だということに。

「まさか……！」

呆然《ぼうぜん》と零れ落ちる呟《つぶや》き。

そう、フェリスは知っている。九条恭弥が勇者でないと。だって呼び出したのは他でもない彼女自身なのだから。そして、それこそが問題だった。

九条恭弥は魔王に呼び出された少年。それはつまり、彼が女神の祝福を一度たりとも受けていないということ。その意味するところは一つだけ。九条恭弥は勇者ではなく……なんなら魔王ですらもなく、本当にただの──ただちょっと世界とやり合えるぐらい強いだけの──一般人《いっぱんじん》であるということ。

だとしたら──

「ねえみんな、気にならない？　ただの一般人で全世界と同じぐらい強いんだとしたら～

――そんな子が勇者に目覚めたら、一体どうなっちゃうんだろうねえ？」

その言わんとすることを理解した瞬間、全員が悟る。これから何が起きようとしているのか。

だが、それをみすみすやらせるはずもなかった。

「――あかん、これだけは止めるで――！」

既に動き出していたのは、葛葉、柳凪、フェリスの三人。世界最強たる勇者たちの判断に迷いはなく、その速度に女神が対応できるわけもない。ロザリアが何かをする前に、三人の刃《やいば》は確かにその首をとらえる。

――が、首を刎《は》ねるその間際《まぎわ》、立ち塞《ふさ》がるように出現したのは輝く黄金の門――パンテサリウム。魔王にのみ伝わりし宝殿《ほうでん》は、己《おの》が主《あるじ》を守るべく堅牢《けんろう》なる扉《とびら》を閉ざす。

そして、その奥《おく》から声がした。

『女神ローゼの名において、汝《なんじ》に祝福と呪《のろ》いを与える。名誉《めいよ》と汚名《おめい》が、勇気と狂気《きょうき》が、朋《ほう》輩《ばい》と仇敵《きゅうてき》が、汝の物語を彩らんことを願って。……さあ、起きて――僕《ぼく》の愛《いと》しい勇者』

葛葉たちの攻撃《こうげき》により、粉々に砕け散る門。宝殿は二度と戻らぬ死を迎《むか》える。だがそれでも、砕ける刹那の輝きはどこまでも誇らしげだった。なぜならパンテサリウムは守り切ったのだから。己にとって世界の何よりも大事な宝を――無二の主である九条恭弥を。

「――今まで本当にありがとう、パンテサリウム……お前の忠誠は決して忘れないよ」

弾ける黄金の煌めきの中、静かに響く少年の声。

そこに、彼は立っていた。降り注ぐ燐光《りんこう》の下で、ただ眠《ねむ》るように瞼《まぶた》を閉じたまま。まるで世界のすべてから隔絶《かくぜつ》しているかのように。

その姿を目の当たりにした勇者たちは、心の底から寒気を覚える。

それは覚醒《かくせい》した圧倒的《あっとうてき》力に……ではない。むしろ、今の少年からは何も感じない。さっきまでのようなおぞましい邪気も、世界を歪《ゆが》めるほどの魔力も、何一つ。

だが、それゆえに後ずさる。

たとえるならそれは、深い海溝《かいこう》の底が誰にも見通せないのと同じ。遥《はる》か広大な宇宙の果てを誰も目にすることができないのと同じ。最強の彼らを以《もっ》てしても、少年の力の片鱗《へんりん》さえ垣間見《かいまみ》れないのだ。それが意味することは一つ――少年が文字通り別次元の存在になったということ。

そして今、その『終焉《しゅうえん》』が瞼を開ける。

「そうか、勇者ってのはこういう感じか……」

覚醒した恭弥の第一声は、どこか他人事《ひとごと》のような感想。彼自身戸惑《とまど》っているのだ。種の開花によって得た、もはや己のものとも思えぬほど絶大なるその力に。

……だが、それを前にして葛葉は再び剣を握る。

「びびっとる場合やないで！　もう一度や、今やるしかないんや！　あの子が、アレを覚える前に……！」

いつになく焦《あせ》った声で叫ぶ葛葉。その理由は簡単だ。

勇者に目覚めた以上、必然、恭弥はあの秘技をも手に入れたということ。それがどのような能力かはわからないが、未《いま》だかつてない強力な代物《しろもの》であると葛葉は確信していた。

そう、光が闇の中で輝きを増すのと同じ。闇もまた光の中でこそ濃さを増す。伊万里小毬が絶望を覆《くつがえ》さんと力を覚醒させたのなら、その希望の光を浴びて芽《め》吹《ぶ》いた闇の種は、一体どうなる？　その答えは考えたくもない。

だからこそ、今なのだ。少年が力の使い方を覚えてしまう前に、今ここでやらなければならない——この極限《きよくげん》状態においてなお、葛葉の判断は実に正しかった。……が、ただ一つ惜しむらくは——既に手遅《ておく》れであったこと。

「『アレ』？　……ああ、それって……コレのことですか？」

なんて軽く呟いた恭弥は、彼女たちが最も恐《おそ》れていたその言葉を口にした。

「《終局《カタス》：源種淘汰《フロラントロス》——終幕《ディアノワール・エンドロール》に手向ける最後の一輪》」

――刹那、全世界の生物がその場に跪《ひざまず》いた。

「ぐっ……！」

「動けぬ……！」

勇者たちの全身を襲《おそ》うのは、押し潰されそうなほど絶大な圧力。

体は全く言うことを聞かず、指の一本さえ動かせない。彼らに許されたのはただ跪き、首を垂れることだけ。それも、ここにいる勇者たちだけではない。遥か離《はな》れた全世界の人間が――いや、全世界の生命体すべてが――九条恭弥に跪いているのだ。

「これが、君の能力か……！」

世界すべてを平伏《へいふく》させる、絶対的な完全支配。それはまさに魔王にふさわしき超常《ちょうじょう》の力だ。……が、少年が口にしたのはあろうことか否定の言葉だった。

「え？　何言ってるんですか、違いますよ。こんなのちょっと力を解放しただけじゃないですか」

「は……？」

そう、こんなのはただ軽く威嚇《いかく》しただけ。恭弥からすれば挨拶《あいさつ》みたいなもの。世界中を跪かせているこの圧力は、固有異能ですらないのだ。

「だったら、君の固有異能は……?!」

「あー、なんていうんですかね……『森羅万象を掌握する力《しんらばんしょうをしょうあくするちから》』みたいですね。んー、でもなんか抽象的《ちゅうしょうてき》だな……どう言えば伝わりやすいんだろう……」

自分の能力をどう表現すべきか悩《なや》みながら、ほんの僅《わず》かに魔力を練る恭弥。

その瞬間、勇者たちは我《わ》が目を疑った。

少年の掌中《しょうちゅう》に現れたのは、黒濁《こくだく》した『死』の魔力――紛れもなく綺羅崎雛の固有異能だ。

いや、それだけじゃない。

裏戸海璃《かいり》の糸、天野彌彦《あまのやひこ》の魔鏡《まきょう》、花菱香音《はなびし》の精霊《せいれい》……本来なら当人しか扱《あつか》えぬはずの固有異能を、ころころと出現させては消していく。まるで授業に退屈した学生が、無意識にペン回しで遊ぶみたいに。

有り得てはならない光景を前に、絶句する勇者たち。その眼前で恭弥はようやく思いついたようだ。

「ああ、そうか、こう言えばいいんだ。要するにこれ――『全能』ですね」

さらりと口にしたその言葉は、奇《く》しくも小毬の中にある《原初の勇者の剣》と同じ能力。

だが、少年の場合はただ願うだけの他人任せの力ではない。

森羅万象を掌握し、その摂理《せつり》を解明し、あらゆる結果を創造する。原理としては彼の最も得意とする術式改変と同じ。世界の構成要素に手を加え、思うがままに改変するというもの。ただ、それがあまりにも強力すぎるがゆえに、結果として『全てが可能』となっただけの話。……ゆえに、全世界を睥睨《へいげい》するこの光景は、ある意味でこれ以上ないぐらいの必然なのだ。

——希望の光により芽吹いた種は、それを凌駕《りょうが》する絶対的な絶望の花を咲《さ》かせたのである。

「……全能、か……はは、そら大したもんや……世界丸ごと一人で滅ぼすのも簡単やろなあ……」

絶望的状況《じょうきょう》に、乾《かわ》いた笑いを浮かべるのは葛葉。その口調から滲《にじ》むはどうにもならない投げやりな諦念《ていねん》。……だが、それは最初だけだった。

「……けどな、そろそろいい加減にせえよ。愛する女のために世界を壊《こわ》すやと？　誰かを愛する気持ちが自分だけのものだと？　世界全部の想《おも》いより、君の想いの方が大きいとでも？　それは傲慢《ごうまん》とちゃうか⁉　みんなそれぞれ想い背負って生きとるんや！　それを全部ぶっ壊す資格が君にあるとでも言うんか⁉」

感情を爆発《ばくはつ》させながら、傲慢を詰《なじ》り、資格を問う葛葉。いつになく激昂《げきこう》したその台詞《せりふ》の裏には……しかし、冷静な打算が含まれていた。

固有異能戦を誰よりも経験している彼女は、ちゃんと知っている。全能という最強の能力に存在する唯一《ゆいいつ》の弱点……それは使い手の意志が不可欠であることだと。願えばなんでも叶《かな》うということは、逆に言えば願わなければ叶わないということ。であれば、狙《ねら》うは意志の方だ。

そう、ほんの少し……ほんの少しだけでいい。九条恭弥が世界を滅ぼすことをためらってくれれば、そこに付け入る隙は生まれるはず。

——だが、返ってきた答えはひどく簡単だった。

「ああ、そうだよ」

躊躇《ためら》いも逡巡《しゅんじゅん》もなく、恭弥はただ断言する。

フェリスを愛している——その一点において彼に迷いはない。その感情がいつから始まったのかとか、どうしてそこまで大きくなったのかとか、そんなものはどうでもいい。類《たぐ》いまれな容姿への情欲。哀れな境遇《きょうぐう》への憐憫《れんびん》。寂寞《せきばく》にも似た孤高《ここう》への憧憬《しょうけい》……根源を探そうと思えばきりがないし、その意味もない。だって、どうせそれら全部なのだから。

彼女を殺すために歩んだあの三万年間。

彼女と振《ふ》るう剣の一振り一振りが、力となって紡がれていったように。

彼女と交《か》わす言葉の一言一言が、想いとなって募《つの》っていった。

彼女と語り明かしたその一晩一晩が、彼女と並び歩んだその一歩一歩が、彼女と共に生きたその一瞬一瞬《いっしゅんいっしゅん》が——ただ、ただ、ただ、幸福だった。

そう、三万年間ずっと一緒《いっしょ》にいた。だから……三万年と一日目も一緒にいたい。そう思った。ただそれだけ。本当に、それだけなのだ。

だけど……世界を滅ぼすのに、それ以上の理由が必要だろうか？

微塵《みじん》の迷いもないその答えを聞いて、ようやく全世界は理解する。もはや善も悪もない。邪悪も聖浄も関係ない。そんなくだらないものを超《こ》えた先にある、ただひたすらに単純で純粋《じゅんすい》な少年の想いに、この世界は敗れたのだと。


——その瞬間、全世界が真の『絶望』を知るのだった。


そして、時計の針が動き出す。

女神界の中核《ちゅうかく》をなす大樹《たいじゅ》……世界樹の現身《うつしみ》たるその樹が、急速に枯《か》れ始める。恭弥によってもたらされた絶望が、ついに世界を覆《おお》い尽《つ》くしたのだ。

それを見たロザリアは歓喜《かんき》の声をあげた。

「あはは、見てよ恭弥！　やっと針が進んだよ！　『女神長の死』と『世界の絶望』……終幕への準備はばっちりだね！」

と、無邪気《むじゃき》に笑ったロザリアは、それからもう一つだけ付け加えた。

「あとは……やり残した始まりを終わらせるだけだね！」

計画の達成を目前にして、ロザリアは嬉々《きき》として微笑《ほほえ》む。

……が、同じ目的を共有しているはずの恭弥は、なぜか暗い顔をしていた。

「……ああ」

「んもー、恭弥ったらそんな顔しないでよ！　僕ね、今すっごく嬉しいんだ！　これでやっと望みが果たせるんだもん！」

俯《うつむ》く少年へ近寄ったロザリアは、その頬《ほお》へそっと手を添える。そして、まるで拗《す》ねた子供をあやすように優《やさ》しく撫《な》でた。

「ありがとうね、恭弥。本当に感謝してるんだ。君が味方になってくれたからここまで来られた。君がいてくれて、ほんとに良かった。だから……さあ、始めよう」

改めて告げられる感謝の言葉。それは、嘘で塗《ぬ》り固《かた》めた彼女が明かす本当の胸の内。

と同時に、ロザリアは少年の手に手を重ねる。そして、ラーヴァンクインを握ったままのその手を持ち上げると――――自らの胸を魔剣で貫いた。

「……物語は……女神ローゼの死から始まる……これでやっと……正当な終焉が始まるんだ……」

紅《あか》い血を吐《は》きながら、途切《とぎ》れ途切れに囁《ささや》くロザリア。

そう、彼女がローゼに成り代わっていたのは、正体を隠《かく》し暗躍《あんやく》するためなどではない。本当の目的はこれ――ローゼの役割を奪《うば》い取り、ローゼとして死ぬためだったのだ。すべてはただ、無二の親友を生かすために――

偽《いつわ》りの《まやかしと欺瞞《ぎまん》の女神》は、ついに世界樹の役割さえ騙《だま》し通したのだ。

「恭弥、お願い……ローゼが自由に生きられる世界を……馬鹿げた役目もシナリオもない、本当の世界を創って……！」

「ああ、必ず果たそう」

その願いを最後に、女神ロザリアはあっけなく死んだ。偽りの役割を演じきって、友が生きられる世界のために。その夢の実現を彼女が見届けることは決してない。……だけど、今際《いまわ》の際《きわ》に彼女は確信していた。九条恭弥ならば、必ずそれを成《な》し遂《と》げると。

そうして女神の体は溶《と》けるように消えていく。

『女神ローゼの死』……果たされていなかったそのシナリオが、今ここに完遂《かんすい》された。だとしたらもう、あとはただ『終わり』があるのみ。

「――さあ、始めようか。世界の終焉だ」

共犯者たる女神の死により本当に独りぼっちになってしまった少年は、ただ静かに告げる。そこにはもう怒りも悲しみもなく、漠然《ばくぜん》と広がる荒野《こうや》の如き無感情があるだけ。

その虚《うつ》ろな表情を見て、跪く人々は理解する。本当にこれですべてが終わるのだと。

だが……

「だ、ダメ、ですよ……恭弥さん……！」

恭弥の圧力に必死で抗《あらが》いながら、腰《こし》の剣に手を伸《の》ばそうとする小毬。

その懸命《けんめい》なあがきを、少年はすべてを見通すその目で見下ろす。

「今なら見えるよ、お前がそこまでする理由。命をもらった呪い……お前はずっと誰かの代わりだったんだな。だから人を助けなきゃいけなくて……だから最後の最後で『私じゃなくていい』か……」

もらった命の代わりに役に立たなければいけない。それこそが彼女《かのじょ》の正義感の源であり、時にはそれが力を与えてくれた。

だけど……

「――ダメだろ、それじゃ。己の戦う理由すら持たぬ代理風情《ふぜい》が、俺《魔王》の前に立つな」

恭弥は冷酷《れいこく》に言い放つ。

全能となった少年は気づいていた。小毬がすべての勇者に光の剣を与えたあの時……ただ一人、彼女自身にだけは剣が現れなかったことを。――勇者でない者に、魔王へ挑《いど》む資格はない。それは当然の道理というものだ。

もはや何も言い返せず俯く小毬。今度こそ完全に抵抗の芽を摘《つ》んだ恭弥は、全世界へと告げる。

「これから世界を終わらせる準備に入る。ただ、俺だって無暗《むやみ》に苦しめて殺したいわけじゃない。だから、お前たちには夢を見てもらう。世界が滅ぶその瞬間《しゅんかん》まで、平和な夢を。まあ、勇敢《ゆうかん》に戦った褒美《ほうび》だとでも思ってくれ」

そう言って、恭弥は軽く指を鳴らす。――次の瞬間、全世界がぐにゃりと歪み始めた。全能による世界改変が始まったのだ。

人が、物が、精神が、概念《がいねん》が、すべてが霞《かすみ》となって混じり合う。……そのさなか、フェリスがそっと少年の名を呼んだ。

「恭弥……」

「悪いな、フェリス。だけど、これでやっと新しい世界を創れる。そしたらさ……二人で畑でも耕して、静かに暮らそうな」

いつもと同じ、はにかむような笑みで囁く恭弥。彼女のためだけに世界を壊さんとする少年へ、フェリスはもう何も言えなかった。

――そして、すべてが霞となって消えた。

間章

恭弥のセカイ

荘厳《そうごん》な校門、真新しい玄関《げんかん》、高級ホテルさながらの寮《りょう》に、ぴっかぴかの校舎——私は今、巨大《きょだい》な学園の前に立っている。校門脇《わき》に埋《う》め込まれたプレートには『私立ユグラシア学園』の文字が。ちなみに、私の周りにも同じように登校している生徒の姿がちらほらと。

そんな同級生を横目で見ながら、私は反射的に身なりを整えた。

「……へ、変じゃないよね、私……？」

と、その時、背後から聞きなれた声がした。

「——おはようっす、小毬《こまり》さん！」

「——ごきげんよう、小毬！」

「あっ、凛《りん》ちゃん、香音ちゃん、おはようございます！」

現れたのは同じクラスの同級生——祇隠寺凛と花菱香音。

幼馴染《おさななじみ》のこの二人は、私の昔からの友達だ。

「どうしたんすか、浮《う》かない顔で？」

「何かあったのかしら？」

「いえ、その……髪《かみ》が……」

ぴょこんと立った頑固《がんこ》な寝《ね》ぐせが、朝からどうしても取れないのだ。

すると、どこからかくすくすと笑い声が聞こえてきた。

「くくく……よいではないか、それも可愛《かわい》いぞ」

優しく微笑みながらやってきたのはフェリスちゃん。

容姿《ようし》端麗《たんれい》、スタイル抜群《ばつぐん》、同性の私でも思わず見惚《みと》れちゃうぐらいの学園一の美人さんである。なので男子生徒からよく告白されているのだけれど、毎回『誰じゃおぬし？』の一言でぶった切るため、男子からは『魔王』と恐れられているとか。でも本当はとっても優しいことを私は知っている。

そしてもう一人、フェリスちゃんと一緒に登校してきたのは……

「うん、小毬らしくていいんじゃない？　ゆるふわファッションってことで！」

そう明るく笑うのはシセラちゃん。甘《あま》いものやおしゃれが大好きで、私たちの中では一番のイマドキ女子高生。いつもキラキラしてて、とっても可愛いです。陸上部のエースもやっていて、運動が苦手な私からしたらちょっと羨《うらや》ましかったり。

ちなみに、名前からわかる通り二人とも留学生だ。母国は……あれ、思い出せないや。

けど、国際色豊かなこの学園では別に珍《めずら》しいことではないのである。

凛ちゃん、香音ちゃん、フェリスちゃん、シセラちゃん……四人ともいつも一緒な、私の大切な親友たち。みんながいるから私の学園生活はとっても幸せです！

……と、そこへ——

「こらー！　もうチャイムなってるですよー！　じゅぎょうはじめるですっ！」

「やば、ララちゃん先生きたっす！」

「急ぎますわよ小毬！」

校内からぷんすか叫《さけ》ぶのはララちゃん先生。見た目はまだ小さな子供だけれど、飛び級しまくって教師になった超天才少女《ちょうてんさい》らしい。なんでも、世界的なバナナ学の権威《けんい》だとか。

私にはよくわからないけど……とにかく、ララちゃん先生を怒《おこ》らせたら大変だ。最後にはぷくーっと拗ねてしまうから。

「ほれ、いくぞ小毬よ！」

「ダッシュダッシュ！」

「は、はいっ！」

チャイムの音に追われて、私たちは揃って駆けだす。

こうして今日もまた、いつも通りの平和で平凡《へいぼん》な学園生活が始まるのだった。

※※※

昼休み。

小毬がいつもの四人とサンドイッチを食べていると、その話はなんとはなしに始まった。

「──ねえねえ知ってる？　例の噂《うわさ》！」

と、唐突に話題を振ったのはシセラ。……ただ、皆の反応は薄《うす》い。

「その導入、またっすか？　ほんとシセラさんは噂話が好きっすねえ。この前のは何でしたっけ？」

「『異世界に続く倉庫』じゃろ？　屋上にある開かずの倉庫が、実は異世界へ繋《つな》がっている……じゃったかのう？」

「まったく、適当言ってはいけませんわ。小毬が信じてしまうじゃない」

と言われて、小毬は目をぱちくりさせる。

「ええっ、あれ、ホントじゃないんですかっ⁉」

「ほらみなさい！」

「もー、小毬さんったらすぐ信じちゃうんすから。あることないこと言っちゃダメっすよ」

「え〜、あたしは聞いた噂を教えてるだけだし！」

「やれやれ、小毬も小毬で純粋すぎじゃぞ。そもそもなんじゃ、『異世界』とは。ここではない別の世界なんぞあるわけがないではないか！」

とみんなして笑う。言われてみればそうだ。世界とは今いるこの場所だけ。異世界なんてものはありえない。どうしてそんなものを信じてしまったのか。

「って、そっちはおいといて、今回のはマジよ！　最近、この学園に野良猫《のらねこ》が住み着いてるんだって！　それがちょー可愛いらしいのよ！」

すると、返ってきたのはさっきよりもずっといい反応だった。

「猫とな！　それは気になるぞ！」

「うちらの寮、ペット禁止っすもんね〜」

「でも本当かしら？　何かの見間違《みまちが》いかもしれませんわよ？」

なんて香音が訝《いぶか》しんでいると、思わぬところから返事が来た。

「——あー、その噂ならほんまやで〜」

「——そうそう、この前見たもんねっ！」

と、廊下《ろうか》側《がわ》の窓から首を突《つ》っ込《こ》んできたのは、上級生の女子二人組。

「あ、葛葉《くずは》先輩《せんぱい》にロザリア先輩！」

葛葉とロザリア――生徒会の役員でもある二人は、学園内でも屈指《くっし》の顔の広さを持つ有名人である。

「ほらね、やっぱり本当じゃない！　で、で、どこで見たんですか！」

「ああ、北校舎の裏で見かけたって、この前零《れい》ちゃんがな」

「うんうん、僕が見たのもそのあたり！　ふわふわの黒い子猫でね〜、ちょー可愛いの！　でもだいぶ人見知りみたいでさあ、触《さわ》ろうとしたらすぐ逃《に》げられちゃった」

「へえ〜、そっかあ、私も見てみたいなあ」

小毬が素直に感想を漏《も》らすと、二人組がにんまりと笑った。

「ほーん、そうか？　ほんならこれから一緒に探し行こうや！」

「え、でも、もうすぐ授業が……」

「ダイジョブダイジョブ！　ちょっとぐらいサボったってへーきだって！　ね、行こうよ〜小毬ちゃ〜ん！」

などと、悪い顔で誘惑《ゆうわく》する葛葉とロザリア。……そう、二人が有名なのは『学園きっての問題児として』なのである。

が、小毬が困り果てていたその時――

「――やれやれ、また下級生にちょっかいかけているのかい？　君たちは本当に困ったものだね」

救世主の如く現れたのは、中性的な美貌《びぼう》を誇《ほこ》る美少女――ローゼ先輩だ。その類いまれな顔立ちとやたらイケメンな言動のお陰《かげ》で、男子よりもむしろ女子生徒から絶大な支持を集めている生徒会長でもある。

「ほら、馬鹿なことやってないで行くよ。そろそろチャイムだ」

「もうちょっとぐらいええやんけ～」

「そうそう、ローゼのけちー！」

「いいからさっさと来る。柳凪《やなぎ》先生を待たせたら可哀想《かわいそう》だろう？　あの人、がたいの割にメンタル弱いから。……それじゃ、失礼するよ後輩《こうはい》ちゃんたち」

キザなウインクを残して、二人を引きずっていくローゼ。学園広しといえど、ロザリアたちを制御《せいぎょ》できるのは彼女だけなのだ。

そんなドタバタ劇を見送ったところで、ちょうどチャイムが鳴る。みんなが慌《あわ》ただしく席へ戻《もど》るさなか、小毬はぽつりと呟くのだった。

「子猫かあ……見てみたいなあ」

※※※

放課後。

終業のチャイムが鳴ると同時に、ばたばたと一斉《いっせい》に動き出す生徒たち。帰宅に部活に寄り道に、学生の放課後というのは忙《いそが》しいのだ。

そしてそれは彼女たちも例外ではない。

「──もー、香音さん急いでくださいっす！　今日ミーティングっすよ！」

「──わかっていますわ！　でもここの縦ロールが、もうちょっと、こう、くいっと……」

「──やばっ、あたしも設営当番だった！　じゃあ先行くね！」

「──ふむ、わしもそろそろ行くかのう」

と、四人もまた各々部活動へ向かう。凛と香音は演劇部、シセラは陸上部、フェリスは特定の部活にこそ入っていないものの、運動・芸術・勉強と何でも完璧《かんぺき》にこなせるせいで毎日様々な部活から助《すけ》っ人《と》として呼ばれるのだ。

そうして慌ただしく教室を後にするさなか、フェリスが不意に振り返った。

「小毬よ、今日は早く上がる予定じゃ。また後で部屋へ行くからのぅ！」

「はい、待ってますね！」

気遣《きづか》ってくれるフェリスに笑顔《えがお》を返す小毬。

仲良し五人グループの中で、小毬だけは唯一何の部活にも所属していない。もちろん、最初は何かやろうとは思っていた。実際、色々と体験入部を試《ため》してもみた。……だけど、どうもしっくりこなかったのだ。

自分がやるべきことはこれじゃない——運動系、芸術系、研究系、どの部活を試してみても奇妙な違和感《いわかん》が拭《ぬぐ》えなくて、結局どこにも入らなかった。といっても、この学園は自由な校風が売り。部活動は強制じゃないし、事実全生徒の三割は帰宅部だ。部活をやっていないからといって馬鹿にされたりといった風潮は全くない。全寮制《ぜんりょうせい》であるため、友達とも後でまたすぐに会える。だから全然問題はない。

ただ……疎外感《そがいかん》、なんて大げさなものではないけれど、フェリスたちが戻ってくるまでの間は、やっぱりちょっとだけ寂《さび》しいのだ。

（なんて、ね）

小学生じゃあるまいし、一人じゃ寂しいなんて言うのは恥《は》ずかしい。帰って宿題でもやろう。そう思って小毬は席を立つ。

……その時だった。

視界の隅《すみ》、窓から見下ろす校舎裏で、何か小さな影が動いた気がしたのだ。

「もしかして……猫？」

先ほどの噂話を思い出した小毬は……『よし！』と心を決めた。

（どうせやることもないしね！）

そうして向かうは北校舎の裏。

主要な設備もなく、日当たりも悪いこの周辺には、教師も生徒もほとんど立ち寄ることはない。ある意味で学園で最も隔絶された場所である。

そんな北校舎の裏手、生い茂《しげ》った木の陰に……探していた黒猫《くろねこ》は確かにいた。ただし問題は、いたのが猫だけではなかったこと──

「──あら、こんにちは小毬さん」

流れるような黒髪《くろかみ》に、凛と整った目鼻立ち。そして、深い碧色《みどりいろ》をした切れ長の瞳《ひとみ》──黒猫の傍《かたわ》らに膝《ひざ》をつき優しくその頭を撫でていたのは、どこか神秘的な少女。

その少女の名を、小毬は知っていた。

「あ、こんにちは……九条《くじょう》、明日香ちゃん……」

九条明日香──同じクラスのとある男子生徒の妹だ。といっても、知っているのはそれだけ。別に避《さ》けているわけではないのだが、普段《ふだん》から接点がなくほとんど喋《しゃべ》ったことがないのである。

そのせいだろうか、なんだか彼女を前にすると鼓動《こどう》が速くなるような──

「こっち、来ないんですか？」

「へ？」

「この子を探していたんじゃなくて？」

と、猫を撫でながら問う明日香。棒立ちになっていた小毬は、それでようやくここへ来た理由を思い出す。

「あ、は、はい……」

促《うなが》されるがまま、おずおずと猫へ近寄る。

すると、子猫はぴんと尻尾《しっぽ》を立て、警戒《けいかい》するようにすんすんと匂《にお》いを嗅《か》いだ後……喉《のど》を鳴らして小毬へと体を擢《す》り寄せるのだった。

「わあああ！　かわいい!!」

「ふふふ、気に入られたみたいですね。この子、滅多《めった》に人に懐《なつ》かないのに」

と優しく微笑む明日香の傍らで、小毬は夢中になって子猫を撫でる。

そうしてしばしもふもふを堪能《たんのう》したところで……ふと疑問が浮かんだ。

「そういえば、この猫ちゃん、どこから来たんでしょう？　迷子ですかね？」

「さあ、どこでしょうね。もしかしたら……異世界から、かも」

といたずらっぽく微笑む明日香。ちょっと意外なその言葉に、小毬は先ほど聞いた噂を思い出した。

「明日香ちゃんも噂話とか好きなんですか？」

「ええ。異世界の話なんかは特に。だって、わくわくしませんか？　ここじゃない世界があって、ここにはいない人たちが住んでいる。それって素敵《すてき》だと思うんですよね。……小毬さんはそうは思いませんか？」

と不意に問い返された小毬は……

「私は……やっぱり、ちょっと怖《こわ》いかもです」

と正直に答える。すると、明日香はおかしそうに微笑んだ。

「ふふふ、兄さんも同じようなことを言ってました」

やはり兄妹《きょうだい》だけあって、少しはにかんだようなその笑《え》みは兄とどこか似ている。……なんて思ったところで、すぐに気づいた。

明日香の兄とはほとんど会話をしたことがない。なのにどうして──私は彼《かれ》の笑った顔を知っているのだろう？

いや、それ以前に……

「そういえば、明日香ちゃんって一つ年下ですよね？　ならどうして……私たち、同じクラスなんでしたっけ？」

不意に湧《わ》いた疑問を口にする。

けれど、明日香はただ唇《くちびる》に人差し指を当てるだけ。

一体どういうことだろうか？　とさらに尋《たず》ねようとしたその時……

「にゃ！」

「うわあっ⁉」

さっきまで大人しかったはずの子猫が、急に駆《か》けだしてしまう。

何か気に障《さわ》ったのだろうか？

「あわわわ、私、怒らせちゃったんでしょうか⁉」

あわあわと慌てふためく小毬だが、どうやらそうではないらしい。

「ふふふ、違《ちが》いますよ。ほら、見てください」

促されるがままによく見れば、黒猫は少し離れたところで止まったまま。ちらちらとこちらの様子を窺《うかが》っている。

「ああやって追いかけてくれるのを待ってるんです。あの子、本当はさみしがりやですから。だから……さあ、ちゃんと捕《つか》まえてあげて」

「は、はいっ！」

言われた通りに駆けだした小毬は、ふと思い直して立ち止まる。そして振り返った。

「そうだ、なら明日香ちゃんも一緒に！」

と手を差し伸べる小毬。……しかし、明日香はその手を取ろうとはしなかった。

「いいえ、私には無理ですから。だから……ほら、急いで」

「そう、ですか……」

何か用事でもあるのだろうか？

残念ではあるが、それなら仕方がない。小毬は今度こそ黒猫を追いかけ始める。……その背中に、小さな囁き声が聞こえた。

「──兄さんをよろしくお願いしますね」

「え？」

思わず振り返る。けれど、既《すで》に明日香の姿はどこにもない。

今のはただの空耳だろうか？　数秒呆《ほう》けたように立ち止まる小毬。だがそこで再び子猫の鳴き声がして、やるべきことを思い出した。

「よーし、今行きますよ！」

そうして始まる追いかけっこ。

トコトコと逃げる猫は、自由に学園中を駆けまわる。

図書館の本棚《ほんだな》に隠れ、校長室を跳《は》ねまわり、体育館を横断した後には、プールでひと泳ぎ。そうしてひたすら回り道をした末……子猫が最後に逃げ込んだのは、北校舎四階の上り階段。その先には鍵《かぎ》のかかった屋上への扉《とびら》があるだけだ。

「ふっふっふ、もう逃げられませんよ！　大人しくもふもふさせてください！」

手をわしゃわしゃさせながら追いつめる小毬。すると、子猫はぴゃーっと階段を駆け上がっていく。もちろんその先にあるのは閉ざされた扉だけ。これにて万事休《ばんじきゅう》す。小毬はしめしめと笑いながら階段を上る。……が、いない。子猫の姿がどこにもない。そしてその原因に、小毬はすぐに気づいた。

「あれ……扉、開いてる……？」

普段は施錠《せじょう》されているはずの屋上へ続く扉が、僅かに開いているのだ。恐らくここから屋上へ逃げたのだろう。

それならば、と小毬もまた扉を押《お》し開ける。そして案の定、猫はそこにいた。……ただし、先客と一緒に。

やや癖《くせ》のある黒髪に、深い碧色の眼、特筆するような点が何一つない素朴《そぼく》な相貌《そうぼう》……まさに『どこにでもいる普通《ふつう》の高校生』を体現しているかのような冴《さ》えないその少年は、足元にじゃれついてくる子猫を慣れた手つきで抱《だ》き上げる。そして優しく頭を撫でてやりながら、屋上の縁《ふち》から遠くを見つめていた。何もせず、何も喋らず、ただ静かに。

その背中が無性《むしょう》に寂しく見えたせいだろうか。気づけば小毬は彼の名を呟《つぶや》いていた。

「九条、君……」

「よお、小毬か」

返事をされてハッと我に返る。

九条恭弥……同じクラスの目立たない少年であり、九条明日香の実の兄だ。なぜか名前を呼んでしまったけれど、言葉を交わしたことなんてほとんどない。正直、割と気まずい。

とはいえ、自分から声をかけておいて回れ右して帰るというのも失礼だし……なんて小毬がもじもじしていると──

「こっち、来ないのか？」

と呼ばれてしまっては迷う余地もない。断る言い訳も思いつかず、小毬はぎこちなく恭弥の隣《となり》へ。

すると、『ほら』と子猫をパスされた。

「こいつを追っかけて来たんだろ？」

「あ、はい……」

ひょいっと放られた子猫は、小毬の腕《うで》の中でご機嫌《きげん》に喉を鳴らす。ちゃんと捕まえてもらえたのが嬉《うれ》しいのだろう。

これにて小毬の目的は無事達成。ただ……

「あの……九条君はここで何を……？」

少年は最初からこの屋上にいた。こんな寂しい場所で一体何をしていたのだろうか？

それに対し『別に、何も』と無表情で答えた恭弥は……それからそっと付け加えた。

「まあ……強《し》いて言うなら、『見てた』かな」

その言葉を聞いて、小毬は無意識に少年の視線を追う。……そこで初めて気づいた。屋上から見下ろす景色の、その美しさに。

子供たちの遊ぶ公園。

のんびりと流れる小川。

人々が楽しげに行き交う商店街。

屋上からはどこまでも平穏《へいおん》な世界が見渡《みわた》せる。

いや、それだけではなく――


『――おーい、雛《ひな》。ごめんね、結構待たせちゃった？』

『――ん。だいじょぶ』

『──じゃあ一緒に帰ろっか。今日はクッキー焼いてあげる！』

『──ん！　果南《かなん》のお菓子《かし》、楽しみ！』

『──おっ！　やっと見つけたぞ裏戸！　さあ、手合わせしようじゃないか！』

『──え～、やだよめんどくさい。獅子尾《ししお》お兄ちゃん、弱いくせにすぐむきになるじゃん』

『──俺は何事にも全力だからな！　はっはっはっはっ!!』

『──たかが格闘《かくとう》ゲームで何言ってるんだよ……』

『──おう斎《いっき》、知ってるか？　近所のゲーセン、例の新作ガンシュー入ったってよ。ガキどものハイスコア全部俺らで塗り替《か》えようぜ～！』

『──やれやれ新堂勇樹《しんどうゆうき》、あなたは相変わらずくだらない遊びが好きなようですねえ』

『──あ？　喧嘩《けんか》売ってんのかてめえ？　まっ、なら俺一人で行くから別にいいけど』

『──おやおや、頭だけでなく耳まで悪くなったんですか？　別に行かないとは一言も言っていませんよ。くれぐれも私の足を引っ張らないでくださいね？』

『──ふわあ～、待ってよユミル～、歩くの速いよぉ』

『――んもう、ヘルザったらしっかりしなさい。そんなんで将来どうするつもり？』

『――え～、まあなるようになるでしょ～』

『――まったくあなたって子は……仕方ないから私がついていてあげるわよ』


――……

――……


「わあ、みんなの声がよく聞こえますね……！」

学園の構造上、風が屋上まで声を運んでくるのだろう。校内のみならず、中庭や校庭、玄関を通る生徒たちの声まですべてがよく聞こえる。そしてそのいずれもが、『今』を楽しむ喜びの声だ。……なぜ少年がここにいたのか、小毬にははっきりわかった。きっと彼は、この平和な日常を噛《か》み締《し》めていたのだろう。

そうしてしばらくの間、屋上からの景色に心を奪われていた時……不意に問われた。

「なあ小毬、この世界はどうだ？　楽しいか？」

「え？　……はい、もちろん楽しいです！」

戸惑《とまど》いながらも、小毬はきっぱりと頷《うなず》く。

大好きな友達がいて、大切な日常があって、怖いことなんて一つとしてない。小毬は心からこの日常を愛《いと》おしく思っていた。そこには一抹《いちまつ》の嘘《うそ》もない。

だけど……

「……でも、時々思うんです。私の本当にいるべき場所は、ここじゃないのかもって。どこか別のところで、何かしなくちゃいけないことがあるような……」

気づけば口にしていたそれは、彼女が胸の内に秘《ひ》めていた小さな焦燥《しょうそう》。もちろん、こんなこと誰《だれ》かに話したことは一度もない。だけど、ずっと感じてはいたのだ。平和な日々の片隅《かたすみ》で、ふとした時に疼《うず》く違和感。

いるべき場所はここじゃない。

やるべきことはこれじゃない。

指先に刺《さ》さった小さな棘《とげ》みたいな、そんな微《かす》かな痛みを——

「って、私、何言ってるんですかね、あはは……」

我に返った小毬は、誤魔化《ごまか》すように笑う。まともに会話するのも初めてな男子生徒相手に、いきなりこんなことを言うなんて。きっとひかれてしまうだろう。

けれど、少年は別に笑ったりはしなかった。……ただし、肯定《こうてい》もしなかったが。

「気のせいだよ、そんなの。『やらなきゃいけないこと』なんてない。使命だとか、役割だとか、そんなもんただの思い込みだ。人間はみんな、自由に生きればそれでいいんだ」と、なぜか断言する少年。それはまるで誰かに言い聞かせているようにも聞こえる。

もしかしたら、彼は何かを知っているのかも。この世界について、とても大きな何かを――なんてことをふと思ったその時、下から声がした。

「――むっ？　おーい小毬～、そんなところにおったのか！　一緒《いっしょ》に帰ろうぞ！　新作のゲームをするのじゃ！」

見れば、校門のところから手を振《ふ》るフェリスの姿が。と同時に、抱いていた黒猫がぴょんと飛び出して、少年の腕へと戻ってしまった。

「ほら、呼ばれてるぞ。さっさと行ってやれ。あいつがへそを曲げたら大変だ」

「は、はい……」

もう少し彼と話していたい――心のどこかでそう思うけれど、フェリスは早く早くと足《あし》踏《ぶ》みを始めている。これ以上待たせては大変だ。少しの葛藤《かっとう》の末、小毬は急いで踵《きびす》を返す。

その背中に、少年は別れの言葉を投げかけた。

「……ここへはもう来るなよ」

※※※

朝、日の出とともに目が覚める。

寝ぼけたままの頭に浮かぶのは——激しい焦燥感。

何かをしなくちゃいけない。わけもわからず焦《あせ》る。どきどきと鼓動が逸《はや》る。だから、小毬は部屋の隅にあった剣《つるぎ》を手に取る。

振り上げ、下ろす。振り上げ、下ろす。振り上げ——ガチャン。

電球が砕《くだ》けるけたたましい音。それでハッと我に返る。剣だと思って握《にぎ》っていたのはただの箒《ほうき》。足元には散らばったガラスの破片《はへん》が。

……ああ、やっちゃった。なんて後悔《こうかい》していると、案の定、隣室《りんしつ》からシセラが飛び込んできた。

「大丈夫《だいじょうぶ》、小毬っ⁉　一体何事?!」

「えへへ、ごめんなさい……私、寝ぼけてて……」

「寝ぼけてって……んもー、びっくりさせないでよ～。まあいいわ、さっさと片付けましょ」

と言って、シセラは素手《すで》で散らばったガラス片《へん》を集め始める。

「あ、危ないですよ、怪我《けが》とかしたら……！」

思わず制止する小毬だが、当のシセラはぽかんと眉《まゆ》をひそめた。

「は？　何言ってんのよ小毬？　怪我なんてするわけないでしょ。まだ寝ぼけてるんじゃないの？」

ああ、そうだ。と小毬は思い出す。

この世界では人間は傷つかない。病気にもならないし、事故にも遭《あ》わない。もちろん戦争や事件だって起きたりしない。大いなる何かに守られた、平和で平穏な世界――それがここだ。そんなこと当たり前の常識なのに、なぜ忘れていたのだろう。

……ただ、こうも思う。

戦争も病気も存在しないのなら……じゃあ私はなんで、存在しないはずの『戦争』や『病気』なんて単語を知っているのだろう？

ちくり、とまたしても疼く違和感。……やっぱり、何かが変だ。

「小毬？　あんた本当に大丈夫？」

「う、うん……」

「そう？　まあいいわ、それなら学校行きましょ！」

そうしてまた平穏な日常が始まる。

始業前の教室。

集まったいつもの友達。

くだらない雑談に花を咲《さ》かせていた折、不意に昨日の話題になった。

「そういえば小毬よ、昨日はなぜあんなところにおったのじゃ？　下からではよく見えなかったが……他に誰かいたのか？」

「それは……猫を追いかけてて、そしたら、九条君がいて……」

と何の気なしに少年の名を出した瞬間、一同が急に反応した。

「む！」

「九条って……ああ、明日香のお兄ちゃん？」

「二人きりでいましたの⁉」

「何かされなかったっすか⁉」

「だ、大丈夫ですよ、ちょっとお話ししただけです！　……みんな九条君のことなんだと思ってるんですか……？」

慌ててそう説明すると、凛たちはほっと胸をなでおろした。

「まあ、あの人無害そうっすもんね」

「でも感心しませんわよ、二人きりだなんて！　小毬にはまだ早いのですわ！　……はっ、まさか、ああいう殿方《とのがた》が好みとか……⁉」

「そ、そんなんじゃないですよ！」

「そうよねー、九条君、正直ちょっと冴えないもんね。あたしはもっとしゅっとしたイケメンがいいな～」

なんてにべもなくばっさり言い切るシセラ。ガールズトークとはえげつないものである。

……ただし、シセラの評価に異を唱える者が一人。

「……そ、そうかのぅ、わしは……恭弥の顔、悪くないと思うがのぅ……」

微かに頬《ほお》を染めながら呟くフェリス。

その瞬間《しゅんかん》、全員がぎょっと目を丸くした。

「……ん？　な、なんじゃ、みんなしてその目は⁉」

「いや、だって、フェリスさんが男子の名前呼んでるの、初めて聞いたっすよ……」

「しかも高評価ですわ！　あの『魔王《まおう》』と恐《おそ》れられしフェリスが！　天変地異ですわっ！　デレデレですわっ‼」

「べ、別にデレてなどおらぬ！」

「いや、ガチ照れじゃん！　フェリスってばあーゆータイプが好みなの⁉　マジで意外なんだけど！　ってかレアだし撮《と》っていい？」

「あ、これ！　動画を撮るでない！」

などと男子の話で盛り上がりを見せるガールズトーク。

その渦中《かちゅう》にて、小毬はぽつりと呟いた。

「そっか……フェリスちゃんは九条君のこと……」

そう考えた時、つい話題の張本人――一番隅の席に座《すわ》った九条恭弥へと視線が向く。だが、まさにその時。少年はふらっと席を立ったかと思うと、そのまま教室を離《はな》れてしまう。

咄嗟《とっさ》に追いかけようとするが、そこで入れ違いにララがやってきた。

「はーい、じゅぎょうはじめるですよー！　みんなちゃくせーき、です！」

「え、でも、九条君は……」

「？　なにをいってるですか？　しごはつつしむですっ！」

「は、はい……」

その反応で小毬は気づいた。ララだけじゃない。少年がいなくなったことを誰一人《だれひとり》気にしていないのだ。まるで、彼だけがどこか別の世界にいるみたいに。

授業なんて、まるで頭に入らなかった。

――そしてまた放課後がやってくる。

（ね、猫を捜《さが》してるから、仕方ないよね……）

頭の中で誰にともなく言い訳しながら、足を運んだ先は屋上へと続く階段。

もうここへは来るな——別《わか》れ際《ぎわ》に言い残された言葉はもちろん聞こえていた。だけど、どうしても気になってまた来てしまったのだ。

なので、猫を捜しているからと理由をつけつつ扉を開ける小毬。……が。

「……あれ？」

扉が開かない。どうやら鍵がかかっているらしい。

こうなってはもうどうしようもない。

肩《かた》を落として帰ろうとした矢先……不意に声をかけられた。

「あら、こんなところで何をしているの？」

階段下でばったり出くわしたのは、息をのむほど美しい大人の女性——

「フレイヤ先生……！　あ、えっと、猫を捜してて……」

「ふぅん、そうなの。……捜してたのは、本当に猫なのかしら？」

「あう……それは……」

咄嗟の嘘に対して、フレイヤはいたずらっぽく尋ねる。そのすべてを知っているかのような目に見据《みす》えられた小毬は、ついつい白状してしまった。

「……す、すみません、本当はちょっと気になる人がいて……あ、その、別に、気になるっていうのは、そーゆー意味じゃなくて……！」

と、あわあわ弁明する小毬。

するとフレイヤは『わかっているわ』と楽しげに笑った後、囁《ささや》くように言い添《そ》えた。

「いいのよ、それで。力の限り、心のままに進みなさい。あなたの望む結末まで」

どこかで聞いたことがあるその言葉。だがそれがどこだったか思い出す前に、フレイヤにそっと手を握られた。

「どうぞ。あなたにはこれが必要なはずです」

手渡《てわた》されたのは、小さな銀色の鍵だった。

「これ……どうして私に……？」

「そうね……勇気をくれたお礼、かしらね」

「？　何のことですか？」

だがフレイヤは答えようとはせず、そのまま立ち去ってしまう。

その背中を呆然《ぼうぜん》と見送った後で、小毬は残された鍵を思い出した。……それがどの扉の鍵なのかは考えるまでもない。

案の定、屋上への扉はあっさりと開いた。

ただし……

「……鍵かかってたもんね、いるわけないよね……」

捜していた少年の姿はどこにもない。

だがその代わり、屋上の片隅に立つあるものに目が留まる。それはぽつんと佇《たたず》む小さな倉庫……噂《うわさ》好きのシセラが『開かずの倉庫』と呼んでいたアレだ。

小毬は吸《す》い込まれるようにそちらへ近寄る。

『開かずの倉庫は異世界へ続いている』――ごくりと唾《つば》をのんだ小毬は、恐る恐るその扉に手をかけて…………が、開かない。こちらも鍵がかかっているのか、倉庫の戸は頑《がん》として動かなかった。

「まあ、そうだよね……」

ほっとしたような、それでいて、少しだけ残念なような……いずれにせよ断念した小毬の眼に、倉庫脇《わき》にひっそりと立てかけられた箒が映る。

用務員さんが置き忘れたものだろうか？　手持《ても》ち無沙汰《ぶさた》な小毬は、なんとはなしにその箒を手に取る。そして……気づけば振りかぶっていた。

振り上げ、下ろす。振り上げ、下ろす。

傍目《はため》からはさぞ馬鹿みたいに見えるんだろうな、なんて考えながらも繰《く》り返す素振《すぶ》りの真似事《まねごと》。だが、箒を振るうごとに胸のもやもやが晴れていくような気がする。……ただ、やはりどこかしっくりこない。自分が握るべきものは、こんな箒じゃない。もっと別の何かなような気が――

「――何やってんだ、お前？」

「ひゃわわっ⁈」

突然《とつぜん》背後からかけられる声。

びっくりして振り返れば、そこには呆《あき》れ顔の少年が立っていた。

「ここへは来るな、って言ったろ」

「あうぅ……ごめんなさい……」

素直《すなお》に謝《あやま》ると、少年は軽く肩をすくめた。

「……まあ、ここは自由な世界だ。誰にも強制はできない。好きにしろ」

なんて言って、少年はまた昨日と同じ柵際《さくぎわ》へ。小毬もまたおずおずとそれに続く。屋上の端《はし》から見下ろす世界では、今日もまた平穏な日常が広がっていた。

ただ……ふと隣を見ると、今回の少年は漠然《ばくぜん》と眺《なが》めるだけじゃなく、どこか一点をじっと見ている。その視線の先をたどると……そこにはフェリスがいた。

今日はテニス部の助っ人らしく、楽しそうにラケットを振るっている。その姿を、恭弥はじっと見つめているのだ。小毬がこれまで見たこともない、とても優《やさ》しげな表情で。

その横顔を見れば、否応《いやおう》なくわかってしまう。

「も、もしかして……九条君って、フェリスちゃんのこと……す、す、好き、なんですか……？」

思わず問いかけてから、小毬はハッと口をつぐむ。ついとんでもないことを尋ねてしまった。こういう話は普通、それなりに仲良くなってからするもので……

なんて後悔する小毬へ、思わぬ答えが返ってきた。

「ああ、世界で一番愛してるよ」

「あ、あああ、愛っ⁉」

と、真顔で口にされたのは想定を遥《はる》かに超《こ》えるドストレートな肯定。あまりの直球に顔を真っ赤にする小毬だが……

「……なんてな。俺《おれ》が愛してるのは同じ名前の別人だ。あのフェリスとは違うよ」

「び、びっくりしたぁ……」

小毬はほっと胸をなでおろす。いつも一緒な友人がもし熱烈《ねっれつ》なラブストーリーのヒロインだったとしたら、これからどんな顔をして会えばいいかわからなくなるところだった。

「でも、素敵ですね。そのフェリスさんのこと、愛してるって言い切れるなんて。……あ、あの、どんな出会いだったんですか？　運命的なやつですか？　何がきっかけでそんな熱愛に⁉」

「いや、別に大した話じゃないし……」

「教えてくださいっ！　私、聞きたいんです！」

無性に興味がわいて、ぐいぐいと詰《つ》め寄る小毬。

あれ、私ってこんなに押しが強い方だっけ？　なんて自分でも思うけど止まらない。まるでシセラの噂好きが移ってしまったかのようだ。

そんな食いつきにたじたじになった少年は、照れくさそうに頬を掻《か》いた。

「……本当に、大した話じゃないんだよ。運命の出会いでもなければ、奇跡《きせき》みたいなイベントがあったわけでもない。あいつとはただ偶然《ぐうぜん》出会っただけで、ただ一緒にいただけ。それも、話すこともないぐらいくだらない毎日だよ」

そうして少年はフェリスと過ごした日々をつらつらと語る。それは本当に何の変哲《へんてつ》もない日常だった。

少し嬉しいことがあった日。ちょっと悲しいことがあった日。そのどちらでもない、何も起こらなかった普通の日……語られる日常に起伏《きふく》なんてなく、話としては確かに面白《おもしろ》みもない退屈《たいくつ》なもの。だけど……それを聞く小毬の胸には、二人の日常が鮮明《せんめい》に流《なが》れ込《こ》んでいた。

知らないはずの荒野《こうや》、知らないはずの恭弥と、知らないはずのフェリス。そんな二人が過ごした三万年間の日々——そして、そこで紡《つむ》がれた思いが、ささやかな日常が、どこまでも深く淡《あわ》い幸福が。それらすべてが走馬灯《そうまとう》のように、この世界を通して伝わってくる。

「あいつとは毎日一緒で、それが当たり前で、三万年もそうしていて……だから、明日も一緒にいたい。気づけばそう思ってたんだ」

三万年続いた退屈な日常。だから、三万と一日目もまた一緒にいたい。彼の願いはただそれだけ。それだけだったのに……

「だけど、それは叶《かな》わなかった。あいつには課《か》せられた運命があって、それは誰にもどうにもできなくて、あいつ自身も受け入れていた」

そう語る少年の頬に、暗い影《かげ》が差す。

「でも、俺はあいつほど勇敢《ゆうかん》じゃない。受け入れる勇気なんて俺にはなかった。どんなに正しくても、仕方なくても、あいつ自身が望んでいても……独りぼっちの荒野に残していくなんて、俺にはできなかった。どうしても思っちまうんだよ。あいつには平和に笑っていて欲《ほ》しいって。太陽の下で自由を謳歌《おうか》して欲しいって。だから……手を伸《の》ばさずにはいられないんだよ。たとえそれが——世界と引き換《か》えだとしても、さ」

一言ごとに濃《こ》さを増す少年の影。それはそのまま世界さえ飲《の》み込んでしまうように思えた。……が、それはただの気のせい。少年はふっと表情を和《やわ》らげて笑うのだった。

「……なんて、こんなのただの言い訳だけどな」

そう、彼はちゃんと知っている。自分のやろうとしていることが過《あやま》ちであると。こんな身勝手な理由など誰にも理解されないし、されるべきではないのだと。

だけど……その自嘲《じちょう》を小毬は否定した。

「わかりますよ、その気持ち。ちょっとだけですけど。だってそれって、今の九条君……ううん、恭弥さんみたいですから」

小毬の瞳に映るのは、無慈悲《むじひ》な最凶の大魔王ではない。

世界から隔絶《かくぜつ》され、独りぼっちの荒野に取り残された、平凡《へいぼん》で怖がりな一人の少年――

「……小毬、まさかお前……」

少女の異変に気づいたのだろう、恭弥は戸惑うように後ずさる。

そんな彼へ、小毬はいつかの問いを返した。

「ねえ恭弥さん、この世界は好きですか？」

その答えに一瞬窮《いっしゅんきゅう》した恭弥は……しかし、諦《あきら》めたような顔で頷いた。

「……ああ、好きだよ。この世界でならあいつは自由に笑って過ごせる。だから、いっそこのままでもいいのかも知れないとも思う。……けど、やっぱり違うんだ。ここにいるフエリスは、俺の救いたいあいつじゃない。この世界を終点にしてしまえば、あいつがいた事実すらなくなっちまう。だから、俺はやらなきゃいけないんだ。たとえどんな犠牲《ぎせい》を払《はら》ってでも」

いつかと同じ答えを、もう一度口にする少年。その言葉に込められた揺《ゆ》るがぬ意志は、おぞましい悪意となって大気を震《ふる》わせる。……が、今の小毬にはわかる。漆黒《しっこく》の覚悟《かくご》の裏に隠《かく》された、彼の怯《おび》える心――己《おのれ》のなさんとしている悪行に慄《おのの》きながら、それでもなお、大切な人を失う恐怖《きょうふ》に打ち勝てず、前へ進むことしかできない孤独《こどく》なその本心が。

だから小毬は微笑《ほほえ》んだ。怯える少年を勇気づけるように。

「大丈夫ですよ、そんなに怖がらないで。あなたは……私がちゃんと止めてあげますから！」

「……よせ、小毬」

少女のやろうとしていることを察し、恭弥は鋭《するど》く忠告する。

だが、小毬は止まらない。

踵を返して向かう先は、屋上の片隅に佇む開かずの倉庫。その扉へ軽く触《ふ》れた瞬間、閉ざされていたはずの鍵があっけなく開いた。まるで、最初からこの時を待っていたかのように。そうして開け放たれた倉庫の中央に、ソレはあった。

すらりと真《ま》っ直《す》ぐに鍛《きた》え抜《ぬ》かれた、一振《ひとふ》りの剣――柄《つか》にも鍔《つば》にもこれといった装飾《そうしょく》のない、ひどく地味な剣だ。それはただ静かに誰かを待っている。

「……それを抜けば、もう後戻《あともど》りはできないぞ」

背後からかけられるは、少年の最後の警告。それは紛《まぎ》れもなく小毬のためを想《おも》っての言葉。だが、だからこそ……小毬は剣に手をかける。

誰かに強制されたから、ではない。

生かされた呪縛《じゅばく》のせい、でもない。

漫然《まんぜん》とした世界のために、とも違う。

彼女《かのじょ》は今、眼前の彼を救うためだけに剣を握る。使命も、呪縛も、役割も関係なく、ただ、自らの意志のみに従って。

他の誰でもない伊万里《いまり》小毬が――

別の誰かではなく九条恭弥を――

――この永劫《えいごう》の孤独から救いだすために。

「恭弥さん、少しだけ待っていてください。私が必ずあなたを助けに行きますから」

そうして抜き放たれる剣。

その刀身から放たれる美しい七彩《しちさい》は、あまねく空を輝《かがや》きで満たし、そして……九条恭弥のセカイを鮮《あざ》やかに切り裂《さ》くのだった。

――――……

――――……


溢《あふ》れだす黎明《れいめい》の輝きが、徐々《じょじょ》に収まっていく。

眩《まばゆ》い光が収束した後……女神《めがみ》界にいた全員は、呆然と目をしばたたかせていた。

「い、今のは……」

「世界改変、か……？」

先ほどまでいたあの平穏な世界……それがただの白昼夢でないことぐらい、この場にいる者たちには理解できている。

そう、あれは確かに現実だった。九条恭弥が手に入れた全能の一端《いったん》――世界改変によって創り出されたもう一つの世界だったのだ。

ゆえにわからないのは……むしろ、なぜ戻《もど》ってこられたのかということ。世界最凶の魔王として覚醒《かくせい》した少年には、もはや誰も太刀《たち》打ちできないはずなのに。

そしてその理由に、恭弥本人だけが気づいていた。

「……それが、お前の全能か……」

恭弥が見据える先に立っていたのは、一人の少女――小毬。その手にはさっきまでなかったはずの剣が握られている。

《原初の勇者の剣》……最強の固有異能が具現化したそれを――世界でただ一人小毬にだけは使えないはずのその剣を――彼女は今、確かに握っている。

そう、他者の命をもらった罪悪感からではなく。やらなければならないという使命感からでもなく。ただ、眼前の少年を救うために、自らの意志で抜き放たれたその剣は、ようやく伊万里小毬を己が主として認めたのだ。

しかし、恭弥は既にその欠落に気づいていた。

「最強の剣を得たか……だけど、まだ足りないな。お前はその力の一割だって使いこなせない。それじゃ俺に勝つのは不可能だよ」

確かに剣の力によって改変世界を打ち破りはした。……だが、全能と呼ぶにはまだほど遠い。剣を手にしたといっても、それはようやく鞘《さや》から抜けただけ。使いこなすには小毬の地力ではあまりに足りなすぎる。どんなに切れ味の鋭い宝剣《ほうけん》だろうと、使い手が新兵では無用の長物。この絶望的な状況《じょうきょう》は何一つ変わっていないのだ。

ゆえに、恭弥は宣告する。

「今のはせめて穏《おだ》やかに終わらせてやろうって配慮《はいりょ》だったんだけどな……でもしょうがないよな、お前らが選んだんだから。——全人類に告げる。俺はこれから世界を滅《ほろ》ぼす最後の準備に移る。そうだな、期間は……『三年』ってところか。それだけあれば最後の終焉呪法《ミストルテナス》が完成する」

恭弥が告げた世界終末までの猶予《ゆうよ》は、あまりにも短かった。

「それまでお前らには闘争《とうそう》を禁ずる。最後の三年、せめて人間らしく理性的に過ごせ。世界が滅びるその日までな」

恭弥は確定事項《じこう》のように断言する。……いや、それは比喩《ひゆ》ではない。固有異能を手に入れ最凶の魔王となった今、彼《かれ》に抵抗《ていこう》できる者などもはや存在しない。恭弥がそう言うのなら、それは必ず実現するのだ。

……ただ、ここには一人だけそれを認めない者がいた。

「そんなこと、私がさせません」

絶対の存在となったはずの恭弥に、真正面から異を唱えるのは小毬。

勇敢と呼ぶにはあまりに無謀《むぼう》な姿に、恭弥は呆れたような溜息《ためいき》をつく。

「はぁ……さっきも言ったはずだぞ。お前じゃ無理だ。なんで俺が今お前を殺してないかわからないか？　それはな、お前が世界で一番弱いからだよ。《原初の勇者の剣》の所有者として認められた？　それがどうした？　持ってるだけじゃ意味がないんだよ。そしてお前の実力じゃどうあがいても剣は使いこなせない。フレイヤが死んだ以上移し替えもできない。だったら、下手にお前を殺して剣を消滅《しょうめつ》させるより、お前という重しをのせて蓋《ふた》をしておく方がいい。そうすればまた新しい抑止力《よくしりょく》が生まれる心配もないからな」

現状恭弥が懸念《けねん》すべきは、三年の間に魔王《まおう》恭弥に対抗《たいこう》する光の力が生まれること。だが、《原初の勇者の剣》という最強の宝剣が存在すれば、バランスをとるために別の力が生まれることはない。それが世界樹《せかいじゅ》のルールだ。

「本当に助かるよ小毬、最後の希望がお前なんかでな」

と、恭弥は冷たく言い放つ。侮辱《ぶじょく》と嘲笑《ちょうしょう》を含《ふく》めたそれは、まるで心を折ろうとしているかのよう。

それに対し……小毬は素直に頷いた。

「確かにそうです。私は弱い。恭弥さんには敵《かな》いません」

恭弥の嘲笑を真正面から肯定する小毬。

だが、その瞳《ひとみ》に諦めはなかった。

「だけど……それは今の私では、です」

その瞬間、恭弥は大きく溜息をつく。彼だけはその台詞《せりふ》の真意を理解しているのだ。

「ああ、そうか……まあそうだよな、お前の考えていることぐらいわかるさ。だが断言する——お前は失敗するよ。既《すで》に三千億通りの未来を見た。そのすべてでお前は死んでいたよ。だから馬鹿なことはやめて、平和に最期《さいご》を生きろ」

「そうですか、なら三千億ともう一回見てみてください！　きっとそこでは、みんなが笑い合える未来がありますからっ！」

因果を掌握《しょうあく》した恭弥が言うのなら、それは確定した未来なはず。だというのに、小毬は一片の迷いもなく言い切ってみせる。

恭弥は馬鹿らしいとばかりに肩をすくめた。

「……そうか。なら、勝手にすればいいさ」

小毬という少女の性格ならよく知っている。どれだけ忠告しようとやると言ったらやるだろう。だったら別に構わない。無駄《むだ》に苦しんで勝手に死ねばいいさ。

恭弥はもう振り返らなかった。さっさと踵を返すと、そのまま異空間へと消えていく。世界を滅ぼす準備のために彼だけの隔離《かくり》世界へ潜《もぐ》ったのだ。もはや誰も恭弥の後を追うことはできない。

そうして大魔王の気配が消えた後……強制的に跪《ひざまず》かされていた人々はようやく自由にな

る。ただし、その表情に喜びはなかった。

「こらあかんな……ぶっちゃけありゃどうにもならんで」

「三年、か……あまりにも短すぎる……」

葛葉《くずは》と柳凪《やなぎ》、世界最強の二人は揃《そろ》って沈鬱《ちんうつ》に呟《つぶや》く。……彼らだからこそ理解しているのだ。今の恭弥は強さの次元が違《ちが》う。たった三年程度の猶予では何もできないと。

だがそれでも、一縷《いちる》の希望がここにはある。

「小毬よ……そなた、何をするつもりじゃ？」

そう問いかけたのはフェリスだった。

恭弥を誰よりもよく知っている彼女にはわかる。正真正銘《しょうしんしょうめい》世界最凶となったはずの恭弥は、まだ何かを警戒《けいかい》していた。小毬という少女の中に、自分を脅《おびや》かし得る可能性を見出《みいだ》していた。だからこそああやって心を折ろうとしていたのだ。

そして小毬はその可能性の正体を口にした。

「私、見たんです。フェリスちゃんと恭弥さんがいたあの世界を……時の止まったあの荒野を」

「……！　まさか、そなた……!?」

その言葉だけで理解する。小毬が何をしようとしているのか。

そう、たった三年では恭弥に対抗するのは不可能。だけどもし、それが『三年』ではなく『三万年』なら――？

小毬の結論は至ってシンプル。《原初の勇者の剣》を使いこなせないのなら、使えるようになるまで鍛えればいい。彼が異次元の力を持っているというのなら、自分もその高みへと上り詰めればいい。あの時間さえ凍《こお》り付いた荒野で――かつて恭弥がフェリスを救うためにそうしたように。

その意図を理解したフェリスは……しかし、首を横に振った。

「よせ、小毬！　確かにあの荒野でなら三年は三万年となる。だが、あまりにも無茶《むちゃ》じゃ！　恭弥を鍛えた時のわしは魔王の力を持っておった。肉体も精神も簡単に修復できた。その前提で修行《しゅぎょう》したからこそ恭弥はあそこまで強くなったのじゃ。……しかし、今のわしは違う。修行の過程で死ねばやり直しはきかぬ。数千万回の死を前提とした修行を、一度も死なずにやり遂《と》げねば恭弥には追いつけぬ。そんなことは不可能なのじゃ……！」

『三万年間修行する』なんて口で言うのは簡単だ。だが、実際はそうじゃない。数千万回もの死を前提とした、とんでもなく強引《ごういん》な修行《レベリング》……それを乗り越《こ》えたことでようやく恭弥は今の力を手にしたのだ。

ゆえに、もし彼に追いつこうとするならば、それと全く同じ過酷《かこく》さの修行を、一度たりとも死なずにクリアしなければならないということ。死なないように加減すれば力は手に入らず、かといって失敗すればそのまま終わり。誰がどう考えても理不尽《りふじん》なムリゲー。恭弥が予言していた通り、間違《まちが》いなく途中《とちゅう》で死ぬだけだ。

だが、それを理解してなお小毬の決意は揺るがなかった。

「だとしても、私は諦めたくないんです！　やらなきゃいけないからじゃない。私が、私の意志で、恭弥さんを助けたいから——‼」

真っ直ぐな瞳で言い切る小毬に、もはや迷いなどない。

……だが、それゆえにフェリスはためらう。

かつて小毬と同じ真っ直ぐな瞳を向けてくれた少年に、自分は修行を課《か》した。そしてその結果、愛した少年は最凶の魔王となってしまった。それと同じことがまた起きるかもしれない。自分の手でまた大切な者を不幸にしてしまうかもしれない。それが何より恐ろしかったのだ。

だけど……。

「——やはり眩《まぶ》しいものだな、未来を掴《つか》まんとする若人《わこうど》というのは。であれば……この老骨もできる限りの助力をしよう」

「——まっ、『穏やかな終末』なんてガラやないしな。ええやん、世界最後の大博打《おおばくち》。最凶魔王VS落伍《らくご》勇者……オッズもえらいことになるやろ！　うちは小毬ちゃんに全額賭《か》けるで！」

と、再び立ち上がる柳凪と葛葉。その瞳には潰《つい》えたはずの希望が灯《とも》っている。

そして、それは二人だけではなかった。

「ジブンも協力するっすよ！」

「わたくしだって、最後まで傍《そば》にいますわ！」

「ん。修行、手伝う！」

「いいじゃねえか、乗ってやるよ！」

「ふん、まあ何もしないよりはましでしょうからね」

圧倒的《あっとうてき》力に屈《くっ》したはずの勇者たちが、次々と立ち上がる。

そう、確かに今のフェリスにはかつての力はないかもしれない。

だけど、その代わり今はこんなにもたくさんの仲間がいる。共に未来を願う人々がいて、守りたい世界がある。

であれば——そこにきっと、希望はある。

「フェリスちゃん、今度は私たちで恭弥さんを助けましょう！」

笑顔《えがお》で差し伸べられる手のひら。

今なお怯えるフェリスは……しかし、震えたままの指先でその手を握った。

かつて、少年と共に荒野を抜けだしたあの時のように。

「……そうじゃのぅ、今度はわしの番かもしれぬな」

小毬の勇気をもらって立ち上がるフェリス。

そうだ、まだ諦めるには早い。この物語はまだ、終わってなんかいないのだから。

「待っててくださいね、恭弥さん――――!」

かくして小毬たちは歩き出す。

すべてが始まった、あの荒野の世界へと。

――――……

――――……

――――……

そして、約束の三年が過ぎ去った。

第三章　終幕《エンドロール》

光届かぬ世界樹《せかいじゅ》の奥底《おくそこ》。

裏の事象領域の中で最も昏《くら》く閉ざされた異空間。

誰《だれ》も知らぬその場所に、漆黒の球体が浮《う》かんでいた。

世界から隔絶されたそれは、棺《ひつぎ》であり、繭《まゆ》であり、卵。世界の終末を夢見ながら、ただ静かに脈打っている。

……と、その時だった。

九千四百六十万と八千回目の胎動《たいどう》を刻んだ球体が、不意に蠢《うごめ》き立つ。さざ波の如く表面に波紋《はもん》が走ったかと思うと、頂点から縦一文字に亀裂《きれつ》が入り、そして……中から姿を現したのは、一人の少年――九条恭弥《くじょうきょうや》。

光拒《こば》む繭より生まれ出《い》でた少年は、感触《かんしょく》を確かめるように二、三度両手を開いては閉じる。その様はまるで、肉体を持つこと自体が久方ぶりかのよう。

……そんな少年を出迎《でむか》える者がいた。

「──お目覚めですか、我《わ》が王」

「……なんだ、まだいたのか──スノエラ」

恭《うやうや》しく跪き、少年へ着衣を捧《ささ》げるのは思考の女神たるスノエラ。どうやらずっと目覚めを待っていたらしい。

……だが、従順な従者の如きその態度はすぐに消えるのだった。

「ふん、相変わらず失礼なガキね。『まだいたのか』って、私に戻る場所なんかないわよ。あんた側なんだから」

と、先ほどまでの恭順《きょうじゅん》はどこへやら、スノエラはいつものように噛《か》みつく。三年前の時点でロザリアによる拘束《こうそく》は解いておいたのだが、彼女は恭弥側に加担していた身。色々とあくどいこともしてきた。居場所などあるはずもないのだ。

「そうか、それは……悪かったな」

「まったくよ。だいたい服も用意してないし、私がいなかったらどうなってたことか！」

渡《わた》された服に袖《そで》を通しながら、素直に謝る恭弥。スノエラはずけずけと追い打ちをかけつつ……しかし、一言だけ付け加えた。

「それにね、あんた、魔王なんでしょ？　だったら……配下の一人ぐらいはいないと格好がつかないじゃない」

「それもそうだな。ありがとう」

「な、なによ、礼なんていいわよ！」

と微《かす》かに頬《ほお》を染めたスノエラは、それから真っ直ぐに恭弥の眼を見つめた。

「その代わり……全部ぶっ壊《こわ》しなさいよ。このくだらない役割だらけの世界を、全部。あんたの力で」

「ああ、最初からそのつもりだよ」

穏やかに、だが、確かにそう頷《うなず》いて、恭弥は空間の外へと歩いていく。

スノエラはその背中に首を垂れた。深く、恭しく、ありったけの敬意をこめて。この世でたった一人の家臣として。

「――いってらっしゃいませ、魔《ま》王《おう》様――」

そうして隔離空間を脱《だっ》した先、そこは絢爛《けんらん》な大広間だった。その奥《おく》に用意されていたのは、これまた荘厳《そうごん》な一基の玉座――この三年間、暇《ひま》を持て余したスノエラが仕立てておいてくれたものだろう。

あまりの『それっぽさ』に苦笑《くしょう》しながら、恭弥は玉座につく。そして……ただ静かに目を閉じた。別に何をするでもない。少年はただ待っているのだ。だって魔王とは、そういうものなのだから。

――そして、最初の一人はほどなくして現れた。

「……やっぱり、一番乗りはあなたですか。相変わらず行動が早いですね――先輩《せんぱい》？」

「ははっ、せやろ？　まあうちってばこういう役回りやからなあ」

懐《なつ》かしい軽口と共に転移してきたのは、相変わらず人を食ったような笑みを浮《う》かべる水《み》穂《な》葛《くず》葉《は》だった。

「で、どんな用ですか？　もしかして……先鋒《せんぽう》として俺の小手調べでも？」

「おいおい、なーに寝《ね》ぼけたこというとんねん。今更《いまさら》うちの出る幕やないやろ。三下の分際でメインステージにしゃしゃり出るほど、うちは空気読めん女やないで。……ここへ来たんはな、ちょっとした余興や。主役が登場するまでの暇つぶし相手、おった方がええやろ？」

なんてうそぶいた葛葉は、それからのんびりと座《すわ》り込んで問う。

「で、どや？　ゆっくり眠《ねむ》れたか？　魔王様ってのはどんな夢を見るもんなんや？」

「別に、いつもと変わらないですよ。フェリスの夢です」

「ははは、とらえようによっちゃヤバいストーカーやで君ぃ。って、まあそんなん今更か！　あはははは！」

と快活に笑う葛葉。どうやら本当にただ世間話のために来たらしい。

だから、恭弥もそれに付き合うことにした。

「それより、そっちはどうでした？　この三年間、世界の方は？」

「ああ、それやけどな……意外や意外、これが存外悪くなかったで。もちろん最初は色々と揉《も》めまくってな。なんせ滅びが決まったんやから、そら普段《ふだん》通りとはいかん。普通《ふつう》なら暴動やら戦争やら起こるところやったろうな。ただ、それは君の全能で封《ふう》じられとった。せやからどうなったかっちゅうとな、みんな話し合いをするようになったんや」

『まあ、なんせそれしかできんのやからな』と葛葉は肩《かた》をすくめる。

「どんな些細《ささい》なトラブルも、とことん話し合って妥協点《だきょうてん》を探す。それでうまくいくこともあれば、いかんこともあった。ただ、みんな一つ気づいたんや。人間同士、腰据《こしす》えて話し合えば、案外それでなんとかなるってな。……せやから、まあ、前よりマシな世界になったとうちは思うで」

としみじみ呟いた葛葉は、その流れで問うた。

「どや、なんなら戦いなんてやめて、一緒《いっしょ》にこの世界で生きてみんか？　今の世界なら廃棄魔王《ロスト・ノワール》さんかて受け入れてもらえるやろ」

と真面目《まじめ》な顔で提案する葛葉。……が、恭弥はそれをくすりと笑い飛ばした。

「またそうやって口車に乗せようとする。相変わらず油断も隙《すき》もない人ですね。……平和なんてあくまで俺の力があるからでしょ。それじゃ意味がないんです。そもそも……タイムリミットも迫《せま》っているので」

「……ああ、やっぱそうよな……」

その言葉の意味を理解したのか、葛葉は微かな憐憫《れんびん》の眼差《まなざ》しを向ける。だが、当の恭弥は気にした様子もなく続けた。

「なので、そうなる前に世界は滅ぼしますよ」

さらりと口にされたのは、三年前と何ら変わらぬ決意。何の迷いもないその言葉を聞いて、葛葉は『さよか』と肩をすくめた。

「ほんならまあ、せいぜい頑張《がんば》りや。応援《おうえん》しとるからな。……って、なんやその目は？」

「いや、応援って……」

「これぱっかりはマジやマジ！　なんせほら、君のお陰《かげ》でローゼが死なんで済んだからな。個人的にはほんま感謝しとる。それにな……『世界と引き換えにでも大事なもんを救う』──その選択《せんたく》がうちにはできんかった。うちだけやない。きっとそういう子は他にもおる。せやから、まあ、せいぜい頑張りや」

嘘《うそ》か真《まこと》か、相変わらず判断はつかない。

ただ、いずれにせよ彼女の時間は終わったらしい。

「ま、おしゃべりもここまでにしとこか。どうも後がつっかえとるみたいやからな」

と、立ち上がって後ろへ下がる葛葉。

それと入れ替《か》わるようにやってきたのは、立派な体躯《たいく》をした老夫だった。

「――おはよう、九条恭弥君。よく眠れたかな？」

「どうもです、柳凪さん。少し白髪《しらが》が増えましたか？」

「ははは、この歳《とし》になれば時間が過ぎるのもあっという間さ」

と、その老兵……柳凪は朗《ほが》らかに微笑む。

「ただ、それは悪いことばかりでもなくてな……実は最近、余生の手習いにと彫刻《ちょうこく》を始めたのだ。最初は一人の自己満足だったのだが、美樹くんに勧《すす》められて『えすえぬえす』というものに作品をあげてみたのだがな……そうしたらどうだ、これが『ばずった』らしくてな。若い子たちが私の作品を見に来てくれるのだ。ほら、これが写真だ」

と大きな手で懐から取り出したのは、なんとも似合わぬ最新型のスマホ。待ち受けとなっている写真には、大剣《たいけん》で彫《ほ》られたと思《おぼ》しき巨大《きょだい》な竜《りゅう》の彫刻と、その周りで自撮《じど》りしている若者たちが。ちなみに、若者たちの中心では柳凪が不器用なピースを決めている。……どうやら本人含めてＳＮＳ映《ば》えスポットになっているらしい。

「いやはや、こんな世界があるとは思ってもみなかった。時代の進歩というのは素晴《すば》らしいものだ。というわけでな、実は私も『ゆーちゅーばー』を目指そうと思っているのだ。最初の動画タイトルは『元勇者のおっさんが大剣でドラゴン彫ってみた』なんてどうかと考えている。ふふふ、恭弥君、そしたらチャンネル登録と高評価をよろしく頼《たの》むぞ」

と、柳凪は実に楽しそうに顔をほころばせる。あの生粋《きっすい》の武人がネットだのSNSだのではしゃぐなんて……この変化を喜ぶべきか憂《うれ》うべきか、恭弥には何とも判断がつかない。

ただ、老兵の背中で眠る大剣は、心なしか微笑んでいるように見えた。きっと嬉《うれ》しいのだろう。枯《か》れ果てるのを待つだけだった老夫が、新しい一歩を踏《ふ》み出したそのことが。

そしてそれは、恭弥にとってある疑念の答えでもあった。

葛葉と柳凪……両者との対話から共通してわかることが一つ。それは――どちらも当たり前のように明日があると信じていること。

そう、今日は最凶の大魔王が世界を滅ぼすと宣言した日。本来なら誰もが怯え、震え、絶望していなければならないはず。だというのに、彼らは違う。まるで、世界が終わらないと確信しているみたいに。

「その様子だと……あいつは成功したんですね？」

それは恭弥のみならず、全人類にとって最も重要な問いかけ。……であるはずが、二人は意外にもあっさり肩をすくめた。

「さて、それがわからぬのだよ。なにせ三万年はあまりに長い。私の精神では最初の五千年付《つ》き添《そ》うので精一杯《せいいっぱい》だったのだ。だからあとの二万五千年でどうなっているのか、私にはさっぱりわからぬ」

「うちも右に同じや。転生能力ゆうても、生きてる間はあくまで真っ当な時間軸《じく》を過ごしとる。三万年も修行漬《しゅぎょうづ》けやなんて、魂《たましい》の方がもたんわ。せやから、あの子のことはわからん。もしかしたら……普通に失敗して死んどるかもなあ」

などと、二人揃って他人事《ひとごと》のように答える。

……が、恭弥にはむしろ、それが絶対的な信頼《しんらい》の裏返しであるように見えた。

「くくく、なんや、そんなに気になるんか？　でも残念、答え合わせは後のお楽しみや。それまでもうちぃっとだけ我慢《がまん》しいや。まだ客人もおるみたいやしな」

なんて葛葉が意地悪く笑う通り、次なる来客が訪《おとず》れる。

「――やあ、目が覚めたんだね」

と、唐突《とうとつ》に現れたのは、中性的な美しい顔立ちの女神――

「よお、ローぜか。元気そうだな。この三年、どうだった？」

「うん、旅をしていたよ。ロザリアが好きだった場所をね。……って言っても、一人じゃ少しだけ退屈だったけど」

それを聞いて、恭弥は不意に尋《たず》ねた。

「……恨《うら》んでいるか？」

「君を？　それともロザリアを？」

「……両方だ」

「ふふっ、おかしなことを聞くんだね。君はその答えを知っているし、問いたい相手は僕《ぼく》じゃない。何より……たとえそうであっても、君の選択は変わらないんだろう？」

「まあな」

素直《すなお》に肯定《こうてい》すると、ローゼは心から笑った。

「あはは、そういう頑固《がんこ》で子供っぽいところ、ロザリアに似てる。君とはもっとたくさん話がしたいな。……ただ、どうやら待ちきれない子がいるみたいだから、それはまた今度にしよう」

そう言ってローゼが指を鳴らすや、背後に出現する転移ゲート。

そこから登場したのは――

「――きょうや～っ!!」

弾丸《だんがん》の如く飛び出してきたのは、幼女女神のララ。……が、その姿を見て恭弥は目を丸くする。

「お前……随分《ずいぶん》と背が伸びたな……！」

たった三年見ない間に、十センチは伸びただろうか。ララはすっかり幼女から少女へと進化していたのである。もっとも、元が小さいので今でも子供なのは変わらないが、それにしたって驚《おどろ》きの変化だ。子供の成長とは本当に早いものである。

そんな恭弥のリアクションを見て、ララはえっへんと胸を張った。

「そうです、ララはりっぱなれでぃになったのです！　『ふたつな』までもらったですよ！どんなのかききたいですか？　ききたいですよね!?　ふっふっふ、きいておどろくなです！　ララのふたつなとは……………えっと……きゅ、きゅーりと……てんどん……？」

「《救済と転生の女神》、だよ」

「そ、そうです！　それです！　つまりはとってもえらいのです!!」

横からローゼに助《たす》け舟《ぶね》を出されつつ、大人アピールを繰《く》り返すララ。……ただ、それは長くはもたなかったようだ。

「その、なので……きょうやにもララをほめるけんりをあげるです！　ほ、ほら、どうせきょうやもさびしかったでしょうし、と、とくべつにララをなでなでしてもいいですよ！」

なんて言いつつ、もじもじと近づいてくるララ。……ご所望《しよもう》とあらば仕方がない。童女の願いはいつだってすべてに優先されるのだ。

恭弥はそっとララの頭を撫《な》でた。

「偉《えら》いぞ、ララ。よく頑張ったな」

「えへ、えへへへへ……」

三年ぶりに撫でてもらえて、ララはすっかりご機嫌《きげん》に。そのふにゃっと緩《ゆる》んだ顔は幼女時代から少しも成長していないのだった。

そうしてララが満足するまで撫でた後——

「——ふむ、皆《みな》もう揃っておったか」

現れたのは他でもない、この三年間ずっと夢で見続けたその女性だった。

「よお、フェリス。元気そうで良かった。お前がここにいるってことは、あいつも……」

「ああ、もうじき来るはずじゃ」

恭弥の言わんとすることを察して頷くフェリス。

ただ……

「にしても……久方ぶりに会ったというのに、最初にするのが他の女の話か？」

と、フェリスは少し拗《す》ねたように唇《くちびる》を尖《とが》らせる。

確かにデートなら大幅《おおはば》減点だろう。恭弥は慌《あわ》てて弁明した。

「悪い悪い、お前のことはずっと夢で見てたから、あんまり久しぶりって感じもしなくてな。……三万年も寂《さび》しい思いをさせちまったな、すまない」

「ふふ、そういうことならまあ許してやろう。それに……わしも毎晩そなたの夢を見ていた。じゃから少しも寂しくはなかったぞ」

そう、三万年経《た》とうとフェリスの想いは変わらない。

そしてそれは恭弥もまた同じこと。

「お前のために勝つよ。そしたら、ずっと一緒だ」

「そうじゃな……ああ、待っておるぞ」

二人が交《か》わした会話はたったそれだけ。でもそれで十分。だってこれから先、語らう時間はたっぷりあるのだから。――世界を滅ぼした、その後で。

そしてどうやら、とうとう『その時』が来たようだ。

「……む、どうやらついたようじゃのぅ」

何かを感じ取ったのか、静かに呟くフェリス。

それはこの場にいる全員もまた同じ。

葛葉が、柳凪が、ローゼが、ララが、そしてフェリスさえも脇《わき》へと下がる。全員が理解しているのだ。長きにわたる勇者と魔王の物語……それに幕を引く主役の登場を。

そしてそれを誰よりも待っていたのは、他でもない恭弥だった。

かの者の駆《か》ける足音が聞こえる。

かの者の弾《はず》む心音を感じる。

かの者の振《ふ》りまく光が見える。

一秒が一万秒にも思える刹那《せつな》の狭間《はざま》で、恭弥はふと思った。

ああ、そうか、こういう気持ちなのか。

子供の頃《ころ》、よく遊んでいたロールプレイングゲームで、どうしても不思議に思うことがあった。最初から最強な大魔王は、なぜわざわざ勇者を待っていたのか。自分から赴《おもむ》けば簡単に勝てるのに。なんて、子供心にませたツッコミを入れたものだ。……だけど、今ならわかる。自らを討《う》たんとする勇者の到着《とうちゃく》を、ただ座して待つ魔王の気持ちが。

なるほど、これは……悪くない。

そして、扉《とびら》が開かれる。

「――ち、遅刻《ちこく》ですかっ?!」

放たれたのは、なんとも情けない第一声であった。

「素振《すぶ》りに夢中になってて……！　あと寝ぐせが直らなくて……！　あとあと途中で迷子

の猫《ねこ》ちゃんがいて……！」

世界の命運を左右する一大決戦……の直前だというのに、わたわたとせわしない少女。

そのあまりに想像通りの登場に、恭弥は思わず笑ってしまった。

「ははは、相変わらずだな――小毬《こまり》」

「えへへ、おはようございます――恭弥さんっ！」

と、少女は元気一杯《いっぱい》の笑顔をはじけさせる。

三年分大人びた……だけど、昔と少しも変わらない、伊万里《いまり》小毬がそこにいた。

「三万年、か……長かったろう？」

「いえ、あっという間でしたよ！」

なんて笑うその様子は、本当に以前と同じままのように見える。

だが、恭弥にはわかる。……いや、正確には『恭弥にもわからない』と言うべきか。

彼女《かのじょ》の内部が今どうなっているのか、恭弥にも全く見通せないのだ。

たとえるならそれは、眩《まばゆ》い太陽を誰も直視できないのと同じ。炸裂《さくれつ》する火花に目がくらんでしまうのと同じ。全能たる恭弥を以《もっ》てしても、少女の力の片鱗《へんりん》さえ垣間見《かいまみ》れない。

だが、恭弥は少しも厭《いと》わなかった。だってそれは、すぐにわかることなのだから。

「さてと、まあ色々と話したいことはあるけど……それは言葉じゃなくていいよな。とりあえず――そろそろ始めるか」

　何気なく口にされるその言葉。だがそれは、紛《まぎ》れもなく決戦の開幕を告げるゴングだ。

「……と、その前に……場所を変えよう。ここじゃ少し手狭《てぜま》だからな」

　そう言って、パチンと指を鳴らす恭弥。

　――次の瞬間《しゅんかん》、景色が一変する。

　彼らが転移したその場所は……国立ユグラシア学園の跡地《あとち》。すべての物語が幕を開けた原点にして、すべての物語に幕が下りる終着点――

「ふふふ、いいステージだね。役者も揃った。ならあと必要なのは……『観客』かな。……って、ロザリアだったら言うと思う。だから……こうしようか」

　と、今度はローゼが指を鳴らす。すると、宙空に次々と展開される無数のスクリーン。

　その向こうからこちらを見つめるのは、全世界の人々――

　この世界に生きる者として、彼らにはあるのだ。自らの滅亡《めつぼう》を見届ける権利と義務が。

　そう、これで舞台《ぶたい》はすべて整った。

「そんじゃ、始めるか」

「はいっ！」

　最凶の魔王に鍛《きた》えられた二人の勇者が、異世界帰還者《きかんしゃ》たちの学園にて対峙《たいじ》する。互《たが》いに有するは一騎無双《いっきむそう》の力。臨《のぞ》むは明日を賭けた最後の戦い。その結末は因果律を掌握した恭弥にさえわからない。それも当然だ。因果とは始まりと終わりを結ぶもの。そして今がその『終わり』の瞬間なのだ。その先のことなど見えるはずもない。

もっとも、そんなことはどうでもよかった。結末などじきにわかるのだから。

そして——全世界が見守る中、それは幕を開けた。

「さて、折角《せっかく》の最後だ……少し派手に終わらせてやる」

そう呟いて、恭弥は軽く人差し指を振る。

刹那、沸《わ》き起こるは凄《すさ》まじい地鳴りの如き振動《しんどう》。だがそれは地面から響《ひび》いているのではない。揺《ゆ》れているのは大気そのもの。そしてその原因は——遥《はる》か頭上にあった。

一つ、二つ、三つ——最初こそちっぽけな点にしか見えなかったソレは、恐《おそ》ろしい速度で大きさを増していく。ただの点から握《にぎ》り拳《こぶし》サイズへ、握り拳からサッカーボール大へ、そしてついには世界を押《お》し潰《つぶ》すほど巨大な影《かげ》に。

その正体は無数の隕石《いんせき》。数え切れないほどの巨大な流星群が、吸い寄せられるように地球へ降り注ごうとしているのだ。

そう、宇宙の理《ことわり》などとうに恭弥の掌《てのひら》の上。天体の運行程度、指先一つでいくらでも操《あやつ》れるのである。

尾《お》を引いて集まる数多《あまた》の彗星《すいせい》……その降り注ぐ様はどこまでも美しく、そして、絶対的。人智《じんち》の介入《かいにゅう》する余地のない、あまりにも崇高《すうこう》なる滅《ほろ》び。まさに世界の終末にふさわしい耽《たん》美的《びてき》でさえある光景だ。その神々《こうごう》しい『終わり』を前に、人々はただ恍惚《こうこつ》と天を仰《あお》ぐ。そして恐怖《きょうふ》ではなくむしろ感謝した。すべてが終わるその際に、これほど美しい神話の景色を見られたことに。

……だが、そこへ歌うような声が響き渡った。

「《想天蕾花《そうてんらいか》・陣之漆《しちのじん》──守天恋花《しゅてんれんか》》」

刹那、天空に咲《さ》き誇《ほこ》る無数の花。それは降り注ぐ隕石を一つ一つその花弁で包み込《こ》むと……華《はな》やかな光となって消滅《しょうめつ》する。まるで最初から何もなかったかのように、後に残るは芳《かぐわ》しい花の香りだけ。

銀河系そのものに匹敵《ひってき》するほどの、超大規模《ちょうだいきぼ》質量攻撃《こうげき》──そのすべてがあっけなく花の残り香として消えてしまったのだ。

そして舞《ま》い散る残光の中、小毬はにっこりと微笑《ほほえ》んだ。

「最後だなんて言わないでください。だって……明日も明後日《あさって》も、世界はちゃんとあるんですから！」

平気な顔で、息も切らさず。小毬はただきっぱりと断言する。

──ああ、そうか。そうなのか──

「なら、お前ごとその未来を潰すまでだ」

そう冷たく言い捨てて、恭弥はパチンと指を鳴らした。

「《叛天魔鏡《はんてんまきょう》》」

刹那、不意に世界が暗闇《くらやみ》に包まれる。困惑《こんわく》に視線を上げた先で、人々はすぐに気づいた。輝《かがや》ける命の象徴《しょうちょう》たる太陽が、皆既《かいき》日食の如く漆黒《しっこく》の影に蝕《むしば》まれているのだ。病巣《びょうそう》のように広がる闇《やみ》は瞬《また》く間《ま》に太陽を覆《おお》い尽《つ》くし、世界から光が失われる。そう、終わる世界に光明など不要。恭弥の魔力《まりょく》によりおぞましき影へと変貌《へんぼう》した太陽は、暖かな陽光の代わりに冷たい闇を振りまき始める。それは浴びたものすべてを蝕む呪詛《じゅそ》と病魔《びょうま》の黒光。汚染《おせん》された絶望が無慈悲《むじひ》に、かつ、平等に世界へと降り注ぐ。

そんな黒濁《こくだく》した太陽を『わあー』と見上げた小毬は、唐突に伸《の》ばした右の掌でそっと太陽を覆い隠《かく》す。そして一言。

「《想天蕾花・陣之肆《よんのじん》──翳蝕《かげは》み》」

まるで太陽を掴まんとするかのように、軽く右手を握る小毬。もちろん一億キロも離《はな》れた天体に手など届くはずがない。……ない、はずなのに……再びその手が開かれた時、遥か天空にあったはずの黒陽はいつの間にかミニチュアサイズになって彼女の掌に収まっていた。上空にはいつもと変わらぬ太陽が輝くばかり。

しかも、未《いま》だ汚染をまき散らす掌上《しょうじょう》の天球をつまみ上げた小毬は、あろうことかぽいっと口に放《ほう》り込んでしまった。

「《想天蕾花・陣之拾《じゅうのじん》──天呪の解放者《パンドラ・イーター》》……って、うぇえ！　これ、あんまりおいしくないですね！」

などと、渋《しぶ》い顔で舌を出す小毬。宇宙全域を汚染する汚濁《おだく》の塊《かたまり》を、まるで飴玉《あめだま》のようにぺろりと食べてしまったらしい。……だが、恭弥とて別に驚きはしない。今の彼《かれ》にとって世界の滅ぼし方なんて腐《くさ》るほどあるのだから。

「《錬成《アルキャスト》・第四真理《フォースクアドラント》・無機創生《ニルマグヌムオプス》──万鬼葬送《エルデンナハト》》」

行使されるは生命を生み出す第四真理の錬金術《れんきんじゅつ》。といっても、本来必要なはずの対価など捧げたりはしない。恭弥は既《すで》に存在そのものが世界樹の価値を超越《ちょうえつ》している。むしろ、彼の意思に従うことこそが褒美《ほうび》であり、それ以上の代償《だいしょう》など必要なはずがないのだ。

そんな錬金術の原則さえ無視した錬成により、際限なく湧《わ》き出す魔獣《まじゅう》の群れ。すべてが歴史上類を見ない強力無比な魔王にして、ホムンクルス技術を応用した複数の固有異能を所持している。そのスペックは全盛期《ぜんせいき》のフェリス以上。単騎《たんき》で世界樹を滅ぼすに足る最凶最悪の魔王が、巨大な軍勢となって行進を始めたのだ。その足音は大地を震《ふる》わせ、その咆《ほう》哮《こう》は天さえ揺るがす。押し寄せる絶望の化身《けしん》たちと比べれば、小毬など大嵐《おおあらし》の海に浮かぶ一艘《そう》の小舟《こぶね》のようなもの。あっという間にばらばらにされてしまうだろう。

ただし、どうやら彼女は一人きりではなかったようだ。

「さあみんな、出番だよ！《想天蕾花・陣之参《さんのじん》――揺籃廻帰《リ・カナビユラ》》」

ぱんぱん、とおもむろに手を叩《たた》く小毬。すると、彼女の足元にぽっかりと穴が開いて、そこからわらわらと増援《ぞうえん》が現れる。……が、それは恭弥の使役《しえき》する魔王たちとは似ても似つかぬ異質なものたちだった。

もこもこの毛糸で編まれたウサギに、虹色《にじいろ》に光る巨大なネコ、全身が甘《あま》いお菓子《かし》でできたイヌの次は、ずんぐりむっくりなぬいぐるみのクマ――次から次へと飛び出してきたのは、なんともファンシーな姿をした動物たち。血なまぐさい戦場とはかけ離れたその容姿は、一周回って不気味でさえある。だが、当の小毬はそんなの全然気にしていないらしい。

「えへへ、これ、全部ララちゃんと考えたんですよ！　可愛《かわい》いでしょ？」

なんてのんきに笑っている間にも、津波《つなみ》の如く押し寄せる魔王軍。その残忍《ざんにん》な爪《つめ》と牙《きば》は容易《たやす》くふざけた動物たちを蹂躙《じゆうりん》する……かに思われた。しかし、激突《げきとつ》した両軍は想定外の拮抗《きつこう》を見せる。いやむしろ、ファンシー生物たちの方が押し返してさえいるほど。地獄《じごく》の業火《ごうか》をもふもふの毛皮で弾《はじ》き、凶悪《きようあく》な鉤爪《かぎつめ》をふわふわの手で砕《くだ》き、コミカルな効果音と共に魔王たちをボコボコに殴《なぐ》り倒《たお》していく。さっきまで怯《おび》えていた世界中の子供たちも、その様を見てきゃっきゃと歓声《かんせい》を上げ始めた。

そんなシュールな絵面を前にして、恭弥は呆《あき》れたように溜息《ためいき》を吐《つ》いた。

「見苦しいな……」

折角スペックを盛って創ってやったというのに、あんなふざけた動物たち相手に醜態《しゅうたい》を晒《さら》すとは。情けなくて溜息しか出ないが……まあ別にいい。最初から期待などしていないのだから。

「――《Muspel-IlSurtr》《ムスペル・イルスルト》――」

少年の唇から紡《つむ》がれる一節の呪文《じゅもん》。と同時に人差し指の先に小さな炎《ほのお》が灯って――次の瞬間、魔王軍もろともファンシー生物たちが一瞬《いっしゅん》で灰になる。そのあまりに無慈悲で絶対的な殺戮《さつりく》に、誰もが言葉さえ失った。

そう、ついに九条恭弥が――最凶の魔王となった少年が――直々に動き出したのだ。

そしてそのもたらす厄災《やくさい》は想像を絶するものだった。

「《Tré-IlJörmun》《トウレ・イルヨルム》――《Jörð-IlÞrymr》《ヨルズ・イルスリュム》――《Iárn-IlKýlops》《イヤル・イルキュロス》――《Nifl-IlFenrir》《ニヴル・イルフェニル》――」

炎に続き五指に灯《とも》るは異なる属性の極大魔法《きょくだいまほう》。いずれもが単体で世界樹を崩壊《ほうかい》させるレベルの術であるのは言うまでもない。そしてそれさえも彼にとっては布石にすぎなかった。

「五行識法《ごぎょうしきほう》――《空色輪廻《くうしきりんね》》」

ぐっと拳を握ると同時に、五つの呪法《じゅほう》が一点に凝縮《ぎょうしゅく》される。相生と相剋《そうこく》、相侮と相乗を無限回試行した先の極地にて、それが至るのは果てなき輪廻の環《わ》――かつてレジスタンスの拠点《きょてん》にて用いた、五行術による疑似《ぎじ》全属性魔法の構築式だ。ただ、今回一つだけ違《ちが》うのは……生み出されたソレが、もはや『疑似』などではないということ。

「――《梵《ノヴァ》》――」

開かれた少年の掌に灯る、ほんの小さな光明。米粒《こめつぶ》ほどの大きさしかないそれは、吹《ふ》けば飛ぶような儚《はかな》い蝋燭《ろうそく》の灯《ひ》のよう。だが、少しでも魔術《まじゅつ》を知るものはみな否応《いやおう》なく理解する。その淡《あわ》い光が一体どのような代物《しろもの》なのかを。

それは火。それは水。それは木。それは土。それは金。それは聖であり邪《じゃ》。それは癒《いや》しであり毒。それは静にして動。それは死にして生。祈《いの》りにして呪《のろ》い。白にして黒。未来にして過去――そう、それは、個にして全なる完全魔法《アルテマ》。形而上《けいじじょう》にしか存在しないはずの魔術の到達点《とうたつてん》。これまで存在したあらゆる神秘と、これから先存在し得るあらゆる奇跡《きせき》……それらすべてを内包した究極たる魔法の完成形なのだ。ゆえに、その原理からして何人《なんぴと》たりともこの呪法を防ぐことは不可能――

「《想天蕾花・陣之陸《ろくのじん》――黄泉咲桃花《ヨミサキトウカ》》」

小さな囁《ささや》きと共に、小毬の右手に展開する術式。それは万象《ばんしょう》を死へと誘《いざな》う幽世《かくりよ》の極大魔法。世界の一つや二つ程度たやすく即死《そくし》させられる代物だ。……けれど、恭弥はそれを鼻で笑った。恐らくは綺羅崎雛《きらさきひな》から学んだ術式なのだろうが……今更即死魔法《いまさらそくしまほう》程度で何をしようというのか。個にして全なる《梵》には当然即死魔術も含《ふく》まれている。というより、どれだけ頑張ったところでそれは無駄《むだ》な悪あがきにしかなりえない。過去現在未来問わず、彼女が扱《あつか》ういかなる呪法も既にこの完全魔法に内包されているのだ。

……けれど、それは小毬にとって布石にすぎなかった。

「《想天蕾花・陣之捌《はちのじん》――久遠《くおん》の紡ぎ手》」

即死魔術に続いて左手に宿るは生命創造の魔術。そして小毬は祈るように左右の手を胸の前で組む。少女の掌で一つとなる生と死。対極にある二つの現象は、互いに互いを喰《く》らい合う。だがそれは打ち消し合うだけではなかった。生は転じて死を孕《はら》み、死は転じて生を宿し、次第《しだい》に両者の境界線が溶《と》け合っていく。それはまるで、芽吹《めぶ》いては枯れてまた生まれる大樹の如く。相生と相剋、相侮と相乗を無限回試行した先の極地にて、それが至るのは果てなき輪廻の環。その二重螺旋《らせん》の最奥《さいおう》にてたどり着く終着点は――

「――《梵》――」

小毬の掌に灯るのは、ほんの小さな光明――恭弥と全く同一の完全魔法である。

そう、どれだけ雄大《ゆうだい》な霊峰《れいほう》であろうと、すべての道が最後には山の頂にて交わるのと同じ。完全魔法があらゆる魔術の極致《きょくち》であるというのなら、それはすなわちあらゆる魔術は完全魔法に通じているということ。小毬は恭弥とは違うやり方で、しかし、同じ終点へとたどり着いたのだ。

そうして解き放たれる二つの究極魔法。それは当然の如く打ち消し合い、消滅する。その残響《ざんきょう》の中、恭弥の顔に浮かぶ微かな驚き。……しかし、それはすぐに消えた。

完全魔法にまで至っていたというのは確かに予想外ではある。が、大局として見ればそんなものはただの誤差でしかない。なぜなら恭弥にはアレがあるのだから。

「もういい、遊びは終わりにしよう」

恭弥が起動するは全能の固有異能。その最凶たる種に命ずることはたった一つ。

――伊万里小毬を殺せ。

そう、全能とはすべてを叶《かな》える力。であれば、わざわざ術式など組まずとも直接敵対者の消滅を願えばそれだけで事足りる。今までの攻防《こうぼう》など単なる余興に過ぎない。だからこれでこの茶番は終わりだ。

……いや、そのはずだったのに……

「まだまだ終わりませんよっ！」

全能なはずのその力が、小毬の輝きによってあっさりと打ち消される。それは恭弥のセカイを切り裂《さ》いたあの時と同じ……いや、それよりもずっと美しい煌《きら》めき。――彼女もまた、三万年の修行《しゅぎょう》の果てに完全なる全能へと至っていたのだ。

流星群、黒陽顕現《けんげん》、魔王召喚《まおうしょうかん》、完全魔法、果ては全能の固有異能――恭弥が繰り出したのは一つ一つが終焉呪法《ミストルテナス》をも超越した厄災。まさに世界の滅亡そのものだったはず。だがそれを、小毬はすべて弾《はじ》き返した。他の誰《だれ》でもない、彼女自身の力で。

強大な魔王に立ち向かい、世界を守る希望の光……今の小毬の姿こそが、まさに本物の――

「ふん、馬鹿馬鹿しい！」

脳裏《のうり》に浮《う》かぶ単語を振り払《はら》うかのように、恭弥は高々と右手を掲《かか》げる。

使役する従僕《じゅうぼく》に大差はなく、操る魔法も同じ、そして有する全能でさえも完全な互角《ごかく》。であれば、勝敗を決める方法などたった一つだけ――

「来い――《災いなす古き枝《ラーヴァンクィン》》！」

次元を引き裂き呼び出されたのは、恭弥が有する最悪の魔剣《まけん》。彼が世界で最も恐れ、そして、最も信頼する最凶の相棒だ。

それに対し、小毬もまた応じるように囁いた。

「おいで――《福音もたらす光の枝《レーヴァテイン》》！」

少女の祈りに呼応して現れたのは、光り輝く希望の聖剣《せいけん》。かつて恭弥の力を借りて生み出したそれを、彼女はもう一人で創れる。あの時よりもずっと強い輝きと共に。

互いに握るは己《おの》が最強と信じる刃《やいば》。

互いに進むは己が最善と信じる道。

まるで鏡写しの如く対峙した二人は……同時に大地を蹴《け》る。この期《ご》に及《およ》んで小細工は不要。魔術も技術も必要ない。どちらにも譲《ゆず》れぬ未来があるのなら、己が剣《つるぎ》で掴《つか》むのみ。

振り上げ、下ろす――交錯《こうさく》する二つの剣閃。互いに全霊《ぜんれい》を込めた一撃《いちげき》は、真正面からぶつかり合い、そして……一瞬、時が止まる。

それは完全な拮抗が生んだ刹那の寸刻。閃光《せんこう》の如きその一瞬の狭間、研《と》ぎ澄《す》まされた彼女の一刀の向こう側に、恭弥は確かに見た。彼女が歩んだ三万年の軌跡《きせき》を、その途方《とほう》もない修練の日々を、そして、そこに込められた果てなき覚悟《かくご》を。

――ああ、やっぱりな――

恭弥はただ悟《さと》る。彼女はついに、目指していたその境地へ至ったのだと。

「――そうか、お前、とうとうなったんだな……」

静かに呟《つぶや》いた恭弥は、それから不意に問うた。

「なあ小毬、初めて会った日のこと、覚えてるか?」

「もちろんです!」

それは忘れもしない、ユグラシア学園へ入学した初日。校門の前でぐだぐだしていた折のこと。勝手にフェリスが鞄《かばん》から顔を出して、それを小毬が見つけて……そこからおかしな腐《くさ》れ縁《えん》が始まったのだ。

「思えばほんと、ただの偶然《ぐうぜん》だったよな。あれ以来お前には散々振り回されて、厄介《やっかい》事に巻き込まれっぱなしで……」

と、迷惑《めいわく》そうに振り返る少年は……『だけど』と言葉を継《つ》いだ。

「今は心から思うよ。あの時出会ったのが——今ここにいてくれるのが、お前で良かった」

はにかむようないつもの笑顔《えがお》で、少年は真《ま》っ直《す》ぐにそう伝える。果てなき苦悩《くのう》と修練の果て、ついに憧《あこが》れていた勇者となった少女への、心からの賛辞と祝福を込めて。

だけど——いや、だからこそ——魔王《まおう》はその台詞《せりふ》を口にした。

「ようこそ、勇者よ。——さあ、俺《おれ》を殺してみせろ!!」

——底なしの影から湧き上がる闇。

——呼応するように花開く光。

対峙する魔王と勇者は、同時に己が全力を解き放った。

「《禍《シン》・源種狂葬《ラグナレティシア》――凍てつく荒野に黄昏を歌う《フィン・ローゼン・ディアノワール・エンドロール》》!!」
「《真《イノ》・源種繚蘭《フロランフェリア》――芽吹く大地に夜明けを願う《エル・ディライト・ロア・ヴィスカム》》!!」

恭弥の影からどろりと這《は》いずり出るは、夥《おびただ》しい邪気《じゃき》を帯びた闇の塊。それは瞬く間に少年の肉体と同化していく。原理としては三年前に見せた凶霜呪装形態《ヨトゥン・オルタ》と同じ……だが、そのおぞましさはもはや別物。それも当然だろう。恭弥が纏《まと》っているのは、全世界の終焉呪法を集め、三年もの間ひたすらに増幅《ぞうふく》し続けたことで創り出した最凶最悪の終焉呪法。暗闇の底の底、絶望の果ての果て、まさに物語に終止符《しゅうしふ》を打つ終幕そのものなのだ。

だが、その闇さえも払う光があった。

小毬の全身から溢《あふ》れ出るは、七色に煌めく眩いばかりの光輝《こうき》。それはあまねく世界を包み込んでいく。絶望の中でなお輝き、悪意を優《やさ》しく溶かすその七彩《しちさい》は、勇者から最も遠いはずの少女が三万年の修行を経て培《つちか》った勇気の光にして、選ばれなかったはずの彼女が自らの手で掴み取った未来。物語を切り拓《ひら》く明日への道しるべそのものなのだ。

光と闇、善と悪、勇者と魔王……対極たる極致へ至った両者が、今ぶつかり合う。

恭弥が腕《うで》を振るうたびに空は割れ、足を踏み鳴らすたびに大地が裂ける。投げかける呪詛は海を干上《ひあ》がらせ、射貫《いぬ》く眼光は星々さえも砕いた。時間、空間、過去、未来、あらゆる物質とあらゆる現象……それらすべてを支配する圧倒的《あっとうてき》な暴力。世界樹を丸ごと焦土《しょうど》と化すなど、彼にとってどれほど容易いことか。

時間遡行《そこう》、歴史改変、事象掌握《しょうあく》……終焉《しゅうえん》となった恭弥が放つ絶対無敵の天変地異の数々。一つ一つが世界を滅ぼす厄災で、一挙手一投足が神話に描《えが》かれる滅亡の嵐《あらし》に他ならない。

だがそれを、小毬は一つ一つ弾き返す。

彼女に空は割れない。だけど空を割る刃を躱《かわ》すことはできる。

彼女に大地は裂けない。だけど大地を裂く呪文を止めることはできる。

未来予知、時間操作、空間掌握、事象改変……究極と呼ぶに足る魔王の秘儀《ひぎ》の数々を、小毬はことごとく打ち破る。それは不思議でも何でもない。だってあの三万年は、そのためのものだったのだから。

だから……何度も、何度も、何度でも。

奇妙《きみょう》に拮抗したその攻防は、次第に美しい円環《えんかん》を描き始める。

それはまるで、眠《ねむ》れぬ夜に語り合うように。

それはまるで、一つの旋律《せんりつ》を奏《かな》でるように。

それはまるで、手を取り合ってダンスをするように。

心と心。力と力。想《おも》いと想い。紡いできた物語と物語のぶつかり合い。その死闘《しとう》は天を震わすメロディとなって全世界に響き渡《わた》った。

そんな二人の戦いを、世界中の人々はかたずをのんで見守っていた。その大多数は声を嗄《か》らして小毬を応援《おうえん》する。世界のために戦う少女に、せめてその想いだけでも届いて欲《ほ》しいと。

だが、ほんの一握《ひとにぎ》りだけ、その中にはいた。誰にも言えず世界の終わりを望む者たちが。それはかつて理不尽《りふじん》に見舞《みま》われた者たち。喜劇の隅《すみ》で陰《かげ》へと追いやられた者たち。そして、悲劇にも喜劇にも関係なく、ただ何者にもなれなかった者たち……

彼らは叫《さけ》ぶ。誰にも聞こえぬ胸の奥底《おくそこ》で『こんな世界は終わってしまえ』と。

だけど——本当は全員が、心のどこかで知っていた。この戦いの結末を。

それは世界樹のシナリオとは関係ない。とても簡単なお話。勇者と魔王。正義と悪。ヒーローとヴィラン——どちらが勝つかなんて、そんなもの決まっているじゃないか。

そしてそれは、恭弥自身もまた同じ。

彼にはわかっている。この物語の行き着く先が。だが、それでも少年は刃を振るう。

決まった結末なんてないのだと。

魔王が勝つ物語だってあるのだと。

運命とはその手で切り開けるものなのだと。

まるで、この世界樹に刻《きざ》み込むが如く。他の誰でもない——ただ一人、愛した女性のために。

その戦いは永遠に続くかのように思われた。

けれど、どんな物語にも必ず終幕が訪れるように……二人の戦いにも、必然の終わりはやってきた。

——……

——……

「……よく、ここまで頑張《がんば》ったな……」

戦闘《せんとう》が始まってから七日と七晩。

激しい戦いの末、互いの体はもうぼろぼろ。どちらも全霊を尽くして満身創痍《まんしんそうい》だ。……

だがそれでも、荒野に立っていたのは——恭弥だった。

「……やっぱり、強いですね……恭弥さん……」

大の字に倒れた小毬は、息を切らして恭弥を見上げる。既に剣を握る力さえ残ってはいないらしい。そんなぼろぼろの少女へ、恭弥はそっと手を差し伸べた。

「お前こそ本当に強くなったよ。……ただまあ、ドジなところは変わらないな。最後の最後でこけるか、普通《ふつう》？」

「えへへ……すみません……」

おっちょこちょいな少女を助け起こした恭弥は、それから服についた砂埃《すなぼこり》を優しく払ってやる。学園でよくそうしていたように。そして……それが、彼に許された最後の行動だった。

「ほら、しゃんとしろよ。そんなんじゃ……勝者の威厳《いげん》が、台無し……だからな……」

立ち上がった小毬と入れ替《か》わるように、恭弥の体がゆっくりと崩《くず》れ落ちる。仰向《あおむ》けに空を見上げたまま、もはや身を起こす余力さえない。

そう、神話さえ超《こ》えた死闘の末――最後に立っていたのは小毬。それが二人の結末だった。

「さあ……とどめを……勇者の役割を……果たせ……」

途切《とぎ》れかけた声で囁《ささや》いた恭弥は、それから小さく付け加える。

「悪かったな……こんなことに付き合わせちまって……」

恭弥が口にしたのは謝罪の言葉。

それに対し、小毬は口を開くと……

「まったく、その通りですよ恭弥さん！　修行とか色々本当に大変だったんですからね！」

とぷんすか怒る《おこ》。そして……そっと手を差し伸べた。

「だから、みんなに謝《あやま》りに行きましょう！　大丈夫《だいじょうぶ》です、きっと赦《ゆる》してもらえますよ！

私も一緒《いっしょ》についていきますから！」

なんて、まるで子供の悪戯《いたずら》をたしなめるみたいに言ってのける小毬。しかも、冗談《じょうだん》では
なくそれで本当に解決すると思っているのだから驚きだ。

だが、恭弥には最初からわかっていた。小毬はきっとそう言うだろうと。だって彼女は
本物の勇者――いつだって目の前の弱者に寄り添《そ》う光なのだから。

「ははっ……やっぱりお前には敵《かな》わないな……ありがとう、小毬……」

と、恭弥は心からの笑《え》みを浮かべる。……だけど、その言葉にはまだ続きがあった。

「けど、悪いな――そいつは無理だ」

そう告げた刹那、恭弥の唇から真っ黒に濁った血が溢れ出した。

「恭弥さん⁈」

「ごほっ……色々と無茶《むちゃ》したからな……元気一杯ってわけにはいかないさ……」

全世界の終焉呪法をその身に宿し、終末そのものと化して戦い続けたのだ。根源も肉体

も既にぼろぼろ。むしろ、今まで生きていたことの方がおかしいのである。

「だ、大丈夫ですっ！　すぐに治しますから！」

と、小毬は慌てて全能を起動する。……が、治らない。吐き出す血は止まらず、少年の心身は刻一刻と衰弱《すいじゃく》していく。

そう、小毬が恭弥の全能を中和できるのと同じように、互角の全能を持つ恭弥にだけは小毬の力は意味をなさない。彼女がどれだけ願おうと、絶望の化身たる恭弥にその光が届くことはないのだ。

「なんで、こんな……こんなことのために強くなったんじゃないのに……！」

無意味と知ってもなお、残された力を振り絞《しぼ》り懸命《けんめい》に治癒《ちゆ》を繰り返す小毬。

そんな少女へ、恭弥は優しく首を振った。

「もういい……これでいいんだ……最初からこうなることはわかってたさ……」

「でも……！」

「おいおい……俺がいいって言ってるんだぞ……？　相手の意思を力で捻《ね》じ曲げるってのは……勇者じゃなくて魔王のやることだ……お前はそんなことしちゃダメだろ……」

途切れ途切れに囁く少年は、どこか満足気に微笑んでいる。自らの最期《さいご》を受け入れようとしているのだ。その顔を見れば否応なくわかってしまう。もう、誰にもどうにもできないのだと。

そして小毬は、もう一つのことも理解していた。

少年の最期の瞬間……その時彼の傍《かたわ》らにいるべきは、自分ではないのだと。

「──恭弥っ！」

唇を噛《か》み、一歩下がる小毬。

それと入れ替わるように駆けて来たのは、他でもないフェリスであった。

「……悪いな、フェリス……負けちまった……さすがお前の鍛えた勇者だよ……」

「そんなことはもうよい、今は喋《しゃべ》るな……！」

倒れた恭弥を抱《だ》き寄せ、悲痛な声で遮《さえぎ》ろうとするフェリス。

だが聞こえているのかいないのか、少年はかすれた声で先を続ける。

「……でも、まあ……別にいいよな……これでお前は勇者の育ての親……大魔王を倒し、世界を救った救世主だ……もう誰も、お前を魔王とは呼ばないだろ……」

恭弥が廃棄魔王をも超える『最後の大魔王』となったことで、フェリスは永劫《えいごう》に魔王という役割を奪《うば》われた。そして、彼女が鍛え上げた小毬がその恭弥を倒したことで、フェリスはかつて殺《あや》めたよりも遥かに多くの命を救った。もはや誰も彼女を敵と誹《そし》りはしないだろう。

フェリスはこれからも生きて行くのだ。魔王のいない平穏《へいおん》な世界を。誰はばかることなく明るい太陽の下で。

――恭弥は敗れてようやく自らの本懐《ほんかい》を果たしたのだった。

「まさか、そなた最初から……？」

「いいや……世界は滅ぼすつもりだったよ……ただ、まあ……こういう結末があってもいいかな、なんて……ちょっと思ってはいたぐらいだ。……だから……なあ、フェリス……どうか幸せになってくれ……」

そう微笑んだ恭弥は、それから穏《おだ》やかに告げるのだった。

「……さて、そろそろみたいだな……お前も離れてろ……」

ひときわ激しく吐血《とけつ》する少年。いよいよ命の灯が消えようとしている。そして、それを感知したのはフェリスたちだけではなかった。

――主《あるじ》の死を感じ取ったのか、突如《とつじょ》として蠢《うごめ》き立つラーヴァンクインの影。それは見る間に無数の触手《しょくしゅ》となって湧き上がる。……かつて恭弥を裏切り喰おうとしたあの形態だ。

それを見る恭弥は、しかし、驚《おどろ》きもせず頷《うなず》くだけ。

「ああ、そうだ……契約《けいやく》を果たす時が来た……俺のすべてを、お前にやるよ……そういう約束だもんな……」

ラーヴァンクインとの異常な共鳴……その根源こそが『死後の魂《たましい》を捧《ささ》げる』という契約だったのだ。つまり、恭弥には死してなお安らかな眠りなどない。史上最悪の魔剣に食われ、地獄の奥底で永劫に焼かれ続ける――それが彼を待ち受けるただ一つの未来。

だが恭弥は喜んでそれを受け入れる。世界を滅ぼそうとしたのだ、それぐらいの報《むく》いを受けるのは当然のこと。むしろ、そうでなくてはいけないのだ。

ゆえに、恭弥は抗《あらが》わない。静かに目を閉じたまま、迫《せま》りくる魔剣の影を微笑んで受け入れるだけ。来《きた》るべき残酷《ざんこく》な瞬間を前に、小毬は思わず顔をそらす。……が、そうはならなかった。少年に触《ふ》れた影の触手は、刺《さ》し貫《つらぬ》く代わりにそっとその体を撫《な》でる。そして……

魔剣は唐突《とうとつ》に燃え上がった。

「恭弥さん⁈」

魔剣そのものから噴《ふ》き上がった炎は、恭弥を巻き込み燃え広がる。咄嗟《とっさ》に火を消そうとする小毬だが、近づこうとした瞬間に炎が威嚇《いかく》するかの如くうねりを上げた。まるで、傷ついた主を守ろうとしているかのように。

そう、破壊《はかい》の権化《ごんげ》たる魔剣には主を救うことなどできない。でも、だからこそせめて。

死にゆく主の尊厳をもう何者にも穢《けが》させせぬように。

傷つき疲《つか》れ果てたその身がこれ以上苦しまぬように。

主を殺すというその役目だけは、他の誰にも奪われぬように——

光も闇も喰らい尽くすだけだったはずの魔剣は、最初で最後の忠誠を燃え上がらせる。

己が認めた、この世界で唯一無二《ゆいいつむに》の少年のために。

その温かな炎に包まれた恭弥は、ふっと微笑んだ。

「なんだよ……最後の最後で、やっとデレてくれたか……」

そうして少年は穏やかに目を閉じる。

瞼《まぶた》の裏に、幸福に生きるフェリスの姿を思い浮かべて。

——だけど、その時だった。

「……!? フェリス、お前、何して……!?」

炎を踏《ふ》み越《こ》え恭弥のもとへと駆《か》け寄るフェリス。小毬さえも拒絶《きょぜつ》する劫火《ごうか》に身を焼かれながら、それでもフェリスは少年の傍らへ膝《ひざ》をつく。

「やめろ……俺はお前に……自由に……生きて欲しくて……！」

途切れ途切れに訴《うった》えかける恭弥。

けれど、その言葉をフェリスは強引《ごういん》に遮った。

「そんなことはどうでもよい。それよりも恭弥、忘れたのか？ あの時の口説き文句を」

「は……？ 口説き文句……？」

「ああ、そうじゃ。忘れたなら思い出させてやろう。そなたはあの時こう問うたのじゃ。

──『俺ではお前の生きる理由にはならないか？』と」

それはかつて恭弥がフェリスを連れ出そうとした時の言葉。不器用な愛の告白だ。

そしてその返答をフェリスは口にするのだった。

「あの時の問いに今答えよう。──わしにとって生きる理由はそなたじゃ。わしはのぅ、恭弥……おぬしのいない世界では、息もできぬよ」

それはどこまでも簡単で、当たり前の話。

──少年が彼女《かのじょ》を愛したように、彼女もまた少年を愛している。

ゆえに、その想いは互いに同じ。だとすれば……フェリスの選ぶ未来は一つだった。

「そなたのお陰でわしは自由になれた。だから、わしは自らの心のままに選ぼう。魔王も役割も関係ない、一人の自由な女として……愛する男と最期まで添い遂《と》げることを。──ありがとう、恭弥。愛したのがそなたで良かった」

フェリスはそっと少年を抱きしめる。これ以上ない幸せの微笑みを浮かべながら。

その表情を見てしまえば、恭弥にはもう何も言えなかった。いつだって魔王のわがままには敵わないもの。俺の苦労をどうしてくれるんだ、なんて文句の一つも言いたいところだけど……でもそれは後でいい。

だってこれからは、ずっと一緒なのだから。

そんな二人を優しい炎が包み込む。それはほんの一瞬だけ美しい光を放ち……何一つ残すことなく灰となって散った。後にはただ、静けさが残るばかり。

三万年前から始まった二人の物語は、今、ここに幕を閉じたのだ。

それは小毬が望んだ結末とは違うかもしれない。でも、それは仕方のないことだ。だってこれは──最初から最後まで──恭弥とフェリスの物語だったのだから。

静まり返った戦場で、小毬は涙《なみだ》を拭《ぬぐ》う。

ここで立ち止まっていてはダメだ。勇者の冒険《ぼうけん》は魔王を倒して終わりではない。家に帰りつくまでが冒険なのである。

だから、小毬は踵《きびす》を返す。

勇者の帰りを待つ人々のもとへ──明るい未来の方角へと。

終章

終幕《エンドロール》のその先で

「――はぁ、はぁ、はぁ……！」

ずきずきと弾《はず》む鼓動《こどう》。

苦しげに乱れた呼吸。

疲弊《ひへい》しきった全身は悲鳴をあげるかのように痛み、焦燥《しょうそう》と緊張《きんちょう》の冷《ひ》や汗《あせ》が額を伝う。

――迫りくる強大なる敵を前に、伊万里小毬《いまりこまり》は追いつめられていた。

体力、魔力、共にゼロ。援軍《えんぐん》はなく、退路も断《た》たれた。まさに絶体絶命の大ピンチ。

だがそれでも、小毬は最後の力を振《ふ》り絞る。

そして――手にした木の棒を振り上げるのだった。

「うりゃあああああっ!!」

裂帛《れっぱく》の気合を込《こ》めて発した、全身全霊《ぜんしんぜんれい》の雄叫《おたけ》び。並々ならぬその気勢に身の危険を感じたのか、対峙《たいじ》していたその敵――大きな野生のイノシシはぎょっと身をすくめる。そして『なんやねんこいつマジになって』とでも言いたげに鼻を鳴らした後……尻尾《しっぽ》を巻いて逃げていくのだった。

「ふぅ……ぎりぎりでした……！」

どうにか気合で窮地《きゅうち》を乗り越えた小毬は、戦場となっていた野菜畑にへたり込む。その近くでは、のんびりお茶を飲みながら観戦していた老夫婦《ろうふうふ》がぱちぱちと拍手《はくしゅ》をしてくれる。

そんな観客に手を振って応えていると……

「――やあ、今回もお疲れ様」

不意に現れたのは、中性的な顔立ちをした美しい女性――女神《めがみ》ローゼ。

小毬の傍らへと舞《ま》い降《お》りたローゼは、ねぎらうように微笑《ほほえ》んだ。

「これで今日の依頼《いらい》――『畑を荒《あ》らすイノシシ退治』はクリアだね。それじゃあ帰ろうか」

「はい！」

そうして二人は帰路につく。

その行く手には、どこまでも穏やかな風が吹いていた。


――世界の存亡をかけたあの戦いから、既に一年。世界樹《せかいじゅ》はひたすらに平和だった。それは『大魔王が消えた《九条恭弥》』という意味だけではない。すべての小世界で魔王や魔物《まもの》の発生がなくなり、新たな終焉呪法《ミストルテナス》が発見されることもなくなったのだ。

『恭弥と小毬の死闘が、世界樹が本来終焉までに必要としていた「物語」の総量を大きく上回った結果である』――と葛葉《くずは》は分析《ぶんせき》していた。それが本当か嘘《うそ》なのか確かめる術《すべ》は小毬にはないけれど、少なくとも、世界樹によって悲劇の運命を背負わされる者はもう現れない。それだけはなんとなくわかる。

役割なんてない自由な世界を――シセラとの約束は確かに果たされたのである。

そして、役割と共に失われたものがもう一つ。それこそが勇者の力だ。世界樹から役割が消え、魔族《まぞく》という闇《やみ》がいなくなった以上、光の力もまた消えるのは自然なこと。元学園生の中には残念がる者も多かったが、小毬からすれば別に未練はなかった。

ただ、一つ心残りがあるとすれば……本当にあの結末しかなかったのか、ということ。

あれは恭弥とフェリスの物語。だから自分に口を挟《はさ》む権利などない。頭ではわかっている。だけど……やっぱり思ってしまうのだ。――本当に、みんなが笑い合えるハッピーエンドはなかったのか、と。

その疑念はあの戦いが終わった瞬間《しゅんかん》から、ずっと小毬を蝕《むしば》んでいた。だが全能の異能を失ったただの少女に、過去をどうこうすることなどできはしない。そうやって平和になったばかりの世界で悶々《もんもん》としていた折……ローゼが目の前に現れたのだ。

『実は最近少し退屈《たいくつ》していてね、役割がないと何をすればいいのか困ってしまうよ。だからとりあえず、世界を巡《めぐ》る旅でもしてみようかと思ってるんだ。昔、ロザリアとそうしようって約束してたから。だから……良かったら、君もどうだい？』

それは女神の気まぐれな提案。なぜ誘う相手が自分なのか、小毬にはさっぱりわからなかった。だがいずれにせよ確かなのは……小毬がその手を取ることを選んだこと。――それが今から一年前の話。そこからあてのない二人旅が始まったのだ。

ローゼと共に各小世界を回り、その途中《とちゆう》で現地の問題事を解決する。魔物がいなくても小さなトラブルは起こるもの。喧嘩《けんか》の仲裁《ちゆうさい》だとか、失《う》せ物捜《さが》しだとか、畑を荒らすイノシシ退治だとか。誰に頼《たの》まれたわけでもないけれど、目的もなく放浪《ほうろう》するよりは小毬の性に合っていた。ただ、最初の疑念の答えはまるででないまま。だから、時折考えてしまう。

結局自分は失った勇者の力に囚《とら》われているだけ。勇者もどきの慈善《じぜん》活動に縋《すが》りつくことで、終わった過去の幻影《げんえい》を追いかけているだけなのかも、と。……いや、追いかけているのは力じゃなくて、失ったあの二人の幻影だろうか。

なんにせよ、情けない話だ。未来を背負う勇者が、うじうじと過去を引きずったままなんて。……そう恥《は》じた後ですぐに思い出す。

そういえば、もう勇者じゃないんだっけ。

――そんな物思いにふけっていた時、急に辺りが騒《さわ》がしくなった。

「──お！　お帰りお嬢《じょう》ちゃん！」

「──無事でよかった！」

「──ほら、こっち来な！」

騒々《そうぞう》しく集まってきたのは、滞在《たいざい》している町の住人たち。気づけば町まで帰り着いていたようだ。

「イノシシ退治ありがとうな！」

「お陰で助かったわ！」

と口々に礼を言われ、照れながら手を振る小毬。別に感謝されるためにやっているわけではないのだが……嬉《うれ》しいものは嬉しいのだ。

と、そんな折、不意にある提案が口にされた。

「そうだ嬢ちゃん、折角《せっかく》だし祭りも楽しんでいけよ！」

「お祭り……ですか？」

「ああ、この時季には毎年やってるのさ。大したもんじゃないけどね。……それとも、すぐに出発しちまうのかい？」

と問われ、一瞬《いっしゅん》だけ返答にためらう小毬。

すると……

「いいじゃないか、楽しそうだ。お邪魔《じゃま》させてもらおうよ」

と、ローゼが背中を押《お》す。

だから小毬も頷いた。どうせ急ぐ旅でもないのだから。

「それじゃあ、お言葉に甘《あま》えて」

――――……

――――……

そうして日が暮れる頃《ころ》。

水浴びで汗を流した後、町の広場へと向かう。すると、祭りは既《すで》に始まっていた。

といっても、話の通りそれは本当にささやかなもの。各々《おのおの》が好き勝手に酒や料理を持ち寄り、それをみんなで分け合う。特別な催《もよお》しなんてなく、食べて、飲んで、語り合うだけ。

けれど、そこには溢れんばかりの笑顔があって、それだけで他には何もいらなくて……『ああ、そっか』と小毬は思う。特別な力とか、世界を巻き込む戦いだとか、そんなものはなくてもいい。人と人との物語というのは、本来こうやって紡《つむ》がれていくものなのだと。

……ちなみに、その頃ローゼはといえば、広場の真ん中に陣取《じんど》ってどこからか取り出したハープをかき鳴らしていた。そのなんとも絵になる姿に、村の女性たちはキャーキャーと大騒《おおさわ》ぎ。『あいつは天性の女たらしや。小毬ちゃんもきーつけーや』――出立前に葛葉からそう忠告されていたが、この姿を見れば納得《なっとく》である。

なんて、一人でくすくす笑っていると……

「おーい嬢ちゃん、ちゃんと食ってるか〜⁉」

背後から声を掛《か》けて来たのは、すっかり出来上がったおじさんたち。どうやら酔《よ》っぱらいが絡《から》みたがるのはどこの世界でも共通らしい。

「はい、いただいてます。素敵《すてき》なお祭りですね！」

「へへ、そうか？　遠慮《えんりょ》なんかすんじゃねえぞ！」

「ほれ、もっと食え食え！」

と、気をよくしたおじさんたちは次から次へと料理を押し付けてくる。肉汁《にくじゅう》たっぷりのソーセージやら、芳《こう》ばしい香りの焼きトウモロコシやら、瑞々《みずみず》しい林檎《りんご》ジュースやら。『こんなに食べきれるかな？』なんてちょっと心配になりつつも、厚意《こうい》を無下にするわけにもいかない。勧《すす》められるがままに平らげていく小毬。

だが、途中でふとその手が止まる。それはまずい料理を引いたから……ではなく、むしろ逆。

「あ……これ、おいしい……」

思わず呟いてしまうほどのそれは、質素な野菜のスープ。特別な具材が入っているわけではないが、なぜかとても口に合うのだ。そして何よりも不思議なのは、どこかその味を懐《なつ》かしく感じること……

「おっ、気に入ったか？　それうまいよな、俺もおかわり三杯《ばい》しちまったよ！　でもこのスープ、持ってきたの誰だっけ？」

「えーっと……あー、あれだ！　ほら、例の夫婦《ふうふ》さ」

何の話だろうか、と首をかしげる小毬へ、おじさんたちはぺらぺらと説明してくれる。

「最近町はずれに越《こ》してきた若い夫婦がいてな。『畑の世話があるから参加はできないけど、皆《みな》で食ってくれ』ってわざわざ持ってきてくれたんだよ。名前は……えーっと、なんだっけな？　ど忘れしちまったよ。どうもちょっと変な名前でなあ、発音しにくくて……」

「しっかし、変わってるよな。わざわざ町はずれの、それもあんな荒れ地に住まなくてもいいのによお」

「まあまあ、いいじゃねえの。人それぞれ色々あんのさ。二人とも付き合いも良いし、毎日真面目に働いてる。それで十分じゃねえか。ああいう若者が越してきてくれて俺は嬉《うれ》しいぜ！」

なんて大人ぶった後、おじさんたちはすぐに話を戻《もど》すのだった。

「それよりも、ほら嬢ちゃん、もっと食いな！　こっちのチーズとパンも絶品だぜ！　それからこっちは俺のかかあが焼いたグラタンでな、これがまたうめえのなんのって――」

「あ、あはは……ほどほどにお願いします……」

そうしてたっぷり夜中まで続いた祭りも、酒瓶《さかびん》が空になる頃にはお開きに。町人たちは後片付けを終え各々の帰路へつく。

どれだけ楽しいお祭りにだって、必ず終わりは来るもの。翌日からまた繰り返される日常のため、みな家に帰らなくてはいけないのだ。

そして小毬たちもまた、町の宿屋へと戻るのだった。

「――ふわあ、お腹《なか》いっぱい……！」

帰り着くなりベッドへダイブする小毬。お祭りは楽しかったが、やはり多少の気疲《きづか》れはしてしまう。イノシシ討伐《とうばつ》による疲労《ひろう》もあって、次第《しだい》に瞼が重くなる。

……と、その時だった。

トゥルルルルル――唐突に鳴り響《ひび》く着信音。その音に飛び起きた小毬は、慌《あわ》ててポケットからスマホを取り出す。といっても、ここは異世界。当然電波なんてない。なのでこれがつながる先は一つだけ――

『もしもーし、こまりですか！　こちらララですっ！』

画面いっぱいに映し出されるのは美しい少女――ララ。

あれから一年が経《た》ち、さらに背が伸《の》びた元幼女女神である。すっかり美少女になったララは、現在女神界にて見習い女神として修行《しゅぎょう》中。外見だけでなく能力もメキメキ成長しているという（本人談）。

そのため、ゲートによる世界間転移……はまだできないものの、スマホを補助媒介《ばいかい》として利用すればこうして連絡《れんらく》用の疑似《ぎじ》ゲートまで作れるぐらいにはなっている。子供の成長というのは本当に早いものだ。

ただし、外見や能力の成長と中身の成長は必ずしも一致《いっち》するわけではなく……

「こんばんはララちゃん。って、そっちはまだお昼かな？」

と通話に出た小毬は……しかし、会話の前にどうしても気になることが。

「あの、ところでなんだけど……どうしてそんなところにいるの？」

画面に映るララの背景は、明らかにどこかの倉庫の隅。そのうえ、ララ自身も何かから隠《かく》れるように身を丸めている。どう見ても普通の状況《じょうきょう》ではない。

すると、ララは声を潜《ひそ》めて答えた。

『い、いまはちょっとサボって……こほん、きゅうけいしてるさいちゅうなのです！　なのでしー、なのですっ！』

と、きょろきょろ警戒《けいかい》を続けるララ。……なるほど、遊びたがりの性格は相変わらずらしい。小毬は思わず苦笑《くしょう》する。

『それよりこまり、どうしてもっとれんらくしてくれないですか！　さびし……じゃなかった、しんぱいしてるですよっ！』

「えへへ、ごめんごめん。前に連絡したのは……三日ぶりだっけ？」

『ちがうです！　にしゅうかんもまえですっ！　じかんのながれがずれてるですよ～！』

とララはほっぺを膨《ふく》らませる。よほど寂《さび》しかったのだろう、すっかりいじけモードだ。

なので、ご機嫌《きげん》を取るためにも小毬は尋《たず》ねた。

「そっかあ、なら聞かせてほしいな～。この二週間はどんなだった？」

『！　しょ、しょうがないですねっ！　そんなにききたいならおしえてあげるです！』

と、ララは待っていましたとばかりに答えた。

『じつはララ、このまえめがみとしてのはつにんむをこなしたですっ！』

『えっへん』とドヤ顔で胸を張るララ。どうやらこの自慢話《じまんばなし》がしたくて連絡してきたらしい。

「へえ～、そうなんだ！　すごいねララちゃん！」

『そーです！　すごいのです！　ララはきゅーさいとてんせーのめがみとして、いだいないっぽをふみだしたのです！』

「ちなみに、何人ぐらい転生させたの？」

『ふっふっふ、きいておどろくなです！　なんと……ふたりもです！』

「……あ、そ、そうなんだ……お疲れ様……」

思ったよりしょぼい数字ではあるが、それは黙《だま》っておくことにした。

何はともあれ、したくてたまらなかった自慢話ができて満足げなララ。……だが、彼女は気づいていなかった。その身に大変な危機が迫っていることに。

『ふふふ、やはりこまりははなしがわかるです！　それにくらべてスノエラせんせいはだめだめです。ララのことぜんぜんよしよししてくれないし、ちょーっとしっぱいするとすぐおこるです！　あれはこーねんき（？）です。ひすてりー（？）です。ララかしこいのでしってるです！』

なんて、こっそり上司の悪口を言うララ。ただ、その背後では不穏《ふおん》に蠢く影《かげ》が。

「……！　あ、あの、ララちゃん……」

『しー！　いまいいところです！　これからスノエラせんせいのダメなところじゅっせんをはっぴょうするです！　けいちょうするです！』

「そ、その前に……後ろ……」

と警告するも、時《とき》すでに遅《おそ》し。

『――ほおーん、その十選とやら、ゆっくり聞かせてもらおうじゃないの』

『ぎくっ』

額に青筋を浮《う》かべて現れたのは、まさにその女神――スノエラであった。

『姿が見えないと思ったら、またこんなとこでサボってたのね！』

『あわわわわ、こ、これは、ひとしごとおえたじぶんへのごほうびで……』

『なーに言ってんのよ、たった二人転生させたぐらいで！　それだって二週間も前の話でしょ！』

と一喝《いっかつ》するスノエラ。しかも、一度火のついたお小言はそう簡単には終わらない。

『だいたい忘れたとは言わせないわよ！　あんた、がっつりミスって魂そのまま転生させたでしょ！　ああいうのは記憶《きおく》を消して赤《あか》ん坊《ぼう》から！　基本中の基本よ！　「前世の記憶を持ってる俺《おれ》が異世界で無双《むそう》しちゃいます（笑）」みたいな奴《やつ》ばっかりになったらそれこそ世界はめちゃくちゃじゃない！　二度とあんなヘマしないようにみっちりしごいてやるんだから、さっさと訓練室へ戻りなさい！』

『ううぅ、おにです！　あくまです！　こーねんきです！』

『黙らっしゃい！　もたもたしてたらおやつのバナナ没収《ぼっしゅう》するわよ!!』

『ぴえええええん!!』

情けない泣き声をあげながら、ララはダッシュで戻っていくのだった。

「あはは……頑張れ、ララちゃん」

そうしてララを見送った後……

『……久しぶりね、伊万里小毬。元気でやってんの？』

不意に振り返ったスノエラが、画面越しに問う。

なんならこっちにまでお説教が飛び火するかと思っていたが、意外にもそうではないらしい。

「はい、まあ、なんとかやってます」

『そう、ローゼに振り回されてあんたも大変ね』

「いえ、すごく楽しいですよ！」

『あっそ、ならいいけど。……ところで、あんたら今どこほっつき歩いてるわけ？』

と今更《いまさら》のように問われた小毬は、素直《すなお》に答えた。

「今いるのは『アリアン』って異世界で……」

『ふうん、アリアンねぇ。……ん？　ちょっと待って、アリアンって言った⁉　冗談でしょ……小世界が幾《いく》つあると思ってんのよ……こんな偶然《ぐうぜん》って……⁉』

その名前に何か心当たりがあるのか、明らかに動揺《どうよう》した様子のスノエラ。……だが、すぐに諦《あきら》めたような溜息《ためいき》をつくと、一言だけ呟《つぶや》くのだった。

『運命って、やっぱりあるのかもね』

「？　何のことですか……？」

『さあね。私、あんた嫌《きら》いだから教えない。……それじゃ、ごゆっくり』

ばっさりそう言い捨てて、通信が途絶《とだ》える。

相変わらずスノエラには女神らしさなど欠片《かけら》もない。だが、小毬は知っている。彼女こそが今現在、死んだフレイヤに代わって女神長を務めているのだと。

あの戦いで恭弥側についていたスノエラは、本来ならば投獄《とうごく》されるはずだった。けれど、あらかじめ残されていたフレイヤの遺言《ゆいごん》がそれを覆《くつがえ》したのだ。その内容こそが『スノエラを新しい時代の長とする』というもの。

世界樹から役割が消えたことで、多くの女神もまた自らの生きる理由を失った。そんな彼女たちには必要だったのだ。『新しい時代』に生きる『新しい女神』の指針となる存在が。

そしてそれに最もふさわしいのは、常に自らの頭で思考し、常に先へと革新するスノエラをおいて他にいない。フレイヤには最初からわかっていたのだろう。

もっとも、当のスノエラは乗り気ではなかった。噂《うわさ》によれば自ら収監《しゅうかん》を望んだという話もある。……ただ、彼女は賢《かしこ》い女神だ。世界に新しい女神の生き方を示すこと……それが何よりの罰《ばつ》であり償《つぐな》いだと知っていた。ゆえに、渋々《しぶしぶ》ながらもこうして教育係なんかもやっているというわけである。

にしても……

「ねえローゼ、さっきの反応どういうこと？　この世界《アリアン》って、特に何もないはずだよね？」

「そのはずだけど……さて、真意は僕《ぼく》にもわからないや」

と二人して首をかしげる小毬とローゼ。

思考の女神の考えというのは、常人には測《はか》りかねるものである。

「なんにしても、ララくんも大変だね。スノエラは厳しいから」

「だね。……でも、そのぶんララちゃんとっても成長してた。ほんとにすごいよ」

幼い女神の成長を素直に喜ぶ小毬。……ただ、その裏でどうしても思わずにはいられない。

「……私とは全然違《ちが》うね……」

つい零《こぼ》してしてまったその言葉は、ララを見たから……というわけでもない。

柳凪《やなぎ》は駆け出しインフルエンサーとして、葛葉は女神と人間の架《か》け橋《はし》役として、香音や凛《りん》は普《ふ》通《つう》の学生として……みなそれぞれが新しい道を模《も》索《さく》し、自分の足で歩き始めている。

それに比べて、私はどうだ？　とっくに終わった物語を引きずり、過去の幻影を求め、今でも勇者の真似事《まねごと》をしてここにいる。世界を救ったことで人々は『真の勇者』だなんて呼んでくれたけど、やっぱりその呼称《こしょう》は私にはそぐわない。だって、読み終えた本を閉じる勇気すらないのだから。三万年修行したって、落伍《らくご》勇者は落伍勇者のままらしい。

そんな少女の胸中を見透《みす》かしたように、ローゼは優《やさ》しく微笑んだ。

「沈《しず》まない太陽がないのと同じように、物語には必ず終わりが来る。どんなに望んでいなくても、ね。だから僕らもそれを受け入れなくちゃいけない」

「うん……そうだよね……」

「だけどね、それは今すぐじゃなくていい。焦《あせ》る必要なんてないのさ。未練も後悔《こうかい》もあって当然なんだから。物語が終わった後の勇者なんて、きっとみんなそうなんだよ。……大丈夫《だいじょうぶ》、いつか後悔も含《ふく》めて受け入れられるようになるから」

と、ローゼは諭《さと》すように慰《なぐさ》めてくれる。その優しさに心から感謝しながら、それでも小毬は思ってしまう。

――その『いつか』って、いつ来るのだろう？

なんてことを考えているうちに、次第に瞼が重くなる。イノシシとの激戦による疲労と、お祭りでいっぱいになったお腹、それに久しぶりの夜更《よふ》かしまでしてしまったのだ。いかに大魔王《だいまおう》を倒《たお》した元勇者といえど、これで睡魔《すいま》と戦うには少々分が悪い。

「ふふ、疲れちゃったよね？　もう眠《ねむ》るといい。難しいことは、また明日考えようじゃないか。そのための時間なら、僕たちにはたくさんあるんだから」

「……うん……」

そうしてすやすやと寝息《ねいき》を立て始める小毬。

その髪《かみ》を慈《いつく》しむように撫でながら、ローゼはそっと囁《ささや》くのだった。

「大丈夫だよ。沈まない太陽がないのと同じように、明けない夜はない。そしてそれは、きっともうすぐだ。だから……それまでおやすみ、愛《いと》しい僕らの勇者」


――……

――……


翌朝、未明。

未《いま》だ太陽の昇《のぼ》らぬ暗がりの中、小毬は剣《けん》を振っていた。

振り上げ、下ろす。振り上げ、下ろす。

『恭弥を止める』という目的がなくなった今、もう修行《しゅぎょう》などする必要はないのだが……これぱっかりは癖《くせ》なのだ。

眠りの帳《とばり》に包まれた街に、ただ風を切る音だけが木霊《こだま》する。

……その時だった。

視界の端《はし》で微《かす》かに動く影。それは小さな黒猫《くろねこ》の後ろ姿のようで――

「フェリスちゃん……?!」

思わずその名を呼ぶ。……が、それはただの勘違《かんちが》い。びくりと振り返ったその影は、確かに黒猫ではあったものの、彼女の知るあの猫よりも二回りは小さい子猫である。どうやら人違《ひとちが》いならぬ猫違いだったようだ。

「そう、だよね……」

たたたーっと逃《に》げていく子猫を見送りながら、小毬は自嘲的《じちょうてき》に呟く。

勘違いも何も、そもそもフェリスがここにいるはずがないじゃないか。ここまで未練たらたらとは、我ながら本当に呆《あき》れたものだ。

なんて自分を嘲笑《あざわら》っていた時、小毬はふと気づいた。

「……ん？　どうしたの？」

逃げたはずの子猫が、少し離《はな》れたところで立ち止まったまま、ちらちらとこちらの様子を窺《うかが》っている。……まるで、何かを期待しているかのように。

――『ああやって追いかけてくれるのを待ってるんです。あの子、本当はさみしがりやですから。だから……さあ、ちゃんと捕《つか》まえてあげて』――

いつか見た夢を思い出して、小毬はくすりと笑う。そして……

「よーし、今行きますよ！」

そうして始まる追いかけっこ。

トコトコと逃げる子猫は、自由に世界を駆けまわる。

酒場の看板に隠れ、馬小屋を跳《は》ねまわり、広場を横断した後には、噴水《ふんすい》でひと泳ぎ。そうしてひたすら回り道をした末……子猫はどんどんと町のはずれへ。

一体どこへ向かっているのか？　徐々《じょじょ》に駆け足になる子猫に釣《つ》られて、小毬も必死で追いかける。今の彼女には勇者の力はない。子猫の後を追うだけでも一苦労。だけど、全然嫌《いや》な気はしなかった。

子猫の尻尾だけを見て、ただひたすらに駆ける。終わった過去だとか、新しい未来だとか、そういう小難しいことは全部忘れて。がむしゃらに手を振り、足を上げ、とにかく前へ。そうしているとなんだか胸のもやもやが晴れていくような気がする。一歩ごとに体が軽くなり、一呼吸ごとに胸が弾む。もちろん全身が痛いし、息も苦しい。だけど小毬は駆け続ける。力の限り、心のままに。他でもない彼女自身がそうしたいと願うから。

そうやって一体どれぐらい走っただろう？

追いかけっこの末に行き着いた先は町の北はずれ。

そこで小毬を待っていたのは――何もない空っぽの荒野《こうや》だった。

生き物の気配が絶えた、色のない大地。寂寞《せきばく》とただ無意味に広がるその荒れ野は、まるで終わってしまった喜劇の舞台裏《ぶたいうら》のよう。虚《うつ》ろな空白を埋《う》めるのはどこまでも無価値な静《せい》寂《じゃく》だけ。

そんな光景を前にして、小毬は呆然《ぼうぜん》と立ち尽《つ》くす。

ああ、やっぱりそうなのか――物語の最後にたどり着いたのは、何の意味もない伽藍《がらん》の荒野。結局のところ、それが自分にふさわしい結末ということ……

だが、そこでふと気づく。

どこからか聞こえる子猫の鳴き声。導かれるようにそちらへ目を向けると……そこに、それはあった。

荒野の片隅《かたすみ》にぽつんと佇《たたず》む小さな一軒家《いっけんや》。

無限に広がる大地に対し、それは実に慎《つつ》ましいちっぽけなもの。だけど、そこにはささやかな畑があって、ちゃんと作物が芽吹《めぶ》いている。たとえ弱々しくても、確かな命の営みがそこにはあるのだ。それはいつかきっと、この無意味な荒野を鮮《あざ》やかな緑で満たすことだろう。

そう小毬が確信したその時……不意に辺りが眩《まばゆ》い輝《かがや》きに包まれる。

どこまでも優しいその煌《きら》めきは、暖かな夜明けの暁光《ぎょうこう》。——宵闇《よいやみ》を切り払《はら》い、世界に朝がやって来たのだ。

そんな生まれたての太陽が照らす下、一軒家の扉《とびら》がゆっくりと開かれる。戸口で待っていた子猫が、『にゃあ』と朝日と一緒《いっしょ》に中へ飛び込む。それを出迎《でむか》えて微笑む二つの影……

その顔を小毬は知っている。

その声を小毬は知っている。

その名前を小毬は知っている。

景色が滲《にじ》む。胸がつかえる。言葉が詰《つ》まる。だけど、そんなことはもうどうでもいい。

小毬は想《おも》いのままに駆《か》けだす。何度も何度も躓《つまず》き、溢《あふ》れる涙を拭うのも忘れ、それでも声の限りにその名を叫《さけ》びながら……眩い朝日に包まれた二人の方へと。

そう、勇者と魔王の物語は確かに終わってしまった。

だけど、今、ここに新しい物語が幕を開ける。

どんな役割にも縛《しば》られない——彼女たちだけの物語が。

（おわり）